光尘
LUXOPUS

A
Vintage
Affair

时光古董衣店

［英］伊莎贝尔·沃尔弗——著
苏心一——译

北京联合出版公司
Beijing United Publishing Co.,Ltd.

谨以此书纪念我的父亲

衣服里蕴含着一种多么不可思议的力量呀!
——伊萨克·舍什维斯·辛格[1]

---

[1] 伊萨克·舍什维斯·辛格(1904—1991),美国犹太作家,于1978年获得诺贝尔文学奖。(如无特别说明,均为译者注)

目 录
Contents

序幕   1

第一章   新生活   7

第二章   古董衣店   37

第三章   一件蓝色外套   63

第四章   秘密   81

第五章   遇见迈尔斯   101

第六章   过往   135

第七章   时间的魔力   161

第八章   去往阿维尼翁   187

第九章	旅行	213
第十章	约会	233
第十一章	念念不忘	259
第十二章	仿若交换人生	277
第十三章	危急关头	301
第十四章	友谊	323
第十五章	明亮时刻	355
尾声		377

序 幕

布莱克希思[①]，一九八三

"……十七、十八、十九、二十！我来了！"我喊道，"准备好了吗……"

我睁开眼睛寻找起来。我从楼下找起，以为爱玛会蜷缩在客厅的沙发后面，或者在深红色的窗帘后面把自己裹得像颗糖果，或者蹲在那架小钢琴下面。虽然我们才认识六个星期，我已经把她视为我最好的朋友。"你们将有一位新同学，"新学期第一天，格雷小姐宣布道。她笑着看向身边穿着挺括上衣的女孩，"她叫爱玛·基茨，她家刚从南非搬来伦敦。"接着格雷小姐领这位新同学来到我旁边的座位。对于九岁的孩子来说，她身材算矮的，有点

---
① 位于伦敦东南部的郊区。

胖,长着一双绿色的大眼睛,脸上有几处雀斑,扎着两条棕色的发辫,留着参差不齐的刘海。"你能关照一下爱玛吗,菲比?"格雷小姐问道。我点点头。爱玛感激地冲我笑……

现在,我穿过门厅来到餐厅,瞅了瞅那张有划痕的红木桌子下面,爱玛不在那里;她也不在厨房里,厨房里有个老式橱柜,里面堆满了混搭的蓝白色盘子。我本来想问问她妈妈,她会躲去哪里,可基茨太太刚刚"出去打网球了",家里只剩下爱玛和我。

我走进那间宽敞凉爽的食品储藏室,推开低矮的橱柜门,这个橱柜看上去很大,里面却只有几个旧保温瓶。我又下楼去杂物间,那儿的洗衣机正抽动着要停止脱水。我甚至掀起冰柜盖子,也许爱玛就躺在那些冻豌豆和冰激凌中间呢。接着我回到门厅,门厅铺着橡木板,很暖和,空气中闻得到灰尘和蜂蜡的味道。门厅的一边有一把精雕细刻的大椅子——爱玛说那是斯威士兰[①]的王座——木头颜色很暗,近于黑色。我在椅子上坐了一会儿,琢磨着斯威士兰究竟在哪里,它跟瑞士有没有关系。我的目光移到对面墙的帽子上——那儿大概有十二顶帽子,每个弯弯的黄铜钩子上挂着一顶。一顶上面有着粉蓝布做的非洲头饰,一顶可能是真皮做的哥萨克帽子,一顶巴拿马草帽,一顶软毡帽,一顶无檐帽,一顶高礼帽,一顶骑士帽,一顶便帽,一顶菲斯帽,两顶破旧的硬草帽,一顶翡翠绿花呢帽,上面插着一根野鸡毛。

我沿着宽而浅的楼梯阶梯上楼,来到方形平台,迎面有四扇门。爱玛的卧室是左手边第一间。我转动把手,在门口徘徊,看

[①] 非洲东南部的小国,位于南非和莫桑比克之间。

能否听到忍住的傻笑或泄露秘密的呼吸。我什么也没有听到，不过爱玛擅长屏息——她能在水下潜泳一个半泳池宽的距离。我掀开闪亮的蓝色羽绒被，可她不在床上——也不在床底下。我只能看到她的秘密盒子，我知道里面放着她的幸运克鲁格金币和日记本。我打开镂有游猎图案的白色大角柜，但她也不在那里。也许她在隔壁房间。走进这间屋子时，我感到不安，我意识到这是她父母的卧室。我在铁制床下面和梳妆台后面寻找爱玛，梳妆台镜子的一角开裂了；打开衣柜，橘皮和丁香的味道迎面扑来，让我想起圣诞节。我盯着基茨太太那些鲜亮的印花布连衣裙，想象它们在非洲烈日下飘扬的情景，突然意识到与其说我是在找人，不如说是在窥探隐私。我感到些许羞愧，退了出来。我不想玩捉迷藏了。我想玩拉米纸牌①，看看电视也行。

"我打赌你找不到我，菲比！你永远找不到我！"

我叹了口气，穿过楼梯平台来到浴室，查看厚厚的白色塑料淋浴帘后面，我掀起洗衣筐盖子，里面只有一条褪色的紫色毛巾。我走到窗户边，拉开半闭的活动百叶窗。我向下凝视阳光明媚的花园，身体猛地一震。爱玛在那里——就在草地尽头那棵巨大的悬铃木后面。她以为我看不见她，但我看得到，因为她蹲着，一只脚伸了出来。我冲下楼梯，穿过厨房，进入杂物间，猛地打开后门。

"找到你了！"我边喊边朝那棵树跑去。"找到你了。"我高兴地喊道，这份兴奋让我自己都惊讶。"好了，"我气喘吁吁地说，

---

① 纸牌游戏中的一类，两人或多人玩耍，每个玩家努力形成三张或更多的同花顺或套牌，争取最先将它们凑成。

"轮到我躲了！爱玛？"我瞧着她。她没有蹲着，而是侧躺着，一动不动，双眼紧闭。"起来，好吗，爱玛？"她没有回答。她的一条腿别扭地压在身下。我的心头猛然一动，我明白了。爱玛不是躲在树后，而是树上。我透过树枝向上看，从绿叶的间隙中看得到细碎的蓝天。她藏在树上，但她摔下来了。

"爱……"我喃喃道，弯腰去碰她的肩。我发起抖来，轻轻地摇晃她，可她没有反应，她微张着嘴，一丝口水在她的下唇闪耀。"爱玛！"我喊道，"醒醒！"可她没有醒来。我去摸她的肋部，没有感觉到起伏。"说点什么，"我恳求道，心怦怦跳，"求你了，爱玛！"我想把她拉起来，可是拉不起来。我在她耳边拍手。"爱玛！"我的喉咙发疼，泪水夺眶而出。我回头看了眼房子，迫切地希望爱玛的母亲能从草丛那边跑过来，让一切好起来，可基茨太太还在打网球没回家，这让我很生气，我们这么小，不应该被单独留在家里。一想到基茨太太会说——爱玛的意外是我的过失，因为是我建议玩捉迷藏的，我对基茨太太的怨恨就让位给了恐惧。我脑海中想起格雷小姐让我"关照"爱玛的声音，然后是她失望的啧啧声。

"醒醒，爱玛。"我哀求她，"求你了。"可她只是躺在那里……蜷缩成一团，像个被扔掉的布娃娃。我知道我必须去寻求帮助。可是首先我得给她盖上衣物，因为天气变冷了。我脱掉开衫，盖住爱玛的上身，快速抚平她的胸口，把衣角塞到她的肩后。

"我很快回来。别担心。"我尽量不哭出来。

突然间爱玛笔直地坐了起来，像个疯子一样咧嘴而笑，眼睛瞪得大大的，眼中闪耀着恶作剧的喜悦。

"你上当了!"她高声叫道,拍起手来,高兴地往后仰头。"你上了我的当,不是吗?"她站起身来,"你刚刚很担心,是吗,菲比?承认吧!你以为我死了!我屏息了好长时间。"她边整理裙子边喘气,"快要接不上气了……"她鼓起脸颊,风吹起了她的刘海,她冲我笑。"好啦,菲比——轮到你了。"她把开衫递给我,"我会开始数数——数到二十五,如果你愿意的话。好啦,菲比,拿好开衫,好吗?"爱玛瞪着我,"怎么了?"

我双手攥拳放在两边,脸颊发热。"别再这么做了!"

爱玛惊讶地眨着眼睛。"这只是个玩笑。"

"这是个可怕的玩笑!"眼泪刺痛了我的双眼。

"对不起。"

"别再这么做了!要是你再犯,我再也不跟你说话——永远不!"

"这只是个游戏,"她辩解道,"你不必犯傻。"她摆了摆手,"我只是在玩游戏。"继而耸了耸肩,"但……我不会再这么做了——如果这让你难过的话。真的。"

我抓过开衫。"保证。"我瞪着她,"你得向我保证。"

"好的,"她咕哝着,深吸了口气,"我,爱玛·曼迪莎·基茨,保证再也不会捉弄你,菲比·简·斯威夫特。我保证,"她重复道,夸张地在胸前画了一个"十"字,"我发誓。"然后露出可爱的微笑,那个笑容这些年一直在我记忆中萦绕,她补充道,"不然不得好死!"

/ 第一章 /

新生活

今早离开家时我琢磨着,九月至少是一个重新开始的好时机。比起一月份,九月初更让我有一种新生的感觉。穿过宁静山谷时,我想,也许这是因为经历了潮湿的八月,九月令人神清气爽。经过布莱克希思书店,看到窗户上张贴的返校季促销广告时,我思忖,抑或仅仅只是因为新学年的关系。

我上山往希思走去,"古董衣坊"新粉刷好的招牌映入眼帘,让我对这家店的前景涌起些许乐观的情愫。我打开门,从门垫上捡起信件,为这家店正式开业做准备。

我毫不停歇地工作到下午四点,从楼上的贮藏室挑选衣服,再把它们挂在架子上。我把一件20世纪20年代的茶歇裙搭在胳膊上,摩挲它厚重的真丝缎,触碰那些复杂精细的珠饰和完美的手缝针脚。我告诉自己,这就是我爱古董衣的地方。我爱它们漂亮的面料和精致的工艺。我深知制作一件古董衣,需要高超的技艺。

我瞥了眼表，离派对开始只有两小时了。我想起来忘记冷冻香槟了，赶紧冲进小厨房，边拉开冰箱门，边合计着会有多少人来。我邀请了一百人，因而至少需要准备好七十个杯子。我把香槟放进冰箱，调到霜冻模式，然后快速给自己泡了杯茶。我一口一口抿着伯爵茶，环顾整个店铺，品味着梦想成真的愉悦。

古董衣店的内部看上去时尚而明亮。我拆掉了木地板重新粉刷，墙面刷成了浅灰色，挂上了几面大大的银框镜子；铬合金支架上摆着绿意盎然的盆栽植物，白色的天花板上布满闪光的下射灯，试衣间旁边放着一张法式高背软垫大沙发。窗外，布莱克希思的风景尽收眼底，让人眩晕的天穹上点缀着朵朵白云。教堂那边，两只黄色的风筝在微风中起舞。远处，金丝雀码头的栋栋玻璃大楼在午后阳光的照耀下闪闪发光。

我突然意识到本该来采访我的那位记者已经迟到了一小时。我连他是哪个报社的记者都不知道。昨天我们在电话中简单交流了一下，我只记得他叫丹，他说三点半来。我的恼怒变为恐慌。要是他不来呢？我需要宣传报道。一想到还欠着巨额贷款，我内心猛地一颤。我边给一个刺绣晚礼包系上价签，边回想如何竭力让银行的人相信他们的钱是安全的。

"这么说你在苏富比拍卖行[①]工作过？"那位放贷经理问，她在一间小办公室查看我的商业计划书。那间办公室的每个地方，包括天花板甚至门后，似乎都裹上了一层厚厚的灰色毛呢。

"我在服装部工作，"我解释说，"给古董衣估价并组织拍卖。"

[①] 伦敦一家拍卖行，以经营艺术品和古董而闻名。

"那么你肯定是这方面的行家。"

"是的。"

她在表上草草写了点什么,钢笔尖在光滑的纸面沙沙作响。"可是似乎你没有在零售业的工作经历,是吗?"

"是的,"我的心往下沉,说道,"没错。但是我在一处环境宜人的繁华路段找到了很有吸引力的店面,那里还没有古董衣店铺。"我把蒙彼利埃谷房地产经纪人的小册子递给她。

"地段不错,"她仔细查看了小册子说道,我的精神又振奋起来,"位于街角,十分醒目。"我想象那些无与伦比的裙子在橱窗光彩闪耀的情景。"但是租金高昂。"女人把那本小册子放在灰色的桌面上,抬头看我,冷冷地说,"你凭什么认为你能有足够的销量来覆盖你的开支,更别提盈利了?"

"因为……"我忍住不让自己发出沮丧的叹息,"我知道需求在哪里。如今古董服饰十分时尚,几乎成为主流。近来你甚至可以在伦敦高街的店铺,比如塞尔弗里奇小姐[①]和靓女时装店买到古董衣服。"

她又写了起来,出现了一阵沉默。"我知道你能行。"她抬起头来,这次她满脸笑容,"几天前,我在智索服装店买到了最棒的彼芭人造皮外套——衣服完好无缺,纽扣还是原装的。"她把表格推向我,又把钢笔递给我,"请你在底部签名,可以吗?"

现在我把晚礼服挂在正装衣架上,摆好包包、腰带和鞋。我把手套放在手套篮,珠宝首饰放在天鹅绒托盘里。接着,在一

---

① 英国出售少女服装的连锁店。

个角落架子的高处,我小心地放上三十岁生日时爱玛送我的那顶帽子。

我退后一步,凝视这顶黄褐色帽子,它造型奇特,帽顶似乎向上延伸至无限远。

"我想念你,爱,"我小声说,"不论你现在在哪里……"熟悉的刺痛感让我双腿发软,仿佛我的心里埋了一根针。

我听见身后响亮的叩门声。玻璃门外站着一个男人,跟我差不多年纪,也许要年轻一点。他身材高大,体格健壮,有一双灰色的大眼睛和一头蓬松的深金色鬈发。他让我想起某个名人,可我想不起来是谁。

"丹·罗宾逊。"他咧嘴笑道,我让他进来。"抱歉,我来晚了点。"我真想告诉他迟到了很久。他从一个看上去破旧不堪的包里拿出一个笔记本。"我前一个采访超时了,又遇到堵车,不过我们今天的采访只需要二十分钟左右。"他把手插进皱巴巴的亚麻夹克衫的口袋里,拿出一支铅笔,"我只需要了解一下这个行业的概况,以及你的一些背景。"他看了眼散落在柜台上一团糟的丝巾和只穿了一半衣服的人体模型,"显然你很忙,如果你没有时间,我可以——"

"哦,我有时间,"我打断道,"真的——只要你不介意我们边聊我边工作。"我把一件淡蓝色雪纺绸短裙挂到天鹅绒衣架上,"你来自哪个报社来着?"从眼角余光我注意到他的淡紫色条纹衬衫跟他的灰绿色斜纹布裤子不搭。

"我们是家新创立的每周发行两次的免费报纸,名叫《黑&绿》——全称是《布莱克希思和格林尼治快报》。报纸刚创刊几个月，我们还在扩大发行量。"

"很感激你们来采访我。"我说着，把那条裙子放在日装架上。

"这篇报道周五见报。"丹瞅了瞅店铺，"内部装修得好看又明亮。人们不会想到这里卖的是旧东西——我的意思是说，古董衣。"他纠正了自己。

"谢谢。"我苦笑道，他敏锐的观察力让我赞叹。

我利落地剪掉白色百子莲的胶膜。丹看向窗外。"这个位置绝佳。"

我点点头："我喜欢随时可以眺望希思的风景，而且从路上一眼可以看到这家店，我希望除了古董衣爱好者，还有过路客光临。"

"我就是这样发现你的，"丹说，我把几束花插进一个高高的玻璃花瓶，"我昨天经过这里，你的指示牌上说，"他把手伸进裤兜，拿出一个卷笔刀，"这家店马上要开业了，我觉得这会成为星期五报纸的好专题。"他在沙发上坐下来，我注意到他的袜子不搭——一只绿色，一只棕色，"虽然我对时尚不太感兴趣。"

"是吗？"我礼貌地说道，他用力地转了几下卷笔刀。"你不用录音机吗？"我不禁问道。

他审视着刚刚削尖的铅笔，对它吹了几口气。"我更喜欢速记。好啦。"他把卷笔刀放进口袋，"我们开始吧。那么……"他用铅笔敲了敲下唇，"我应该先问哪个问题？"他准备不足，对此我尽量不显出失望。"我知道了，"他说，"你是本地人吗？"

"是的。"我叠好一件淡蓝色的羊绒开衫，"我在埃利奥特山长大，那里离格林尼治很近。不过过去五年，我一直住在布莱克希思中心地带，车站附近。"我想起前面带个小花园的舒适的铁路职工小屋。

"车站，"丹缓慢地说，"下一个问题……"这次访问看来要花上很久——现在我最缺的就是时间。"你有服装业背景吗？"他问道，"读者们应该想知道这个吧？"

"哦……也许吧。"我告诉他，我在圣马丁学院获得了服装史学位，还在苏富比拍卖行工作过。

"你在苏富比拍卖行工作了多久？"

"十二年。"我叠好一条伊夫·圣罗兰丝巾，把它放进托盘里，"事实上，我最近被任命为服装和纺织品部门的主管。但是……我决定离开。"

丹抬起头来："即使你升职了？"

"没错……"我心里很难过。我说得太多了。"瞧，几乎从我毕业那天开始，我就在那里，我需要……"我向窗外看了眼，努力平息内心翻涌的情感，"我需要……"

"休假？"他提示道。

"改变。三月初我开始休长假。"我把一串香奈儿人造珍珠挂到银色人体模型的脖子上。"苏富比公司说他们会保留我的职位到六月份，不过五月中旬看到这里的租约到期，我决定行动起来，自己卖古董衣。我考虑这个点子有段时间了。"我补充道。

"有段时间……"丹轻声重复道。这可算不上"速记"。我偷偷看了眼他奇怪的花体和简写。"下一个问题……"他咬着铅笔头。这个男人很差劲。"我知道了——你从哪里找到货源？"他看着我，"还是说这是一个商业机密？"

"算不上。"我把乔治·里奇的一件浅咖啡色丝绸衬衫挂在钩子上,"我从伦敦外一些较小的拍卖行进货,也从一些专门的经销商和我在苏富比拍卖行认识的一些私人卖家那里采购。我在古董衣集市和易趣网买东西,我还去了法国两三次。"

"为什么去法国?"

"在那里的乡下市场可以找到可爱的古董衣服——像这些刺绣睡衣。"我拿起一件,"我是在阿维尼翁①买到的。它们价格不贵,因为法国女人不像我们这么热衷于古董衣。"

"在这里古董衣很受欢迎,是吗?"

"相当受欢迎。"我快速打开沙发旁边玻璃桌上的几本20世纪50年代的《时尚》杂志。"女人们想要个性,而不是批量生产,古董衣正可以满足她们的需求。穿古董衣表明了她们的创意和眼光。我是说,一个女人可以在高街花两百英镑买一件晚礼服,"我继续说,现在采访渐入佳境,"第二天它就几乎一文不值。但是同样的钱,她可以买到一件面料精良、款式独特的衣服,如果她保养得当,还可以增值。像这件。"我拿出一件赫迪·雅曼一九五七年的深蓝色塔夫绸晚礼服,欣赏着它优雅的吊带、紧身的上身和多褶裙。

"真漂亮。"丹说,他抬起头,"看上去跟新的一样。"

"我卖的每件东西都品相完好。"

"品相……"他边匆匆记录边重复道。

"每件衣服我都会水洗或干洗,"我把那条裙子放回架子上,接着说道,"我有一个了不起的裁缝,她负责大范围的修补和改

---

① 法国东南部城市。

动。小修小补我自己可以在这里做——我后面有个小房间，里面有台缝纫机。"

"这些东西售价多少？"

"价格不等，从十五英镑的手卷丝巾、七十五英镑的棉质日装、两三百英镑的晚礼服到高达一千五百英镑的高级时装都有。"我拿出一件皮埃尔·巴尔曼20世纪60年代初期的金色罗缎晚礼服，上面钉着玻璃珠和银色圆片。我掀起它的防尘罩："这条裙子十分珍贵，是一位卓越的设计师巅峰时期的作品。还有这件，"我拿出一条天鹅绒宽腿裤，上面是炫目的果汁粉色和绿色图案，"这件衣服出自艾米里欧·璞琪。买下它其实是为了投资，而不是用来穿的，因为璞琪、奥西·克拉克、彼芭和琼·缪尔的衣服一样，值得收藏。"

"玛丽莲·梦露喜欢璞琪，"丹说，"她下葬时穿的就是她最爱的璞琪绿色丝绸裙。"我点点头，有些惊讶，不好意思承认我并不知道这件事。"那几条裙子很有趣。"他看着我身后的墙，上面挂着油画一般的四件无肩带芭蕾舞裙长度的晚礼服——一件柠檬黄、一件糖果粉、一件青绿色、还有一件淡绿色——每一条裙子上身都是丝缎紧身胸衣，下身是蓬松的多层网状衬裙，缀着闪闪发光的水晶。

"我喜欢这几条裙子，就把它们挂在那里了。它们是20世纪50年代的晚会礼服，但我叫它们蛋糕裙，"我笑着补充道，"因为它们轻薄精巧，光彩熠熠。看着它们，就能让我开心。"尽我所能地开心，我黯然地想道。

丹站起身："摆在那边的是什么？"

"这是薇薇安·韦斯特伍德的裙撑裙。"我拿给他看,"还有这件,"我拿出一件土红色丝绸土耳其长袍,"出自西娅·波特,这条绒面革迷你裙是玛莉·官的。"

"这件呢?"丹拿起一件淡粉色缎面晚礼服,它带垂褶领,两边是精致的褶裥,还有拖曳的鱼尾褶边。"这件让人惊叹——像是凯瑟琳·赫本和葛丽泰·嘉宝会穿的衣服,"他缜密地补充道,"或者电影《玻璃钥匙》里维罗妮卡·莱克会穿的。"

"哦,我没听说过这部电影。"

"人们严重低估了这部电影,它改编自达希尔·哈米特一九四二年的一部小说。后来霍华德·霍克斯的《夜长梦多》里还借鉴了这部电影。"

"真的吗?"

"不过你知道吗?"他把这条裙子拿到我跟前比了比,打量着我,"这件衣服适合你。你有黑色电影中的那种倦怠感。"

"是吗?"他又一次惊到了我,"实际上,这条裙子本来是我的。"

"真的?你不想要它了?"他几乎有些愤愤不平地问道,"这条裙子非常美。"

"是的,可是……我不再喜欢它了。"我把裙子放回架子上。我不需要告诉他实情。这条裙子是大半年前盖伊送给我的。那时我们交往了一个月,一个周末他带我去了巴斯①。我在一个商店的橱窗里看见了这条裙子,出于职业兴趣进去查看。它售价五百英镑,对我来说太贵了。后来,我在宾馆房间读书时,盖伊溜了出

---

① 英国英格兰西南部城市,以温泉著称。

去，买回了这条裙子，用粉色薄绸包起来当作礼物送给我。如今我决定把它卖掉，因为它属于我迫切想要忘记的人生的一部分。我会把出售所得的钱捐出去。

"对你来说，古董服饰最吸引你的地方是什么？"我重新整理左侧墙亮着灯的玻璃隔间中排成列的鞋时，听见丹问道，"是因为跟今天的衣服相比，它们的质量好得多吗？"

"那是一个主要的原因。"我回答道，将一双20世纪60年代的绿色绒面革无带浅口轻便鞋摆得更好看，"穿古董衣是对大量生产的一种抗议。但是对于古董服饰，我最爱的是……"我看着他，"不要取笑我，好吗？"

"当然不会。"

我轻轻地抚摸一件20世纪50年代的薄纱雪纺绸晨衣。"我最爱的是……它们蕴含着一个人的过去。"我用手背摩挲着马拉布生丝镶边，"我总想知道穿过这些衣服的女人是什么样子的。"

"真的吗？"

"我会揣度她们的人生。我看着一件衣服，比如这套，"我走到日装架前，拿出一件20世纪40年代的紧身上衣和深蓝色花呢短裙套装，"会不由自主地去猜想这件衣服的女主人。她当时多大年纪？她工作了吗？她结婚了吗？她开心吗？"丹耸了耸肩。"这套衣服上面有40年代初期的英国标签，"我继续说，"因而我会思忖这个女人在战争期间的经历。她丈夫活下来了吗？她活下来了吗？"

我走到鞋区，拿出一双绣着淡黄色玫瑰的20世纪30年代的丝锦缎拖鞋。"看着这双精美的鞋，我想象它们的女主人穿着这双拖鞋走路，翩翩起舞或者亲吻别人的场景。"我来到挂在帽架上的一顶粉色天鹅绒筒状女帽前，"看着这样一顶小帽子，"我掀开帽子上面的罩子，"我努力想象帽子下面的那张脸。因为你买一件古董服饰时，买的不仅是面料和做工——你买的是一个人的过去。"

丹若有所思地点点头："你可以把过去连接到现在。"

"没错。我给予这些衣服新生。我能够修复它们，这让我非常欢喜。人生中有太多东西没法修复。"我心里陡然感到一阵熟悉的痛苦。

"我还没从这方面想过古董服饰，"过了一会儿，丹说，"你对这份事业的热情让我感动。"他仔细看了看笔记本，"你给我提供了很精彩的内容。"

"那就好，"我平静地回复，"跟你谈话很开心。"但开头很绝望，我很想加上这句。

丹笑道："呃……你继续忙，我得去写这篇文章了，不过……"他的目光移到角落的架子上，声音越来越小，"这顶帽子好棒。这是哪个年代的？"

"这是当代的。四年前制作的。"

"很有创意。"

"是的，独一无二。"

"多少钱？"

"这个是非卖品。这是设计师送给我的，她是我的好朋友。我把它挂在这里是因为……"我的喉头发紧。

"因为它很漂亮？"丹温和地暗示道。我点点头。他猛然合上笔记本，"你这位朋友会来参加开业庆典吗？"

我摇摇头:"不会。"

"最后一件事情,"他说着,从包里拿出一部照相机,"我的编辑请我给你照一张相,跟文章一起发表。"

我瞥了一眼表:"只要不花太久就行。我还需要把气球系到门前,还得换衣服,我还没有把香槟倒好。这都需要时间,二十分钟后客人就要来了。"

"我来帮你,"丹说,"弥补我的迟到。"他把铅笔别到耳后,咧嘴笑道,"杯子在哪里?"

"哦。柜台后面有三箱杯子,那边小厨房的冰箱里有十二瓶香槟。谢谢。"我补充道,担心他会把香槟洒得到处都是,但是他熟练地把凯歌香槟倒进细长的香槟杯里——香槟当然也是有年份的,必须这样——与此同时,我洗澡换了衣服,一件30年代的浅灰色缎子礼服,搭配菲拉格慕银色露跟女鞋。接着我化了淡妆,梳了头发。最后我解开在一张椅子后面飘动的那串淡金色氢气球,三三两两地系在店铺前面,任它们在强劲的风中荡起荡落。教堂的钟声敲响六下时,我站在门口,手上拿着一杯香槟,丹给我照相。

过了一分钟,他放下照相机,迷惑地看着我。

"不好意思,菲比——你能笑笑吗?"

丹离开时,我母亲来了。

"那是谁?"她边奔向换衣间,边问。

"一个记者,名字叫丹,"我回答道,"他刚刚为一家本地报纸采访了我。他有点迷糊。"

"他看上去不错,"她喃喃道,站在镜子面前端详自己的容颜,"他的着装有点可怕,不过我喜欢鬈发的男人。异乎寻常。"镜中的她用一种焦虑不安的表情看着我,"我希望你可以再找个男朋友,菲比。我不喜欢你单身。单身可不好玩。我可以证明这一点。"她痛苦地补充道。

"我很享受单身。我打算单身一段时间,很可能永远单身。"

妈妈吧嗒一声打开她的包。"那很可能是我的命运,亲爱的,但我不希望你也这样。"她拿出一支昂贵的新口红,看起来像颗金色的子弹,"我知道这一年你过得很艰难,亲爱的。"

"是的。"我小声说。

"我知道,"她瞥了眼爱玛的帽子,"你很痛苦。"我母亲不可能知道我有多痛苦。"但是,"她扭动着那支口红,继续说道,"我还是不明白,"——我知道她要说什么——"为什么你要跟盖伊分手。虽然我只见过他三次,可我觉得他很讨人喜欢,长相英俊并且人很好。"

"你说得没错,"我赞同道,"他很可爱。实际上,他称得上完美。"

镜中母亲的目光对上了我的目光。"那你们之间怎么了?"

"没什么,"我说谎道,"我的感情……变了。我跟你说过。"

"是的,可你从来没说过原因。"妈妈在她的上唇涂上口红,那是有些艳丽的珊瑚色。"整件事情似乎有悖常情,如果你不介意我这么说的话,亲爱的。当然,那段时间你很不开心。"她压低嗓音,"可是接下来爱玛出事……"我闭上眼睛,尽力驱走那些总会浮现在我脑海中的影像。"嗯，非常可怕。"她叹了口气，"我不知道她为什么那么做……想想她经历了什么……真让人受不了。"

"真让人受不了。"我痛苦地附和道。

妈妈用纸巾擦着下唇。"可接下来的事情我就搞不懂了，尽管你很伤心，你却结束了跟一个好男人看上去很美满的关系。你当时可能有点精神崩溃。"她继续说，"这没什么好惊讶的。"她咂着嘴，"我觉得你当时不知道自己在做什么。"

"我很清楚，"我平静地反驳道，"不过你知道吗，妈妈，我不想谈——"

"你怎么认识他的？"她突然问道，"你从没跟我说过。"

我感觉脸在发热。"通过爱玛认识的。"

"真的吗？"妈妈看着我，"她真贴心，"她说着转过身去照镜子，"把你介绍给那么好的男人。"

"没错。"我不安地说。

"我认识了一个人！"一年前爱玛在电话里兴奋地说，"他让我头晕目眩，菲比。他……很不错。"我的心一沉，不只因为爱玛老说她碰到了个"不错的"人，还因为这些人通常跟她所描述的截然相反。一开始爱玛会为之神魂颠倒，一个月后她就会避开他们，说他们"糟糕透顶"。"我在一个募捐活动现场碰到他的，"她解释说，"他运营一家投资基金，但好的一面是，"她以一贯讨人喜欢的天真补充道，"那是合乎道德的基金。"

"听起来很有意思。那他肯定是个聪明人。"

"他以全班第一的成绩从伦敦政治经济学院毕业。这个不是他告诉我的,"她赶紧补充,"我从谷歌搜索出来的。我们见了几次面,一切进展顺利,我想让你把把关。"

"爱玛,"我叹气道,"你三十三岁了。你在事业上顺风顺水,现在给英国最有名的女人们设计帽子。为什么你还需要我的同意呢?"

"呃……"我听见她咂舌头的声音,"因为积习难改。我一向都会征求你对男人的意见,不是吗,菲比?"她若有所思地说,"从我们还是少女时就是这样。"

"没错,可我们现在不是少女了。你得相信自己的判断,爱。"

"我明白你的意思,可我还是想让你见见盖伊。下个星期我要举办一场小型晚宴,让你坐在他旁边,好吗?"

"好吧。"我叹了口气。

接下来的星期四晚上,在爱玛位于玛丽勒本①又高又窄的房子里,我在厨房帮忙时,真希望自己没来。从客厅传来人们谈笑风生的声音。爱玛所谓的"小"晚宴是给十二个人准备五道菜的正餐。取盘子的时候,我回顾过去几年中爱玛曾疯狂爱恋的男人:艾尔尼,时装摄影师,后来背着她跟一位手部模特偷情;菲尼安,园艺设计师,每周末跟他六岁的女儿和女儿的母亲在一起。然后是朱利安,一个戴眼镜的证券经纪人,对哲学兴趣盎然,对其他则兴味索然。爱玛最近的恋人是彼得,他是伦敦爱乐乐团的小提琴手。这段恋情看起来很有希望——他人很好,她可以跟他谈论

---

① 伦敦中央的一个地区。

音乐，但后来他随乐团进行了三个月的世界巡演，回来时已经跟第二长笛手订婚了。

也许这个叫盖伊的家伙会是更好的选择，我边在抽屉里翻找餐巾纸边想。

"盖伊完美无缺！"她大叫着打开烤箱，飘出一阵蒸汽和烤羊肉的香味。"他就是我要找的人，菲比。"她开心地告诉我。

"你总是这么说。"我把餐巾纸折叠起来。

"哎呀，这次是真的。要是这次还不行，我就自杀。"她不假思索地扬言道。

我停了下来："别说傻话，爱。你似乎没认识他多长时间。"

"没错，但我知道我的感觉——可他今天迟到了。"她抱怨着，把羊肉从烤箱中拿出来，"砰"的一声把装着荤菜的铸铁锅放在桌上，一脸焦虑，"你觉得他会来吗？"

"他肯定会来，"我回答，"现在才八点四十五分——他很可能忙工作耽搁了。"

爱玛踢了一脚，关上烤箱的门。"可他为什么不打个电话来？"

"也许他堵在地铁上了。"焦虑让她再次一脸愁容，"爱，别担心。"

她开始给要烤的肉抹油。"我控制不住自己。我想要像你一样镇定自若，可我从来没有你那份平静。"她直起身来，"我看上去怎么样？"

"很美。"

她宽慰地笑了，突然间她邻家女孩般的可爱脸庞看上去着实更美了。"谢谢，菲比——我不相信你，你总是这么说。"

"我说的都是事实。"我坚定地反驳道。

爱玛穿衣服一向不拘一格,那天她穿的是贝齐·约翰逊的印花真丝连衣裙,搭配淡黄色的网眼袜和黑色短靴。她赭色的鬈发用一条银色发带扎向脑后。

"这条裙子确定适合我吗?"她问道。

"当然。我喜欢这个桃心领,并且这条裙子让你显得更有身段了。"我补充说,可立马就后悔了。

"你是说我胖吗?"爱玛的脸沉了下去,"请不要这么说,菲比——今天不要。我知道我确实需要减掉几磅,但是——"

"不,不——我没有那个意思,你当然不胖,爱,你很可爱,我的意思是——"

"天啊!"她用手捂住嘴巴,"我还没有做薄煎饼。"

"我来做。"我打开冰箱,拿出熏鲑鱼和一桶鲜奶油。

"你是个再好不过的朋友了,菲比,要是没有你我该怎么办?"她边说边把迷迭香撒在羊肉上,"你知道吗?"她冲我挥舞迷迭香叶,"我们认识快二十五年了。"

"有那么久吗?"我低声说着,开始切熏鲑鱼。

"没错。也许我们还会继续做五十年的好朋友?"

"如果我们喝对了咖啡的品牌的话。"

"我们得去同一家养老院!"爱玛咯咯地笑道。

"在那里你仍然会让我给你把关男朋友。'哦,菲比,'"我用奇怪的腔调说道,"'他九十三岁了——你觉得对我来说他是不是有点老?'"

爱玛"扑哧"笑了,朝我扔了一串迷迭香。

我烤起煎饼，快速给它们翻面，尽量不烫到手指。爱玛的朋友们高声说着话——有人在弹钢琴——我隐约听到了门铃声，这个声音让爱玛非常兴奋。

"他来了！"她对着一面小镜子照了照，检查自己的妆容，调整了一下发带，从狭窄的楼梯跑了下去。"嘿！哦，谢谢！"我听见了她的尖叫。"真美。上来吧——你知道路的。"我意识到盖伊以前来过这里——这是个好迹象。"大家都到了。"我听见爱玛说，"你堵在地铁上了吗？"我摆好了第一批煎饼，伸手去拿胡椒研磨器，用力转动盖子。什么也没有。该死的。爱玛把胡椒放哪儿了？我寻找起来，打开几个碗橱，才在她的调味架最上面找到一罐新的。

"我给你弄点喝的，盖伊。"我听见爱玛说，"菲比。"我把胡椒罐上的封口胶带撕掉，正要打开盖子，但是拧不动。"菲比。"爱玛重复道。我转过身。她站在厨房里，满面春风，手上紧握着一束白玫瑰；她身后，站在门口的，就是盖伊。

我惊愕地看着他。爱玛说他"很帅"，可那对我没有意义——她总是那么说，即使那个男人很丑。但是盖伊帅到让人心悸。他身材高大，肩膀很宽，表情和善，留着利落的深棕色短发，一双深蓝色的眼睛，散发出愉悦的光芒。

"菲比，"爱玛说，"这是盖伊。"他对我笑，我感觉心怦怦跳。"盖伊，这是我最好的朋友，菲比。"

"你好！"我一边像个傻子一样冲他笑，一边扭动胡椒罐。为什么他这么有魅力？"天哪！"盖子突然脱落，胡椒粒喷了出来，形成一道黑色的弧线，像子弹一样撒到厨房台面和地板上。"对不起,爱。"我倒抽了一口气,抓起一把扫帚用力扫起来,竭力掩饰我内心的混乱。"对不起!"我笑道,"我真是个傻瓜!"

"没事。"爱玛说,她把玫瑰花插进一个罐子里,然后拿起那盘煎饼,"我把这些端进去。谢谢,菲比,它们看上去很好吃。"

我原以为盖伊会跟随她,但他去了水槽边,打开下面的橱柜,拿出簸箕和刷子。我痛苦地意识到他熟悉爱玛家的厨房。

"别担心。"我反而对他说道。

"没事——我来帮你。"他把裤腿拉到膝盖处,弯下身清扫胡椒粒。

"到处都是,"我絮叨道,"我太笨了。"

"你知道胡椒从哪里来的吗?"他突然问道。

"不知道,"我答道,跪下来用指尖捡起几粒,"南美?"

"印度的喀拉拉邦。直到 15 世纪,胡椒仍然十分珍贵,可以拿来当钱用,因而有'胡椒租金'(象征性租金)的说法。"

"真的吗?"我礼貌地问道,想到自己跟一个一分钟前才碰到的男人蹲在地板上,讨论黑胡椒的奥妙,真是不可思议。

"好了,"盖伊站起身,把簸箕里面的胡椒倒进垃圾桶,"我得进去了。"

"是的……"我笑了,"爱玛肯定在纳闷什么把你绊住了。不过……谢谢。"

晚宴接下来的时间模模糊糊就过去了。跟之前承诺的一样,爱玛把我安排在了盖伊旁边,我客气地跟他聊天,努力控制住自己的情绪。我一直祈祷他会说点让人讨厌的事情——比如他刚结束康复治疗,或者他有两位前妻和五个孩子。我原本以为他的谈话会很乏味,但他说的事情反倒增加了他的吸引力。他趣味盎然地谈起他的工作,以及他有责任把客户的钱投入到不仅无害,还能对环境和人类健康福祉产生积极影响的事情上。他谈起与一家致力于取缔童工的慈善组织的合作。他充满深情地谈起他的父母和兄弟,他每周跟他兄弟在切尔西海港俱乐部打一次壁球。爱玛真幸运,我想。盖伊似乎跟她描述的一模一样。晚宴进行当中,她频繁看向他的方向,并且不经意间提及他。

"前几天的一个晚上,我们去了戈雅展览的开幕式,是吧,盖伊?"盖伊点点头,"我们还在努力弄下周歌剧院《托斯卡》的票,是吧?"

"是的……没错。"

"几个月前票就卖完了,"她解释说,"但我希望从网上弄到退票。"

爱玛的朋友们渐渐注意到他们的关系。"你们俩认识多久了?"查理问盖伊,诡秘地冲他笑。"你们俩"这个词让我感到一阵嫉妒,爱玛高兴得脸红了。

"哦,不久。"盖伊平静地答道,他的缄默似乎进一步证实了他对她的兴趣……

"你觉得怎么样?"第二天一早,爱玛在电话里问我。

我不停摆弄着文件夹:"什么怎么样?"

"当然是盖伊!你不觉得他很帅吗?"

"哦……是的,他很……帅。"

"一双美丽的蓝眼睛,再配上他黑色的头发,简直了。"

我看向窗外的新邦德街:"简直了。"

"他特别健谈。你同意吗?"

我可以听见车辆发出的嘈杂声。"同意。"

"此外,他还很幽默。"

"嗯。"

"跟我约会过的其他男人相比,他人不错,也正常。"

"毫无疑问。"

"他是个好人。最重要的是,"她总结说,"他对我有兴趣。"

我不忍告诉她一小时前,盖伊打电话给我,邀请我吃饭。

我不知道该怎么做。通过苏富比的电话总机,盖伊轻易找到了我的联系方式。起初我感到欢欣鼓舞,接着觉得惊骇。我谢了他,说我不能去。那天他又给我打了三次电话,可我正紧张万分地为一场 20 世纪的时装及配饰拍卖会做准备,没有接到电话。盖伊第四次打来电话,我简短地对他说:"你真执着,盖伊。"

"没错,但这是因为我……我喜欢你,菲比,并且我认为——如果我没有冒昧的话——你也喜欢我。"我正在给皮尔·卡丹 20 世纪 70 年代中期的一套绿色斑点羊毛裤套装系批号,我的心慌乱地跳个不停。"你为什么不答应呢?"他请求道。

"呃……因为……有点微妙,不是吗?"

出现了一阵尴尬的沉默。"听着,菲比……爱玛和我只是朋友。"

"真的吗?"我审视着一条裤腿上面的一个洞,像是被虫蛀了,"你似乎经常跟她见面。"

"唉……多数是爱玛给我打电话,说拿到了门票,比如戈雅的开幕式。我们一起出去了几次,玩得也很开心,但我从来没让她误会我……"他的声音越来越轻。

"可是很显然你以前去过她的公寓。你知道簸箕和刷子的精确位置。"我低声责备道。

"是的——因为上个星期她让我帮忙修补水槽下面的一个漏洞，我得把所有东西都从碗橱里拿出来。"

"哦，"我如释重负，"我明白了，但是……"

盖伊叹了口气。"听着，菲比，我喜欢爱玛——她很有才华，也很有趣。"

"噢，她很——可爱。"

"虽然我觉得她的感情很强烈，"他继续说，"如果不是有些疯狂的话，"他胆怯地笑了笑，吐露道，"可我跟她没有在……约会。她真的不能那么想。"我没有回答。"你能跟我一起吃饭吗？下个星期二怎么样？在渥斯利可以吗？我来订一张七点半的桌位。你来吗，菲比？"

要是当时我能知道事情的走向，我一准会说："不，我不会去。绝对不会。永远不会。"

"好的。"我听见自己说……

我考虑过不把这件事情告诉爱玛，可我们是朋友——我不能瞒着她，尤其如果有一天她发现了，会弄得很不愉快。所以那个星期六，我和爱玛在玛丽勒本大街我们最喜欢的阿米奇咖啡店碰面时，我告诉了她。

"盖伊约你出去？"她微弱地重复道，"哦。"她放下杯子，手在发抖。

"我没有……给他暗示，"我温柔地解释道，"我没有……在你的宴会上跟他调情，如果你不希望我去，我就不会去，但我不能不告诉你。爱？"我去握她的手，注意到由于长期做缝补、粘贴和拉伸纤维的工作，她的指尖红红的。"爱玛，你觉得呢？"她搅动着卡布奇诺，望向窗外。"我不会见他，一次也不会，如果你不想我去的话。"

起初爱玛没有回答。她绿色的大眼睛看向街上一对手牵手走路的年轻情侣。"没事，"过了一会儿，她说，"毕竟……我认识他并不久，正如你指出的——虽然他没有让我别去那么想……"她的声音颤抖起来，"还有他送给我的那些玫瑰，我原以为……"她用一张纸巾擦眼睛，上面印着"阿米奇咖啡馆"的字样。"呃，"她用低沉而沙哑的声音说道，"看来我不可能跟他一起去看《托斯卡》了。也许你能跟他一起去，菲比。他说过他很期待……"

我沮丧地叹了口气。"听着，爱，我要拒绝他。如果这样会让你苦恼，那我就没一点兴趣了。你的友谊对我来说意义非凡——"

"别，"爱玛打断了我，她摇摇头，"你应该去，菲比——如果你喜欢他的话，我想你喜欢他，不然我们也不会有这样的谈话。无论如何……"她拿起包，"我得走了。我竟然要给欧仁妮公主做一顶包头软帽。"她愉快地冲我挥了挥手，"我会尽快跟你联系。我保证。"

可是接下来的六个星期，她都没有回我的电话。

"我希望你能给盖伊打电话，"我听见妈妈说，"我觉得对他来说你很重要。实际上，菲比，我得跟你说点事……"

我看着她，她的语气突然变得严肃起来，让我惊讶。

"什么事？"

"嗯……上个星期盖伊打电话给我了。"我感觉到一阵下坠的感觉，仿佛正从一个陡坡往下滑，"他说他想见你，就跟你说说话——现在别摇头，亲爱的。他觉得你对他'不公平'——他用的就是这个词，虽然他没说原因。但我怀疑你对他确实不公平，亲爱的——不公平，并且坦率说，很愚蠢。"妈妈从包里拿出一把梳子，"找到一个好男人并不容易。我觉得你很幸运，你那样抛弃他，他还想着你。"

"我不想跟他有任何联系，"我强调，"对他，我的感情变了。"盖伊知道原因。

妈妈用梳子梳着卷曲的金发。"我只是希望你不会后悔。我希望你也不会后悔离开苏富比拍卖行。我仍然觉得这是件憾事。在那里你有威望，并且工作稳定——开展拍卖也刺激……"

"你是指，拍卖的压力？"

"你还有一群同事。"她忽略我的话，坚持说道。

"现在我有顾客群和兼职助理，我会找到一位兼职助理的。"这是我需要抓紧时间去做的事情。佳士得拍卖行马上有一场时装拍卖，我想去。

"你还有一份固定的收入。"妈妈继续说，放下梳子，拿起粉饼盒，"现在你在这里，开了这家——店。"她努力让这个词听起来像妓院，"要是行不通呢？你借了一大笔钱，亲爱的——"

"谢谢您提醒我。"

她在鼻子上涂了点粉。"这工作会非常辛苦。"

"做辛苦的工作我没问题。"我心平气和地答道，"因为这样我不用思考。"

"总之,该说的我都说了。"她装出一副和蔼可亲的样子总结道,快速合上粉饼盒,放回包里。

"你的工作做得怎么样了?"

妈妈苦笑道:"不好。拉德布罗克路的那栋大房子有些问题——约翰要疯掉了,这让我也很难办。"妈妈是成功建筑师约翰·克兰菲尔德的私人助理。这份工作她做了二十二年了。"不容易,"她说,"不过在我这个年纪还有份工作让我觉得很幸运。"她看了看镜中的自己。"看看我的脸。"她抱怨道。

"这是张很美的脸,妈妈。"

她叹了口气。"脸上的皱纹比戈登·拉姆齐盛怒时还多。这些新面霜没有一点用。"

我想起妈妈的梳妆台。过去上面只有一瓶玉兰油,现在它像百货公司的化妆品柜台,摆满了一管管的全反式维生素A酸和维生素E、一罐罐创世新纪元护肤品和滋养护肤液,还有伪科学的缓释神经酰胺和透明质酸、细胞培养、环氧树脂修复胶囊,形形色色,诸如此类。

"罐子里的只是梦想,妈妈。"

她戳了戳脸颊。"也许注射一点肉毒杆菌素会有用……我一直在考虑这件事。"她用左手的食指和中指撑开眼皮,"如果我不走运,出问题的话,我的眼睑会耷拉到鼻孔处。可我真的讨厌这些皱纹。"

"那么学着爱它们。五十九岁有皱纹很正常。"

妈妈往后退缩了一下,就像我打了她一个耳光。"不要。我讨厌乘公交车免费。为什么他们不能在我们六十岁时让我们免费乘坐出租车呢?那样我就不会那么介意了。"

"总之,皱纹不会让美丽的女人少一分美丽,"我提醒她,把一堆"古董衣坊"的购物袋放在收银台后面,"只会让她们更有趣。"

"对你父亲来说就不是这样。"我没有回答。"说真的,我原以为他喜欢旧东西。"妈妈冷冰冰地补充道,"毕竟他是个考古学家。可他现在跟一个只比你大一点点的女孩在一起。真是荒谬。"她嘟囔道。

"确实让人诧异。"

妈妈掸了掸裙子上的尘土。"你今晚没邀请他吧?"从她淡褐色的眼睛中,我看到了令人心碎的惊慌和希望。

"是的,我没有。"我温和地回答。并不是因为鲁丝可能会来,而是我不会给她好脸色,更确切地说我会对她冷酷无情。

"那个女人三十六岁。"妈妈愤恨地说,似乎"六"冒犯到了她。

"她现在三十八了。"我指出来。

"没错——而他六十二岁了!真希望他没有参与那个该死的电视节目。"她呜咽道。

我从防尘袋里拿出一个森林绿爱马仕凯莉包,放进玻璃展示柜里。"你不可能未卜先知,妈妈。"

"想想还是我劝说他的——在她的请求下!"她拿起一杯香槟,她的婚戒在阳光下闪着光。她仍然戴着它,无视我父亲的离弃。"我以为会对他的职业有帮助,"她抿着酒,痛苦地说下去,"我原以为这会提升他的形象,让他赚更多的钱,在我们退休时派上用场。然后他去拍摄《大挖掘》，可似乎他挖掘的主要东西，"妈妈苦笑道，"是她。"她再次抿起香槟，"这真是……让人恶心。"

我不得不承认这一点。一来，在三十八年的婚姻中，这是我父亲第一次婚外恋；二来，我母亲是从《每日快报》八卦版发现这件事情的。想起那张照片下面的标题，我就发颤。照片里，我父亲跟鲁丝在她诺丁山①公寓的前面，父亲看上去异常地躲闪。标题是这样写的："荧屏教授抛弃妻子，深陷第三者怀孕传闻。"

"你经常见到他吗，亲爱的？"妈妈故意用漫不经心的口吻问道，"当然，我不能阻止你，"她继续说，"我也不想阻止——他是你父亲；不过老实说，想到你跟你父亲，还有她，还有……在一起。"妈妈提起那个孩子难以开口。

"我很久没见爸爸了。"我如实答道。

妈妈大口喝完香槟酒，把杯子拿去厨房。"我不能再喝了。它只会让我想哭。"她回来后，轻快地说，"我们换个话题。"

"好的。跟我说说你觉得这家店怎么样。你好几个星期没来了。"

妈妈四处转了转，优雅的细高跟鞋轻轻敲打着木地板。"我喜欢这家店。一点也不像在一家二手店里，更像在很高级的地方，比如第八阶段时装店。"

"听你这么说我很高兴。"我把酒杯放在柜台排成一列，香槟酒微微冒着气泡。

"我喜欢这些时尚的银色人体模型，有一种整齐悦目的感觉。"

"那是因为有些古董衣店乱糟糟的——架子挤成一团，你只

---

① 英格兰伦敦西部一区，有许多西印度群岛人住在那里，尤其以诺丁山狂欢节出名。

能费劲地从中间穿过。这里的衣服之间有足够的光和空气，随意观看就是一种享受。如果一件衣服卖不出去，我就拿出另外一件。不过这些衣服不都很漂亮吗？"

"是的，"妈妈回答，"从某种程度上说，"她对着蛋糕裙点了点头，"那几件很有意思。"

"我知道——我喜欢这些裙子。"我努力去想象谁会买走这些裙子，是否仅仅看着这些裙子，就能跟我一样快乐，"这件和服怎么样？这是一九一二年的衣服了。你见过这种绣花吗？"

"很漂亮。"

"漂亮？这是一件艺术品！还有这件巴黎世家的长外套。看看这个剪裁，包括袖子，它是用两块布做成的。这件衣服的造型让人惊艳。"

"唔唔……"

"还有这件紧身外衣——它是杰奎斯·菲斯的。看看这个小棕榈树图案的织锦缎。今天你上哪儿能找到这样的东西？"

"这些都很好，只是——"

"这是纪梵希的套装。看，你穿上会非常好看，妈妈。你可以穿及膝裙，因为你有一双美腿。"

她摇摇头："我永远不会穿古董衣服。"

"为什么不呢？"

她耸耸肩："我一向更喜欢新东西。"

"我不知道为什么。"

"我以前跟你说过，亲爱的——我成长在实行定量配给的时代。那时我只能穿别人穿过的不好看的旧衣服，扎人的设得兰羊毛衫、灰色的哔叽短裙、粗布羊毛马甲裙,闻起来像是下雨时潮乎乎的狗。我过去老是渴望拥有没人用过的东西,菲比。现在也是这样——我没办法。我没法忍受穿别人穿过的衣服。"

"可是所有衣服都水洗并干洗了。这不是一家慈善商店,妈妈。"我快速擦了一下柜台,"这些衣服都是崭新的。"

"我知道,并且闻起来很清新——我没有发现丝毫霉味。"她闻了闻,"没有一丝樟脑丸的味道。"

我拍了拍丹刚才坐过的沙发,把垫子拍得松软鼓起。"那么问题是什么?"

"想到穿着的衣服属于某个人,某个大概已经……"她微微耸了耸肩,"死去的人,我就发怵。在这方面,你跟我不一样。你像你父亲。你们都喜欢旧东西……把它们拼合起来。我觉得你在做的事情也是一种考古。"她继续说,"服装考古。哦,看,有人来了。"

我端起两杯香槟,脸上挂着热情洋溢的笑容,走出去迎接进门的人。"古董衣坊"开业了。

/ 第二章 /

古董衣店

我总是很早醒来,不需要看钟就知道是什么时间——三点五十分。六个月来,我每天都是三点五十分醒来。我的医生说这是压力引发的失眠,但我知道不是因为压力,而是因为内疚。

我不想吃安眠药,于是有时我会起来工作,以此消磨时间。我会打开洗衣机洗衣服——洗衣机总是忙个不停;我会熨几件衣服,做点修补工作。我知道最好回去睡觉,便躺在那里,开着英国广播公司的全球服务电台或者一些深夜直播节目,试图让自己静下来,直到头脑一片空白,可昨天晚上我没有那么做——我躺在那里想着爱玛。我一闲下来,她就反复在我脑中打转。

我看见她在我们那个小学里身穿绿色条纹裙子;我看见她像海豹一样跳进游泳池;我看见她在每次网球比赛之前亲吻她的幸运克鲁格金币;我看见她拿着帽模在皇家艺术学院;我看见她在阿斯科特赛马会的照片登在《时尚》杂志上,戴着她的一顶漂亮帽子,满面春风。

接着，晨曦的光芒照进卧室，我看见了爱玛，就像我最后一次见她的样子。

"对不起。"我低声说。

你是个完美的朋友。

"对不起，爱。"

没有你，我该怎么办？

我站在花洒下面淋浴，强迫自己把思绪拉回到工作和昨晚的派对上。来了近八十人，包括苏富比拍卖行的三位前同事、住在贝内特街上的一两位邻居、几位本地店主。附近房地产公司的泰德突然到访——他从男装架上买走了一件丝绸背心；花店老板鲁珀特也出现了；还有皮帕，他经营金盏花咖啡馆，跟他妹妹顺道过来。

我邀请的一两位时尚记者也到场了。我希望跟他们维持和谐的关系，他们可以借我的衣服拍照，这样也能帮我做免费宣传。

"非常雅致。"我往来应酬给宾客添加香槟，《妇女与家庭》杂志的米米·朗告诉我。她把杯子递给我，让我斟满。"我热爱古董衣服。这就像置身于阿拉丁的藏宝洞——能发现奇妙的东西。你独自经营这家店吗？"

"不，一周里我需要找人帮我看几天店，我好外出进货，把衣服拿去清洗和修补。如果你有这样的人选，可以推荐给我……他们需要对古董衣感兴趣。"我补充道。

"我会关注的，"米米承诺道，"哦，那边那件真的是福图尼设计的吗？"

我得登广告招聘一名助理，我一边擦干身体，梳理湿发，一边计划道。我可以在当地报纸登一则广告——也许就在丹任职的那家,管它叫什么。

我穿上亚麻布阔腿裤和带小圆领的短袖修身衬衣,意识到丹准确识别出了我的风格。我确实喜欢 20 世纪 30 年代末期和 40 年代初期的斜裁裙和阔腿裤;我喜欢齐肩发和斜刘海;我喜欢阔摆大衣、手拿包、露趾高跟鞋和有缝长袜;我喜欢垂坠感好的光滑面料。

我听见信箱发出嗒嗒响声,下楼看见垫子上有三封信。我认出第一封信是盖伊的笔迹,于是把信撕成两半,扔进垃圾桶。从他之前寄来的信,我知道这封信里会写些什么。

第二封信是爸爸的卡片。"祝你的新事业一帆风顺,"他写道,"我很想你,菲比。请尽快来看看我,我们太久没见了。"

他说得没错。我太忙了,自从二月初以后就没见过他。上次为了调和彼此的关系,我们在诺丁山的一个咖啡厅见面,吃了一顿午餐。我没想到他会带上那个婴儿。看到我六十二岁的父亲胸前趴着一个两个月大的孩子——委婉点来说,我大吃一惊。

"这是……路易斯。"他边尴尬地说,边摸索着婴儿背带,"怎么解开这个东西?"他喃喃道,"这些该死的扣子……我总是不会……啊,解开了。"他宽慰地叹了口气,把孩子抱出来,抱在怀里,脸上的表情温柔又困惑。"鲁丝出去拍电影了,我不得不带上他。哦……"爸爸焦急地看着那张皱起的小脸,"你觉得他饿了吗?"

我惊骇地看着爸爸:"我怎么可能知道?"

爸爸在育婴包里翻找奶瓶,我盯着路易斯,他下巴上挂着亮

39

晶晶的口水，不知道在想什么，更不用说说话了。他是我的小弟弟。我怎么可能不爱他？与此同时，我纳闷：我怎么能爱他？就是他的到来造成了我母亲的痛苦！

这时，路易斯完全不受复杂情势的干扰，用他的小手抓住了我的手指，对我露齿而笑。

"很高兴见到你。"我说……

第三封信来自爱玛的母亲。我认得她的笔迹。我撕开信封，手抖个不停。

"我写信来只是想祝你的新事业一切顺利。"她写道，"爱玛肯定会激动不已。希望你一切都好，菲比，她已经走了。德里克和我仍然在慢慢接受一切。对我们来说，最难以忍受的是她出事时我们不在她身边——你不能想象这让我们多么痛苦。""哦，不，我可以。"我低语道。"我们还没有整理好爱玛的物品……"我感觉心里一紧。爱玛有写日记的习惯。"等我们整理完，我们会给你一些她的小东西作为留念。我还想告诉你爱玛的一周年纪念日（二月十五日）那天会有一个小仪式。"我不需要提醒——这个日期会深深地烙在我余生的记忆里。"到时候我会再联系你，在那之前，愿上帝保佑你，菲比。——达夫妮。"

要是她知道真相，她不会保佑我的。我黯然想道，忍住泪水。

我让自己镇定下来，从洗衣机里拿出几件法国绣花睡衣，把它们挂起来晾干，然后锁上门，走到店里。

还需要做一些清理，我打开门，闻到了昨晚香槟酒的酸味。我叫了辆出租车把酒杯送回奥德宾斯酒业，把空瓶子拿出来以便回收，拖了地，给沙发喷了去污剂。教堂敲响九点的钟声，我把

"打烊"的牌子翻到"营业"。

"好了,"我大声说道,"第一天。"

我在柜台后面坐了一会儿,修补一件琼·缪尔夹克衫的衬里。到十点钟时,我郁闷地想妈妈说的也许是对的。人们路过,顶多瞥一眼漂亮的橱窗陈列,我想也许我犯了一个大错。也许经历了苏富比拍卖行忙碌的工作后,我会觉得坐在店里很无聊。但我提醒自己我不会仅仅在店铺里坐着——我会去参加拍卖会,见经销商,去私人那里评估他们的衣服。我会跟好莱坞时装设计师聊天,打听他们著名客户的衣服来源,并且我还会去法国。我还要运营"古董衣坊"网站,因为我要直接从网上卖衣服。有足够多的事情要做,我重新穿针时告诉自己。我提醒自己,之前的生活多么紧张繁忙。

在苏富比拍卖行,我一直面临巨大压力。要成功举办拍卖会并且完美地处理各项事宜带来无休止的压力;又担心没有足够的东西进行下一场拍卖。如果我想办法搞到了足够的商品,又总要担忧衣服卖不出去,卖不到足够高的价格,买主不付账。我还总是担心东西被偷走、被损坏。最糟糕的是,担心重要的藏品会落入竞争对手的拍卖行——我的老板们总想知道原因。

然而二月十五日发生了些事情,我应付不了。我知道我得离开。

突然我听到门咔嗒作响。我抬起头,期待看到我的第一位顾客,结果是丹·罗宾逊,他穿着橙红色的灯芯绒裤子和淡紫色的格子衬衣。这个男人没有一点色感。不过他身上有些吸引人的地方,也许是他的体格——我意识到,他很结实,像一头熊。也或许妈妈是对的,是因为他的鬈发。

"我昨天没有把卷笔刀落在这里吧,是吗?"

"呃,没有。我没有看到。"

"该死的。"他嘟囔道。

"是个很特别的卷笔刀吗?"

"没错。它是银制的,很坚固。"他补充道。

"真的吗?嗯……我会留意的。"

"好的。你的派对怎么样?"

"很好,谢谢。"

"总之……"他举起一张报纸,"我是来给你送报纸的。"那是《黑&绿》。首页是丹给我拍的照片,下面的说明文字是,酷爱古董时装。

我看着他:"我记得你说过这篇文章星期五见报。"

"本来是的,但是今天的头条特写由于诸多原因取消了,我的编辑马特就放上了你这篇文章。幸好我们付印比较晚。"他把报纸递给我,"我觉得出来的效果很不错。"

我快速扫了眼文章。"写得很好,"我说着,尽力掩饰声音里的惊讶,"谢谢你在结尾放上了网址——哦。"我大吃一惊,"为什么文章里说开业第一个星期每件东西优惠百分之五?"

丹的脖子红了。"你知道的,我只是觉得试销优惠会有利于你做生意。"

"我明白了。嗯,怎么说,这有点……冒失。"

他做了个鬼脸。"我知道……我写文章的时候,突然想到这一点,我知道你在忙派对的事,因而没有给你打电话,然后马特说他想要马上刊出这篇文章,于是……呃……"他耸耸肩,"对不起。"

"没事,"我不情愿地说道,"我必须说,你让我吃了一惊,不过百分之五……没问题。"实际上这会有助于我做生意,我考虑到了,虽然我并不想承认。"无论如何,"我说着叹了口气,"昨天我们聊天时我有点分心。你说谁会拿到这张报纸来着?"

"星期二跟星期五早上,报纸会分发到这片区域的所有车站。也分发给选定的企业和家庭,因而本地的许多人应该都能看到。"

"太好了。"我对丹笑道,现在是发自内心地感谢,"你在这里工作很久了吗?"

他似乎有些迟疑:"两个月。"

"从创刊开始?你说过这是一份新报纸。"

"差不多。"

"你住在附近吗?"

"就在附近希瑟格林。"出现了一阵奇怪的短暂停顿,我正等他说离开,他道,"你一定要来希瑟看一下。"

我看着他:"不好意思?"

他笑了:"我是说你有空时一定要来转转。"

"哦。"

"来喝一杯。我想让你看看我的……"

"什么?"我纳闷道,"蚀刻画?"

"棚屋。"

"你的棚屋?"

"没错。我有一个棒极了的棚屋。"他平静地说。

"真的吗？"我想象里面有一堆乱七八糟的生锈园艺工具、满布蜘蛛网的自行车和破碎的花盆。

"或者说等我完工时它会很棒。"

"谢谢，"我说，"我会记在心里。"

"唉……"丹把铅笔别在耳后，"我得去找卷笔刀了。"

"祝你好运。"我笑道，"回头见。"他离开了店铺，透过窗户朝我挥了挥手。我也冲他挥手。"这个人好古怪啊！"我小声说。

丹离开不到十分钟，顾客三三两两地来了，其中至少有两个人拿着《黑&绿》报纸，似乎它预示着好运的来临。我尽量不以提供帮助的名义打搅他们，或者太明显地盯着他们。爱马仕包和昂贵的首饰都放在带锁的玻璃柜里了，但我没有在衣服上放电子标签，担心破坏它们的质地。

到十二点时，有大约十个人来到店里。我也做了第一笔生意——卖出一件20世纪50年代的紫罗兰图案泡泡纱背心裙。我想把这张收据裱起来。

下午一点十五分时，一个二十出头的红头发小个子女孩和一个衣着考究的快四十岁的男人走了进来。她在店里查看衣服，他跷着二郎腿坐在沙发上，露出穿着丝袜的脚踝，用拇指翻动着黑莓手机。那个女孩看了看晚礼服架子，一无所获；接着她的视线停留在挂在墙上的蛋糕裙上。她指着四件中最小的那条淡绿色裙子。

"那件多少钱？"她问我。

"二百七十五英镑。"她若有所思地点点头。"丝质面料，"我解释说，"水晶是手工缝制的。你想要试试吗？尺码是6号。"

"嗯……"她急切地看向男朋友,"你觉得怎么样,基思?"他从黑莓手机上抬起头来,女孩冲这条裙子点点头,我正从墙上拿下来。

"那件不行。"他脱口而出。

"为什么不行?"

"太鲜艳了。"

"我喜欢亮一点的颜色。"女孩卑微地抗辩道。

他又去看黑莓手机。"不适合那种场合。"

"可那是个舞会。"

"太鲜艳了,"他坚持道,"并且不够时髦。"我对这个男人的态度由讨厌转为憎恶。

"请让我试试。"她恳求地笑道。

他看着她。"好吧。"他夸张地叹了口气,"要是你非得试……"

我把女孩带到更衣室,拉上帘子。一分钟后,她出来了。那条裙子就像是为她量身定制的,展示了她的细腰、可爱的肩膀和纤细的胳膊。明亮的淡绿衬托出她金红色的头发和细腻的皮肤,紧身上衣更显出她的胸部线条。绿色的薄纱衬裙一层层环绕住她,一颗颗水晶珠在阳光下闪烁着光芒。

"实在是太美了。"我低声说。我想不出还有哪个女人穿上这条裙子会比她更漂亮。"你想试一双鞋来搭配这条裙子吗?"我补充说,"看看这条裙子配上高跟鞋是什么效果?"

"哦,我不需要。"她说着踮起脚来,盯着镜中的自己,摇摇头,"真的很好。"她似乎有些不知所措,好像刚刚发现了自己一些美妙的秘密。

她身后，另一个顾客走了进来，一个黑头发的苗条女人，大约三十岁，身穿豹纹衬衣式连衣裙，臀部围着一条金色链式腰带，脚上穿着一双角斗士凉鞋。她停下脚步，凝视着那个女孩。"你看上去美极了！"她大声说道，"像年轻的朱丽安·摩尔。"

女孩惬意地笑了。"谢谢。"她盯着镜中的自己，"这条裙子让我感觉……仿佛我在……"她迟疑了一下，"一个童话里。"她紧张地看着男友，"你觉得呢，基思？"

他看着她，摇了摇头，又继续看黑莓手机。"正如我所说的——太亮了。而且穿上它让你看起来要去跳芭蕾，而不是去多尔切斯特的时尚晚宴舞会。看这里，"他站起身，来到晚礼服衣架前，抽出一件诺曼·哈特内尔的黑色绉绸鸡尾酒会礼服，递给她，"试试这件。"

女孩沉下脸来，不过她还是回到了试衣间，一分钟后穿着那件衣服出来了。对于她来说，这件衣服的款式太老了，颜色也衬得她的肤色暗淡起来。她看上去像是要去参加一场葬礼。我看见那个穿豹纹裙的女人看向她，审慎地摇了摇头，又回到衣架边。

"这件更好。"基思说。他用食指做了个转圈的手势，女孩叹了口气，缓慢转了一圈，翻了翻白眼。穿豹纹裙的女人噘起嘴唇。"完美。"基思说。他把手插进口袋。"多少钱？"我看了眼那个女孩，她的嘴唇在颤抖。"多少钱？"他又说了一遍，打开钱包。

"可我喜欢那条绿色的。"她低声说。

"多少钱？"他重复道。

我感觉脸在发红。"一百五十英镑。"

"我不想要，"女孩请求道，"我喜欢那条绿色的裙子，基思。

它让我感觉……开心。"

"那么你得自己花钱把它买下来。如果你买得起的话。"他和悦地补充道,再次看向我,"这件是一百五十英镑?"他敲了敲报纸,"报纸上说打九五折,算下来是一百四十二英镑零五分吧?"

"没错。"我说着,他的计算速度让我惊讶,真希望我能要他双倍的钱,好让那个女孩得到那条蛋糕裙。

"基思,求你了。"她呻吟道,眼睛里含着泪花。

"好啦,凯莉,"他抱怨道,"让我休息一下。这条黑色迷彩短裙再合适不过了,有一些重要客户会去,我不想让你看上去像他妈的仙女小叮当,好吗?"他瞥了眼看上去就很贵的表,"我们得回去了——记住,两点半我有个关于基尔伯恩地皮的电话会议。现在,我要买这条黑色的裙子吗?我可以告诉你,如果我不买,星期六你不用去多尔切斯特了。"

她看向窗外,默默点了点头。

我从出纳机里把收据撕下来,男人伸出手接过袋子,然后把信用卡放回钱包里。"谢谢。"他轻快地说。然后,他走了,女孩闷闷不乐地跟在他身后。

门咔嗒一声关上了,穿豹纹裙的女人和我面面相觑。

"我希望她拥有那条童话般的裙子,"她说,"有一个那样的王子,她需要那件衣服。"我觉得不太好表现出挑剔客户的样子,懊悔地笑了笑表示同意,把那条绿色蛋糕裙重新挂回去。"她不只是他的女朋友——她为他工作。"女人继续说道,审视着一件来自20世纪80年代中期蒂埃里·穆勒的桃红色皮夹克。

我看着她:"你怎么知道的?"

"他比她大得多,盛气凌人,她则唯唯诺诺……她清楚他的日程安排。我喜欢观察别人。"她告诉我。

"你是作家吗?"

"不是。我喜欢写作,但我是个演员。"

"你现在在参演什么剧目吗?"

她摇摇头。"正如他们所说,我在'休息'——事实上,最近我比睡美人睡得还多,但是,"她发出一声戏剧性的沉重叹息,"我不想放弃。"她又看着那几件晚礼服,"它们真的很漂亮。可惜,我穿不了,即使我有钱也不行。它们是美国的裙子,是吗?"

我点点头:"20世纪50年代早期的。对于战后的英国人来说,它们有点浮华了。"

"面料非常好,"女人说着,眯起眼睛看着它们,"像这样的裙子通常是用醋酸纤维和尼龙衬裙做的,不过这几条是丝绸的。"她对衣服颇有了解,并且眼光独到。

"你买很多古董衣吗?"我问道,把一件淡紫色的羊绒衫重新叠好,放到针织品架子上。

"只要我能承受得起,我就买,如果我厌倦了哪件衣服,我总能卖出去。不过这种事很少发生,因为我买得都很成功。我永远记得我第一次买古董衣的兴奋感,"她说着把蒂埃里·穆勒放回架子上,"那是泰德·拉皮迪斯的皮大衣,一九九二年我在乐施会买的。现在看上去仍然很好。"

我想起我的第一件古董衣。我十四岁时购于格林尼治市场的一件莲娜·丽姿凸花花边蕾丝衬衣。那是一次周六逛街时,爱玛帮我挑选的。

"你的裙子是切瑞蒂的,是吗?"我问她,"可被改过了。它原本是到脚踝长度的。"

那个女人笑道:"完全正确。十年前我在一个旧货义卖上买到它的,但是褶边被撕破了,于是我把它改短了。"她掸了掸身前的灰尘,"这是我花得最值的五十便士。"她走到日装架,拿出一件20世纪70年代早期的青绿色双绉裙,"这是艾丽丝·波洛克的吗?"

我点点头:"这是定制的。"

"我也这么认为。"她看了下价钱,"我买不起,但我还是忍不住要看。我在报纸上读到你的店铺开张了的新闻,想来看看你有什么衣服。好吧。"她叹了口气,"我可以做做梦。"她友好地对我笑了笑,"对了,我是安妮。"

"我是菲比。菲比·斯威夫特。"一时冲动,我问道,"我想知道……你现在有工作吗?"

"我在做一些临时工,"她答道,"有什么就做什么。"

"你住在附近吗?"

"是的。"安妮好奇地看着我,"我住在达特默思山。"

"我这么问是因为……你瞧,我想你或许有兴趣在这里工作,是吧?"我脱口而出,"我需要一位兼职助理。"我解释道。

"一个星期工作两天?"安妮回复道,"这很适合我——我可以做些常规工作——只要我能去试镜。我并没有很多试镜机会。"她沮丧地补充道。

"我会灵活安排工作时间,有些星期,我需要你每周工作两天以上。你说过你会缝纫?"

"我针线活很好。"

"如果你能在没有客人的时候做些小修小补,或者熨熨衣服的话,会很有帮助。如果你还能帮我布置橱窗就更好了——我不太擅长摆弄那些人体模型。"

"这些我都喜欢。"

"你不用担心你是否跟我相处得来,你在这里的时候,我多半会外出,这是最关键的。这是我的电话号码。"我递给安妮一张"古董衣坊"的明信片,"考虑一下。"

"嗯……实际上……"她笑了,"我不需要考虑。这份工作对我来说再合适不过了。不过你得查看一下我前雇主的推荐信,"她补充说,"确定一下我不会卷货逃走,因为这些古董衣实在是太有诱惑力了。"她调皮地大笑道,"除此之外,我什么时候可以上班?"

于是,周一早上,安妮开始上班了。她提供了两位前雇主的推荐信,他们都极力赞扬她的忠诚与勤奋。我请她早点来,这样我可以在去佳士得拍卖会前告诉她要做的工作。

"花点时间熟悉这些衣服,"我建议她,"晚装在这里。这是女式内衣。这里是一些男装……这个架子上是鞋子和包包。这张桌子上是针织品。我来打开收银机。"我拨弄了一下收银机的电子钥匙,"如果你能做一点修补工作的话……"

"没问题。"我走进私室拿出一件需要修补的穆雷·阿贝德的裙子。"那是爱玛·基茨的作品,对吗?"我听见安妮说道。我回到店里。她正目不转睛地看着那顶帽子。"真让人悲伤。我在报上读到过她的消息。"她转向我,"为什么你要把这顶帽子放在这里?这不是古董,并且上面写着非卖品。"

有那么一瞬间,我想要对安妮坦白说每天看着那顶帽子是一种悔罪。

"我认识她,"我解释道,把那条裙子和针线盒一起放在柜台上,"我们是朋友。"

"真让人难过,"安妮温柔地说,"你肯定想念她。"

"是的……"我用咳嗽来掩盖喉头的哽咽。"好了,这里是接缝——有一个小裂口。"我深呼吸道,"我得走了。"

安妮打开针线盒的盖子,挑选了一卷线。"拍卖什么时候开始?"

"十点。"我拿起目录,"我感兴趣的几件商品十一点以后才开始拍卖,但我想早点到那里,看看哪些衣服卖得好。"

"你想竞拍什么?"

"一件巴黎世家的晚礼服。"我翻到110号拍卖品的照片。

安妮仔细看了看:"真雅致呀!"

这条深蓝色无袖丝绸长裙剪裁相当简单,深圆的领口,微微鼓起的下摆,缀着一大圈流苏式银色玻璃珠。

"我想为一位私人客户买下它,"我解释道,"她是贝弗利山[①]的一位时装设计师。我相当清楚她的客户想要什么,因而我确定她会要这件衣服。还有这条格蕾夫人的裙子,我极想把它收进自己的收藏。"我翻到112号拍卖品的照片。这是一条新古典风格的

[①] 美国加利福尼亚州西南部城市,好莱坞影星集居地。

米色丝绸针织紧身连衣裙,自高腰线垂下几十个精致的褶裥,双交叉肩带,雪纺绸拖裾。我向往地叹息了一声。

"太美了。"安妮低声说。"它会是一件极好的婚纱。"她戏谑道。

我笑了。"这不是我想要件衣服的原因。我只是喜欢格蕾夫人礼服上无与伦比的褶裥。"我拿起包,"我现在必须要走了。哦,还有一件事——"我正要告诉安妮如果有人拿衣服来卖该怎么做,电话响了。

我接起电话。"古董衣坊。"说出店名的新奇感仍然让我激动。

"早上好,"一个女声说道,"我是贝尔夫人。"这个女人显然上了年纪。她说话带着法国口音,虽然几乎难以察觉。"我从报纸上看到你刚开了家店铺。"

"没错。"这么说丹的文章还是有效果的。我对他生出些好感。

"噢,我有一些不想要的衣服——一些很漂亮的衣服,但是我永远不会再穿了,还有一些包和鞋。但是我年纪大了。我没办法把它们——"

"不,当然不用,"我插话道,"我很乐意去您那里,如果方便给我您的地址的话。"我拿起日程表。"帕拉贡公寓吗?"我重复道,"距离很近。我可以走过去。我什么时候可以去?"

"你今天有时间来吗?我想尽快处理掉我的东西。我今天早上有约了,下午三点可以吗?"

那时我应该从拍卖会回来了,并且还有安妮看店。"三点没问题。"我说着快速写下门牌号码。

走下山往布莱克希思车站去的路上,我回想起去别人家里给衣服估值的技巧。通常的情况是一个女人死了，你跟她的亲戚打交道。他们会非常情绪化，因而你必须圆通得体。如果挑出一些衣服不要的话，他们会觉得受到了冒犯。如果你的出价低于他们预期的话，他们会不快。"才四十英镑吗？"他们会说，"这可是赫迪·雅曼的。"我会温柔地指出内衬破了，三颗纽扣不见了，袖口的污迹要找专业的干洗店处理。

有时家人不愿意卖掉这些衣服，讨厌你的出现，尤其是他们要变卖遗产来偿还债务或交税的时候。在车站站台等车的当口，我思考道，在这些情况下，你就像是一个闯入者。我去乡间别墅估值，经常会有女佣或男仆在那里哭泣，或者告诉我别动那些衣服——这相当恼人。如果我跟哪位鳏夫打交道，他通常会巨细无遗地讲述他妻子穿过的每件衣服，一九六五年他在迪金斯和琼斯店花了多少钱买下那件衣服，而她在"伊丽莎白二号"豪华游轮上穿上那件衣服有多么风光。

地铁进站时，我想起迄今为止最自在的场景，是一个女人要离婚了，想要处理掉丈夫买给她的所有东西。这种情况下，我能无可非议地干练一些。可是看到老妇人清空她们的衣橱，会让人情绪低落。正如我所说，那些不仅是衣服——不夸张地说，它们建构了一个人的生命。不过不管我多么喜欢听故事，我不得不提醒自己时间有限。我尽量把我的拜访时间控制在一小时内，我打定主意去贝尔夫人家也要这样。

从南肯辛顿地铁站出来后，我给安妮打了个电话。她听上去很高兴，已经卖出了一件薇薇安·韦斯特伍德的紧身胸衣和两件法式睡衣。她还告诉我《妇女与家庭》杂志的米米·朗询问她可否借几件衣服用来拍摄。听到这些消息我很振奋。我沿着老邦普顿路走到佳士得拍卖行,进入拥挤的门厅。我排队登记,然后拿起我的竞买号牌。

时尚拍卖很受欢迎,拍卖厅里已经坐满了三分之二的人。我在右边中间空排的最边上坐了下来,四下看了看我的竞争者,这通常是我去一场拍卖会时会做的第一件事。我看见了几个认识的经销商,还有一个在伊斯灵顿经营一家古董衣裙装店的女人。我认出了坐在第四排的《世界时装之苑》杂志的时尚编辑,在我右边,我发现了尼科尔·法伊①。空气里似乎弥漫着昂贵的气息。

"102号拍卖品。"拍卖师宣布道。我一下坐直了。102号拍卖品?可现在才十点半。以前我在开展拍卖时,从不偷工减料,但这个男人飞快地过着目录上的商品。我的脉搏加速跳动,看了看目录上的巴黎世家礼服,然后快速翻到格蕾夫人这件。它的起拍价是一千英镑,但拍卖价很可能会更多。我知道不应该买我不打算买的东西,可我告诉自己这是件很有价值的衣服。它有增值的潜力。如果我能以不超过一千五百英镑的价格拿下它,我就会出手。

"现在是105号拍卖品,"拍卖师说道,"一件艾尔萨·夏帕瑞丽的'艳粉色'丝绸夹克,来自她一九三八年的马戏团系列作品。请留意原装的杂技演员形状的金属纽扣。这件衣服的起拍价是三百英镑,谢谢。三百二十英镑,三百四十英镑……三百六十英镑,谢谢您,女士……有人出价三百八十英镑吗?"拍卖师透过

---

① 英国著名时装设计师。

他的眼镜仔细瞧，对坐在前排的一个金发女人点了点头，"那么，三百六十英镑……"木槌砰地落了下去。"成交。"那个女人举起她的竞买号牌。"给24号买家。谢谢您，夫人。现在是106号拍卖品……"

尽管我做拍卖师很多年了，但随着我的第一个竞拍品的临近，我的心还是怦怦直跳。我焦急地环顾了一下房间，思忖我的对手会是谁。大部分买家是女人，但是在我这排的最边上坐着一个看上去长相出众的四十多岁的男人。他快速浏览着目录，用一支金色水笔写写画画。

接下来的三个拍卖品每个不到一分钟就被电话竞投拍掉了。到了拍卖巴黎世家晚礼服的时候了。我感觉握着竞买号牌的手指渐渐发紧。

"110号拍卖品，"拍卖师宣布道，"一件一九六〇年的巴黎世家深蓝色优雅丝绸晚礼服。"主席台两侧的两个巨大显示屏上显示出这条裙子的图像。"请留意特有的简单剪裁和微微卷起的褶边，可以把鞋子露出来。这件衣服的起拍价是五百英镑。"拍卖商环顾了一下房间，"有人出五百英镑吗？"没有人拍，我等待着。"四百五十英镑呢？"他透过眼镜审视着我们。让我惊讶的是，还是没有人举手。"那么有人出价四百英镑吗？"坐在前排的一个女人点点头，我也点了点头。"四百二十英镑……四百四十英镑……四百六十英镑。有人出四百八十英镑吗？"拍卖师看着我，"谢谢您，女士。目前您出价最高，四百八十英镑。有比四百八十英镑更高的价格吗？"他转向前排的女人，她摇了摇头。"那么四百八十英镑成交。"木槌落了下来。"四百八十英镑卖给……"

他凝视着我，我举起号牌，"220号买主。谢谢您，女士。"

以这么好的价格拿下巴黎世家的裙子让我情绪高涨，但随着格蕾夫人那条裙子的拍卖临近，令人反胃的焦虑很快取代了这种兴奋。我在座位上动来动去。

"112号拍卖品，"拍卖师说道，"大约是一九三六年的一件晚礼服，出自伟大的格蕾夫人之手，她以精致褶皱和垂坠式样而知名。"一个人体模型穿着这件衣服，一个系着围裙的工作人员把模型抬到了台上。我紧张地看了眼室内。"这件衣服一千英镑起拍。"拍卖师宣布道，"有人出一千英镑吗？"令我庆幸的是，只有一个人跟我一起举手。"一千一百英镑，一千一百五十英镑。"我再次出价。"一千二百英镑。谢谢您——一千二百五十英镑？"拍卖师轮流看向我们——另外一个出价人摇了摇头——接着他盯着我看。"仍然是一千二百五十英镑。目前为止您的出价最高，女士。"我屏住呼吸——一千二百五十英镑是一个非常好的价格。"最后一次。最后一次。"拍卖师重复道。感谢上帝，我宽慰地闭上眼睛。"谢谢您，先生。"

我不知所措地看向我的左边。让我恼怒的是，我这排最边上的那个男人在出价。"一千三百英镑吗？"拍卖师询问道。他看向我，点点头。"一千三百五十英镑？谢谢您，先生。"我感觉心跳加速。"一千四百英镑？谢谢您，女士。有人出价一千五百英镑吗？"那个男人点点头。该死的。"一千六百英镑？"我举起手。"您出一千七百英镑吗，先生？谢谢您。"

我又瞅了眼我的对手，注意到他抬高价格时脸上没有任何表情。"一千七百五十英镑吗？"这个看似温文尔雅的家伙不会阻止我拿到这条裙子。我再次抬起手。"一千七百五十英镑——仍然是这位女士。谢谢您,先生——一千八百英镑。一千九百英镑?您还要跟进吗,女士?"我点点头,但是兴奋的外表之下怒火中烧。"两千英镑?您出价吗,先生?"那个男人又点点头。"有人出价两千一百英镑吗?"我举起手。"两千二百英镑?谢谢您,先生。仍然是您,先生,现在两千二百英镑……"那个男人斜眼看了我一眼。我再次举起手。"现在两千三百英镑。"拍卖师高兴地说,"谢谢您,女士。两千四百英镑?"拍卖师的目光锁定在我身上,同时伸出右手指向我的对手,似乎要让我们保持竞争状态——一个熟悉的伎俩,我以前用过。"两千四百英镑?"他重复道,"这位先生在跟您竞价,女士。"我点点头,肾上腺素灼烧着我的血管。"两千六百英镑?"拍卖师说。

气氛越来越紧张,我能听见人们在座位上挪来挪去的声音。"谢谢您,先生。两千八百英镑吗?女士——您要出价两千八百英镑吗?"我点点头,仿佛在梦里。"两千九百英镑吗,先生?谢谢您。"身后传来低声细语。"有人出价三千英镑吗……三千英镑?"我举起手,拍卖师看着我。"非常感谢您,女士——那么现在三千英镑。"我在做什么?"三千英镑……"我没有三千英镑——我应该放弃这条裙子。"有比三千英镑更高的出价吗?"让人伤心的是,有人出价更高。"三千一百英镑?"我听见拍卖师重复道,"不拍了,先生?您不跟了?"

我看着我的对手。让我惊恐的是,他在摇头。于是拍卖师转向我。"这件商品您出价最高,女士,三千英镑……"哦,天哪,"一次……"拍卖师举起木槌,"两次……"他挥了挥手腕,我内心愉快和沮丧的感情交织,看着木槌落下来。"那么三千英镑成交——请问您的号牌是多少?"我用颤抖的手举起号牌。"220号。谢谢大家。一场精彩的竞拍。现在是113号拍卖品。"

我站起身,感觉很懊丧。加上佣金,这条裙子的总价会是三千六百英镑。我有丰富的经验,更不用提我本应镇定自若,怎么会这么感情用事?

我看着那个跟我竞价的男人,心里生出一股无端的憎恶。他看上去世故老练,人模人样地穿着萨维尔街白色细条纹西装和手工鞋。毫无疑问,他想为他妻子买下这条裙子——十之八九,他有个花瓶一样的妻子。我在脑中想象一位身着这一季香奈儿衣服的金发尤物。

我离开拍卖大厅,心仍然怦怦直跳。我不可能留着这条裙子。我可以给辛迪——我的好莱坞时装设计师——对她的客户来说,这会是一件完美的红毯礼服。一时间,我想象凯特·布兰切特穿着这条裙子去参加奥斯卡颁奖典礼的样子——她穿上这条裙子一定光彩照人。可我不想卖掉它,我从楼梯下来去收银台时告诉自己。这条裙子美妙绝伦,我好不容易才抢到它的。

排队付账的时候,我紧张地寻思着我的信用卡是否会被刷爆。我估计里面的信用只够进行这次交易。

等待期间,我抬起头。细条纹先生从楼梯上下来了,他的手机贴在耳旁。

"不,我没有。"我听见他说。我注意到,他的声音非常好听,有点粗哑。"没有,"他疲惫地重复道,"我很抱歉,亲爱的。"花瓶妻子——也许是情妇——显然为没有得到格蕾夫人的裙子而恼火。"竞价十分激烈。"我听见他在解释。他看了我一眼。"竞价激烈。"让我惊讶的是，说到这里，他冲我眨了眨眼，"是的，我知道你很失望，可还有很多其他漂亮的裙子，亲爱的。"花瓶妻子显然不开心，"不过我拿到了你喜欢的普拉达包。没错，当然，亲爱的。听着，我现在得去付钱了。晚点给你电话，好吗？"

他吧嗒一声合上手机，有些如释重负，走过来站在我后面。我假装不知道他在那里。

"恭喜。"我听见他说。

我转过身："什么？"

"恭喜，"他再次说道，"你得到了那件拍卖品。"他友好地补充道，"那条漂亮的白裙子，谁的来着？"他打开目录，"格蕾夫人——管她是谁。"我有点出离愤怒了。这个傻瓜都不知道他竞拍的是什么。"你肯定很高兴。"他补充说。

"是的。"我很想告诉他这个价格让我太不满意了。

他把目录塞到胳膊下面："老实说，我本来可以继续跟进的。"

我盯着他："真的吗？"

"不过我看到了你的表情，看到你那么想要，我决定让你拥有它。"

"哦。"我礼貌地点了点头。难道这家伙想要我感谢他？如果他早点停止竞价，就会帮我省下两千英镑。

"你要在某个特殊场合穿这条裙子吗？"他问道。

"不，"我冷淡地回答，"我只是喜欢格蕾夫人。我收藏她的礼服。"

"我很高兴你得到了这件。"他理了理爱马仕真丝领带，"哦，我今天告一段落了。"他看了看表,我看到那是一块劳力士古董表,"你还要竞拍别的东西吗?"

"上帝啊,不——我的预算已经超了。"

"哦,天哪——这么说价格高到让你大吃一惊,是吗?"

"是的。"

"呃……我猜这是我的过错。"他冲我歉然一笑,我注意到他的眼睛很大,深棕色,眼皮耷拉着,让他有一种稍显疲倦的表情。

"这当然不是你的过错,"我耸耸肩,"拍卖就是这样的。"我再清楚不过了。

"到您了,女士?"我听见出纳员说道。

我转过身,把信用卡递给她。我请她给我开一张抬头是"古董衣坊"的发票,然后我在蓝色皮革长椅上坐了下来,等着我的拍品被送过来。

细条纹先生付完款,走过来坐在我旁边,等待他拍下的商品。我们肩并肩坐在那里,没有说话,因为他在看黑莓手机,氛围略微有些紧张,我不禁打量起他——我发现自己在琢磨他多大年纪。我偷偷看了眼他的侧影。他的脸上有不少皱纹。无论多大年纪,不可否认,他铁屑色的头发和鹰钩鼻还是很有吸引力的。工作人员把我们的衣物袋递过来,我猜测他四十三岁了。我拿到衣物袋,感到拥有一件东西的兴奋。我快速查看了一下里面的东西,对细条纹先生笑了笑,表示告别。

他站起身。"你知道吗,"他看了眼表,"拍卖让我饥肠辘辘。我要去街对面的咖啡厅。你想一起去吗?如此激烈地跟你竞价后,我至少可以请你吃个三明治。"他伸出手,"对了,我叫迈尔斯。

迈尔斯·阿尔坎特。"

"哦，我是菲比·斯威夫特。你好。"跟他握手时我虚弱地说。

他探询地看着我："我可以请你吃一顿早午餐吗？"

这个男人的大胆让我惊讶。前一天晚上他还不认识我呢，显然他还有妻子或女朋友——他明知我了解这一点，因为我无意中听到了他的电话。

"或者就喝杯咖啡？"

"不用了，谢谢你。"我坚定地回答。或许他习惯在拍卖行结识女人。"我得回去了。"

"去工作？"他愉快地问道。

"是的。"我不必告诉他地点。

"好的，希望那条裙子让你开心。你穿上它会非常好看。"我转身准备离开，他补充道。

不知道该表示愤慨还是高兴，我含混不清地朝他笑了笑。"谢谢。"

/ 第三章 /

一件蓝色外套

回到店里后,我给安妮看了那两条裙子。我告诉她为了拿到格蕾夫人的这条裙子,我不得不跟人竞价,但我没有详细跟她谈论细条纹先生。

"我不担心成本,"她说着,端详着那条裙子,"如此巧夺天工的裙子一定物超所值。"

"但愿如此。"我伤感地说。三千英镑啊,我想道。买这条裙子的钱我可以买二十五条!"我还是不能相信我花了这么多钱。"

"难道不能说这是你养老金的一部分吗?"安妮建议道,她正在重新缝合一条比尔·布拉斯裙子的褶边。她在凳子上挪了挪。"也许税务局会从你的税单上减去这笔支出。"

"我怀疑,我不会售出这件衣服,不过你把它转嫁到退休金的主意不错。哦,"我接着说,"你把那些包挂在那里了。"我外出的时候,安妮把六个手工绣的晚宴包挂在了门边的一片空位上。

"希望你不要介意,"她说,"我觉得它们一起挂在那里很好看。"

"确实。这样一来,顾客也可以更清楚地看见它们的细节。"我把买来的两条裙子放进新防尘罩里,拉上拉链,"我最好把这两条裙子放进贮藏室。"

"我能问你点事吗?"我转身要上楼时,安妮问我。

我看着她:"什么事?"

"你收藏格蕾夫人的裙子吗?"

"是的。"

"可这里就有一条格蕾夫人的漂亮裙子。"她走到晚礼服架,抽出盖伊送给我的那条裙子,"今天早上有人试穿了这件,我看到了标签。那个女人太矮了,不适合穿这条裙子——如果你穿会很好看。这条你不收藏吗?"

我摇摇头:"我不喜欢那条。"

"哦,"安妮看着它,眉头皱了起来,"我明白了,可是——"

门铃丁零响了起来,让我舒了口气。一对快三十岁的男女走了进来。我让安妮接待他们,上楼来到贮藏室。然后我悄悄溜下楼来到办公间,查看古董衣坊的网站,有没有新的在线订单。

"我需要一件晚礼服。"打开电子邮件收件箱时,我听见那个女孩说。"订婚宴上穿。"她咯咯笑着补充道。

"卡拉说在这样的店里她可以买到更有独创性的衣服。"她的男朋友解释道。

"是的,"我听见安妮回复道,"晚礼服在那边——你穿10码吧,是吗?"

"啊呀,不是的,"女孩哼了一声说,"我穿14码。我得节食。"

"不用,"她男朋友说,"你现在就很美。"

"你是个幸运的女人,"我听见安妮低声轻笑,"你未婚夫无可挑剔。"

"我知道。"女孩深情地说,"你在看什么,皮特?哦,多可爱的袖扣呀。"

这对恋人散发出来的幸福气息让我嫉妒,我把注意力转回订单上。有人想买五件法式睡衣。另一位顾客对一条竹子图案的迪奥长袖裙感兴趣,询问裙子的尺码。

"衣服上标的是12号的话,"我回电子邮件道,"实际上是10号,因为当今的女性比五十年前的女性体形要丰满一些。下面是您要的尺寸,包括腕部袖子的周长。请告诉我您是否需要预留这件衣服。"

"你的晚宴是什么时候?"我听见安妮问。

"这周六,"女孩回答道,"我没给自己太多时间找衣服。这些不是我要的。"过了一会儿我听见她说。

"你可以用一些古董配饰来搭配你已有的裙子,"安妮建议道,"你可以加一件丝绸夹克——那边有一些漂亮的丝绸夹克——或者一件漂亮的短袖披肩。如果你把衣服带过来,我可以让它面目一新。"

"那些不错,"女孩突然说,"它们令人心情愉快。"我笑了,知道她说的是那几条蛋糕裙。

"你最喜欢哪个颜色?"我听见她的男朋友问道。

"我想是青绿色。"

"跟你的眼睛很搭。"我听见他接着说。

"需要我拿下来吗?"安妮问道。

我看了眼表。该去跟贝尔夫人见面了。

"多少钱?"女孩问道。安妮跟她说了。"啊,我知道了,呃,这样的话……"

"至少试穿一下。"她的男朋友鼓励道。

"哦,好的,"她答道,"可对我来说太贵了。"

我来到店铺里,一分钟后,女孩身着那条青绿色的蛋糕裙从试衣间出来了。她并不胖,只是体态丰满。青绿色衬她的眼睛,她未婚夫说得没错。

"你穿这件衣服很好看,"安妮告诉她,"腰细的人适合穿这种裙子,你的腰就很细。"

"谢谢你。"她把一缕光亮的棕发塞在耳后。她穿这件衣服真的很好看,就像是为她量身定做的。"我得说,"她叹了口气,混杂着快乐与沮丧,"它真的很美。我喜欢这个蓬蓬裙和这些闪光小圆片。让我觉得开心,"她惊奇地说,"不是说我平时不开心,"她补充道,热情地冲她未婚夫笑了笑,她看着安妮,"价格是二百七十五英镑?"

"没错。它是全丝绸的,"安妮接着说,"包括上身周围的蕾丝花边。"

"现在每件商品有百分之五的折扣,"我说着拿起包,为什么不继续特价促销呢?"我们可以为客人保留一个星期。"

女孩又叹了口气,凝视着镜中的自己,她移动时薄纱衬裙似乎在低语。"很漂亮,"她说,"但是……我不知道……也许……它不是特别适合我。"她退回到更衣室,拉上帘子。"我再看看。"我出发前往帕拉贡时,听见她说。

帕拉贡我很熟悉——我过去常常去那儿上钢琴课。我的老师是朗先生(Mr. Long)，这个姓氏让我母亲发笑，因为朗先生长得很矮。他是个盲人，金属框架眼镜的厚镜片后面的棕色眼睛被放大，不断地左右转动。我弹琴时，他就穿着那双破旧的暇步士鞋在我身后踱步。如果我弹错了，他会用一把尺子打我右手的手指。我不会很恼火，因为他的煞费苦心让我感动。

五年里，我每周二放学后去朗先生家，直到六月的一天，他妻子打电话给我母亲，说朗先生在湖区散步时倒下去世了。即便他打过我的手，我仍然非常难过，我已经慢慢喜欢上他了。

自那时起，我就没有踏足过帕拉贡，尽管我时常经过这里。那是一排气势宏伟的乔治王朝时期风格的新月形房子，包括七栋大房子，房屋之间由低矮的柱廊相连，那景象让我呼吸凝滞。在帕拉贡百利宫的鼎盛时期，每栋房子都有自己的马厩、马车房、鱼池和牛奶场，但战争期间，这排房子被炸毁了。直到20世纪50年代晚期帕拉贡得到修复，被改为一幢幢的公寓。

我沿着环绕着希思的摩顿路往前走，经过克拉伦登酒店，又经过威尔士王妃酒吧，附近的池塘在微风的吹拂下水波荡漾，最后我拐进帕拉贡，沿着露台往前走，欣赏着巨大草坪上的一棵棵西洋栗树，树叶金光闪闪。我走上八号楼的石阶，按下六号公寓的门铃。我看了下表，现在离三点差五分，我打算四点前出来。

我听见对讲机噼啪作响，接着传来贝尔夫人的声音。"我正走下来。请等一会儿。"

等了足足五分钟她才出来。

"抱歉，"她把手放到胸前喘气，"我总要花一些时间……"

"没关系，"我说着为她拉开那扇沉重的黑门，"您不能在楼上开门吗？"

"自动门闩坏了——有点遗憾，"她轻描淡写地补充道，"总之，非常感谢你来，斯威夫特小姐——"

"叫我菲比就行。"

我跨过门槛，贝尔夫人伸出一只瘦小的手，由于上了年纪，她手上的皮肤已经呈半透明状，血管像蓝色的电线一样凸起。她对我微笑时，脸上显现出好多皱纹。她的脸上零星抹了些粉，淡紫色的眼睛上有浅灰色的斑块。

"您肯定希望有部电梯。"我说着，我们开始沿宽大的石阶往三楼爬。我的声音在楼梯间回响。

"有电梯再好不过。"贝尔夫人抓住铁扶手说。她停下来，往上拉了拉焦糖色羊毛裙的腰身。"也只是最近楼梯才困扰到我，"在第一个楼梯平台，我们又停了下来好让她休息，"不过，我可能马上要去别的地方了，不用再爬这座山了，这会是件好事。"我们继续往上爬，她说。

"您要去很远的地方吗？"贝尔夫人似乎没有听到。我想她不仅身体虚弱，耳朵也不好使。

她推了推门："到了。"

公寓的内部装饰，像它的主人一样，有吸引力但是年久褪色。墙上挂着一幅幅美丽的画，其中一幅是一片灿烂的薰衣草花田小油画；镶木地板上铺着欧比松地毯，我跟随贝尔夫人走过过道，饰有流苏的丝质灯罩从天花板上垂下来。半路，她停下来转入厨房。小小的方形厨房里，时光似乎停滞了，红色的塑料贴面桌子，有罩子的煤气炉上放着一把铝壶和一个白色搪瓷炖锅。层压板台面上摆着一个茶盘和一个蓝色的瓷茶壶，两个配套的杯子和茶碟，还有一个白色奶壶，上面盖着一个饰有蓝色珠子流苏的精致白色棉布罩子。

"我给你泡杯茶好吗，菲比？"

"不用了，谢谢——真的不用。"

"可我都准备好了，虽然我是法国人，但我知道怎么煮一杯上好的英国大吉岭茶[①]。"贝尔夫人揶揄道。

"嗯……"我笑着说，"不麻烦就好。"

"一点也不麻烦。我只需要把水加热。"她从架子上拿下来一盒火柴，划燃一根，颤颤巍巍地把火柴伸到煤气灶上。她做这些的时候，我注意到她裙子上的腰带是用一个大大的安全别针固定住的。"请到客厅坐一下，"她说，"就在那里——左边。"

客厅宽敞明亮，有一扇弓形窗，墙面裱糊着一层绿色的初纺薄绸，有些地方的缝口卷了起来。虽然天气很暖和，屋里还烧着一个小煤气炉。壁炉架上放着一只银制旅行钟，两侧摆着一对高傲自大的斯塔福德郡猎犬。

听见水壶开始发出啸叫声时，我来到窗边，俯视后院。一块新月形的草地像一条青草的河流一样向前延伸，两岸大树参天。一棵巨大的雪松，层层树枝如瀑布般垂下，像一个绿色的裙撑，还有两三棵高大的橡树、三棵紫叶山毛榉和一棵甜栗树正在经历

[①] 一种产自印度大吉岭一带的名茶。

第二次花期,有些意兴阑珊。右边,两个年轻的女孩笑闹不已地跑过一棵垂柳的树荫。我在那里看着她们,站了一会儿。

"好了。"我听见贝尔夫人说。我走过去帮她拿茶盘。

"不用了,谢谢。"我试图从她手里接过茶杯,她几乎激烈地说道,"也许我有点老了,但我还能做得很好。哎,你要喝什么茶?"

"红茶,不加糖。"我告诉她。

她拿起银制滤茶器。"那很容易。"她把茶递给我,然后在炉火旁边的一把织锦缎小椅子上坐了下来。我坐在她对面的沙发上。

"您在这里住了很久吗,贝尔夫人?"

"很久,"她叹了口气,"十八年了。"

"您想要搬到一楼吗?"我想到她也许要搬到附近给老人提供的公寓去。

"我不确定我要去哪里,"她答道,"下个星期我会有更明确的想法。不过不管发生什么,我要……怎么说……"

"精简物品?"过了一会儿我提示道。

"精简物品?"她沮丧地笑了,"是的。"出现了一阵奇怪的沉默,我赶忙告诉贝尔夫人我上钢琴课的事情,不过我决定不提那把尺子。

"你琴弹得好吗?"

我摇摇头。"非常糟糕。我不怎么练习,朗先生去世后,我不想再练了。妈妈想让我继续学习,可我没什么兴趣。"屋外传来那两个女孩银铃般的笑声。"不像我最好的朋友爱玛,"我说,"她琴弹得好极了。"我拿起茶匙,"她十四岁就以优异的成绩过了八级,全校晨会时还宣布了这个消息。"

"真的？"

我搅动起茶来。"校长让爱玛到台上去弹首曲子，她弹了一首动听的曲子，舒曼《童年情景》中的一段，叫《梦幻曲》……"

"真是个有天赋的女孩。"贝尔夫人说，她的表情有些疑惑，"你跟这位模范生仍然是朋友吗？"

"不，"我审视着茶杯底部一片孤零零的茶叶，"她去世了。今年年初去世的，二月十五号，凌晨三点五十分左右。至少，他们认为是这个时间，虽然不能确定。不过我认为他们得记录下来……"

"好可怕，"贝尔夫人咕哝道，"她多大年纪？"

"三十三岁。"我继续搅动茶，盯着黄玉色茶水的深处，"本来今天她就三十四岁了。"茶匙碰到茶杯，叮当作响。我看着贝尔夫人。"爱玛在其他方面也天赋异禀。她是个出色的网球手——虽然……"我发现自己笑了，"她发球很特别，看上去就像在扔煎饼。但请注意，那很有效，没人可以接到她的发球。"

"真的呀。"

"她是个游泳健将——还是个了不起的艺术家。"

"真是个多才多艺的年轻人！"

"哦，是的。她一点也不自负——实际上，恰恰相反，她总是对自己充满怀疑。"

我突然意识到我的茶是不加糖的红茶，不需要搅拌。我把茶匙放回茶碟上。

"她是你最好的朋友？"

我点点头。"没错。可对她来说，我算不上最好的朋友，甚至不是一个好朋友。"我的双眼不禁充满泪水。我在做什么？我都不认识这个女人，却在她的客厅哭泣。我听到煤气炉持续发出声音，像连续不断地呼气。"对不起，"我轻声说着，放下茶杯，"我到这里是来看您的衣服的。现在可以开始了。谢谢您的茶，这正是我需要的。"

贝尔夫人迟疑了一会儿，站起身来，我跟随她穿过过道来到卧室。

像公寓的其他地方一样，这里似乎好多年没人触碰过了，室内装饰的主色调是黄色和白色，小小的双人床上放着一床鹅黄色的羽绒被，屋内挂着黄色的普罗旺斯窗帘，远处的墙边摆着一排白色衣柜，柜门是相配的镶板。床头柜上放着一盏花石膏底座米色台灯，旁边是一张黑白照片，照片上是一个英俊的黑发男人。梳妆台上摆着贝尔夫人年轻时的画像。那时的她不仅漂亮，而且容貌出众，有着高额头、鹰钩鼻和大嘴巴。

最近的墙边排列着四个纸板盒，里面装满了手套、包包和围巾。贝尔夫人让我从这些开始。于是，她坐在床上，我跪在地板上，快速查看它们。

"这些都很漂亮，"我说，"尤其是这些丝质方巾——我喜欢这条利伯缇倒挂金钟图案的方巾。这个也时髦……"我拉出一个四四方方的竹柄古驰小手袋。"我还喜欢这两顶帽子。多漂亮的帽盒啊。"我补充道，看着六边形的帽盒，黑色的底色上是春天的花朵。"我今天要做的是，"我继续说，贝尔夫人努力地朝衣柜走去，"给我想买的衣服出价。如果价格您满意，我就给您写张支票，但在支票兑现之后，我才把衣服拿走。这样可以吗？"

"很好，"贝尔夫人答道，"那么……"她打开衣柜，我闻到了玛姬香水的味道，"请自己查看。要处理的衣服在左边，但请不要动这件黄色晚礼服右边的衣服。"

我点点头，把衣服从漂亮的丝绸衣架上拿下来，放在床上，分成"可以"和"不行"两堆。大部分衣服都保存得很好。有20世纪50年代的紧身套装，60年代的几何图形外套和直筒连衣裙——包括一件西娅·波特的橙色天鹅绒宽松上衣和一件不错的粉红色姬龙雪生丝中袖茧形大衣。还有70年代的浪漫紧身连衣裙和一系列20世纪80年代的垫肩套装。有一些品牌——诺曼·哈特内尔、琼·缪尔、皮尔·卡丹、米索尼和赫迪·雅曼精品。

"您这些晚装很漂亮，"看着一件60年代中期的香奈儿天蓝色丝缎晚礼服，我评论道，"这件真美。"

"我穿这件衣服去参加了电影《雷霆谷》的首映，"贝尔夫人说，"阿拉斯泰尔的公司为这部电影做了一些广告宣传活动。"

"您见到肖恩·康纳利了吗？"

贝尔夫人的脸上现出光彩。"我不仅见到了他——我还在放完电影后的派对上跟他跳了舞。"

"哇……这件真是美丽绝伦。"我拉出一件奥西·克拉克的雪纺绸长裙，上面是米色和粉色的小花图案。

"我喜欢这条裙子，"她神情恍惚地说，"它带给我很多美好的记忆。"

我把手伸进左手边的缝口："这是奥西·克拉克给每件衣服做的商标口袋，只够放下一张五英镑的钞票——"

"和一把钥匙，"贝尔夫人接着说，"一个很有意思的想法。"

还有不少耶格尔的衣服,我告诉她我不会拿走。

"我几乎没穿过。"

"不是那个原因——它的年份还不够久到成为古董衣。我店里的衣服没有晚于 80 年代初的。"

贝尔夫人抚摸着一件浅绿色羊毛套装的袖子。"那我就不知道该怎么处理它们了。"

"它们很漂亮——您当然可以继续穿?"

她耸了耸肩:"我很怀疑。"

我看了下标签——12 号——意识到现在的贝尔夫人比买这些衣服时要小两个号,看来人年纪大了身体当真会收缩。

"如果您需要改衣服,我可以帮您把它们拿给我的裁缝,"我建议道,"她技术不错,收费也合理。事实上,我明天就要去那里,如果——"

"谢谢你,"贝尔夫人打断道,摇了摇头,"我有很多衣服可穿,不需要太多衣服。我可以把它们送去慈善商店。"

我又抽出一件巧克力色的细肩带双绉晚礼服,裙边饰有闪光铜片。"这是泰德·拉皮迪斯的,是吗?"

"没错。我丈夫在巴黎给我买的。"

"您是巴黎人吗?"

她摇摇头。"我是在阿维尼翁长大的。"怪不得会有薰衣草花田的油画和普罗旺斯的窗帘,"报纸的那篇访谈文章中说你有时会去阿维尼翁。"

"是的。我在那里的周末集市买东西。"

"我想这就是我决定给你打电话的原因,"她说,"不知怎么的,这种联系让我有了好感。你买些什么东西?"

"古老的法国亚麻织品、棉布裙、睡衣和细白布刺绣背心。这儿的年轻女人很喜欢这些衣服。我喜欢去阿维尼翁。事实上,我很快要再去一趟。"我抽出一件贾妮丝·温赖特的黑金色波纹丝绸晚礼服,"您在伦敦住了多久?"

"差不多六十一年。"

我看着贝尔夫人:"您来这里时,肯定很年轻。"

她伤感地点点头:"那时我十九岁,现在我七十九岁了。究竟发生了什么?"她看着我,似乎真的以为我知道,接着摇摇头,叹了口气。

"什么原因让您来英国的呢?"我一边问,一边查看一箱鞋。她有一双小巧的脚,这些鞋子大多数是雷纳和吉娜·弗拉蒂尼的,保存完好。

"什么原因让我来到英国?"贝尔夫人笑了,"一个男人——更确切地说,一个英国男人。"

"您怎么认识他的呢?"

"在阿维尼翁——不是童谣里的阿维尼翁桥,不过在那附近。那时我刚离开学校,在格里隆广场一家光鲜的咖啡店里做服务员。这位有魅力的男士把我叫到他的桌边,用糟糕的法语说,他非常想喝一杯真正的英国茶,问我能帮他泡一杯吗?我泡了一杯——显然他很满意,三个月后我们就订婚了。"她冲床头柜上的照片点了点头,"那是阿拉斯泰尔。他是个可爱的男人。"

"他很英俊。"

"谢谢你,"她笑了,"他确实很帅。"

"您不介意离开家乡吗?"

出现了一阵停顿。"也不是,"贝尔夫人答道,"战争之后一切都变样了。阿维尼翁遭到了占领和轰炸。我失去了……"她用手拨弄着金表,"我的朋友。我需要一个新的开始,这时我遇见了阿拉斯泰尔……"她摸了摸紫色华达呢两件套的衬裙,"我喜欢这套衣服,"她喃喃道,"它让我想起我年轻时与他共度的很多时光。"

"你们结婚多久了?"

"四十二年。这就是我搬到这栋公寓的原因。我们在希思另一边曾有栋很不错的房子,可是我没法再待下去,自从他……"她停顿了一会儿,让自己平静下来。

"他是做什么工作的?"

"阿拉斯泰尔创办了自己的广告公司——比较早的一家广告公司。那是一段令人振奋的时光;他有不少商务宴请,我也得看上去体面一点。"

"您看上去肯定美极了。"她笑了,"您有其他家人吗?"

"孩子?"贝尔夫人拨弄着戴在手上有点松的婚戒。"我们相当不幸。"她柔声说。

显然这个话题让人痛苦,我把谈话转回到衣服上,指明我想要买的那些衣服。"您要真的乐意卖再卖,"我补充说,"我不希望您有遗憾。"

"遗憾?"贝尔夫人重复道,"我有不少遗憾,但我不会后悔处理掉这些衣服。我希望它们——你在报纸上那篇文章怎么说的——获得新生。"

我开始给每件衣物报价。

"抱歉。"我抬头看着贝尔夫人。从她犹疑的举止来看，她对我的估价可能有疑问。"请原谅我这么问，"她说，"但是，你的朋友……爱玛。我希望你不介意……"

"不。"我低声说，意识到出于某些原因，我并不介意。

"她出了什么事？她为什么……"她的声音低了下去。

我放下手上那条裙子，心怦怦直跳，每次一想起那晚发生的事情就是这样。"她病了，"我谨慎地回答，"没人知道她病得有多重，等我们意识到时，已经太晚了……每天我都祈祷时光可以倒流。"贝尔夫人摇了摇头，表示深切的同情，似乎她跟我一样悲伤。"我做不到，"我清了清喉咙继续说，"我必须找到一种方法接受已经发生的事情。可是很难。"我站起身，"所有的衣服我都看过了，贝尔夫人。就剩那边最后一件了。"

过道那头传来电话铃响的声音。"失陪一下。"她说。

她的脚步声渐渐远去，我来到衣柜边，拿出最后一件衣服——那件黄色的晚礼服。柠檬色生丝无袖上衣，配百褶雪纺绸裙子。把这件衣服拿出来时，挂在它旁边的一件蓝色羊毛外套吸引了我的注意。我透过防尘罩往里看，发现那不是一件成人的外套，而是一件孩子的外套。

"谢谢你告诉我，"我听见贝尔夫人说，"我原以为下个星期才会有消息……今天早上我看见了泰特先生……是的，我主意已定……我完全了解……谢谢你打电话来……"

贝尔夫人的声音在大厅里回响，我纳闷为什么她的衣柜里挂着一件小女孩的外套。显然她珍爱这件衣服。一个悲剧性的解释闪进我的脑海里。贝尔夫人曾有过一个孩子——一个女孩——这件外套是她的。发生了一些可怕的事情,贝尔夫人不忍心扔掉这件衣服。她并没有说她失去过孩子——她只说过她跟丈夫相当不幸——这很可能是克制的说法。我涌起一阵对贝尔夫人的同情。但是,当我偷偷拉开透明塑料防尘罩的拉锁,更仔细地看这件外套时,发现它年代久远,跟我的假想不符。我掀起横杆,发现它是20世纪40年代的衣服,是用粗梳羊毛和再生丝里料通过精湛的技艺手工制作而成。

听到脚步声,我迅速拉上防尘罩的拉链,可是太晚了。贝尔夫人看见我拿着那件外套,退后一步。

"那件衣服我不处理。请把它放回去,斯威夫特小姐。"她冷淡的语气让我惊讶,我照做了。"我跟你说过不要动那件黄色晚礼服右边的衣服。"她站在门口补充道。

"对不起。"我的脸羞愧得发热。"那是您的外套吗?"我平静地问。

贝尔夫人迟疑了一下,走到房间里来。我听见她叹了口气。"我母亲给我做的。那是一九四三年的二月份。我当时十三岁。她排了五小时队才买到布料,花了三个星期才做好这件衣服,她为此很骄傲。"她又在床上坐了下来,说道。

"我一点也不吃惊——做工精美。这件衣服您保存了……六十五年?"她为什么要这么做?我思忖着,纯粹是因为感情,因为是她母亲做的?

"这件衣服我保存了六十五年,"贝尔夫人低声重复道,"我会保存它直到我死。"

我又看了那件衣服一眼。"它的状况太好了。看上去几乎没被穿过。"

"那是因为它的确几乎没被穿过。我告诉母亲我把它搞丢了，但我并没有，我只是把它藏起来了。"

"您藏起了冬季外套？在战争期间？可是……为什么？"

贝尔夫人看向窗外，接着她说："因为有个人比我更需要这件衣服。为了那个人，我把它保存起来，我为她保存至今。"她又长叹了一口气，这声叹息似乎来自她的内心深处。"这个故事我从来没有告诉别人，连我丈夫也没有。"她瞥了我一眼，"可是最近我想要把这个故事讲给别人听。如果世上有一个人听了我的故事，表示理解，那么我会感觉……不过现在……"她摸了摸太阳穴，闭上眼睛，"我累了。"

"抱歉，我这就走。"我听见客厅的旅行钟敲响了五点三十分的钟声，"我没想到会待这么久。跟您谈话很开心。我会把所有东西都放回衣柜里。"

我把打算买的衣服挂在左边，写了一张八百英镑的支票。我把支票递给贝尔夫人，她耸了耸肩，似乎毫无兴趣。

"谢谢您让我看这些衣物，贝尔夫人。它们很漂亮。我下周一再给您打电话，确定一个时间来拿衣服，可以吗？"她点点头。"走之前我还能帮您做点什么吗？"

"不用了，谢谢，亲爱的。我现在只想自己待会儿。"

"好的，"我伸出手，"下周再见，贝尔夫人。"

"下周。"她看着我重复道，突然握住我的手，"我很期待。"

/ 第四章 /

秘密

早上,我开车去见我的裁缝瓦尔,意料之外,下起蒙蒙细雨,我的思绪总是回到那件蓝色外套上。它是天蓝色的——自由的蓝色——还曾被藏起来。车在水泄不通的射手山路缓慢行进时,我试图去寻思原因。我想起母亲说我在做服装考古,有时候,我能从一件衣服的磨损程度猜出它的历史。比如,我在苏富比拍卖行时,有人拿来三条玛莉·官的裙子。它们全都保存完好,除了每条裙子的右边袖子有一个破旧的补丁。拿给我衣服的那个女人说这几件衣服是她姑妈的,她是个小说家,手写了所有书稿。一条左臀部磨薄了的玛格丽特·霍威尔的亚麻布裤子是一个模特的,她在四年里生了三个孩子。但现在,我轻轻转动挡风玻璃雨刷,对于贝尔夫人的外套却想不出合理的解释。在一九四三年的冬天,谁比她更需要它?为什么贝尔夫人没有对任何人讲过这个故事,即使是她深爱的丈夫?

早上安妮来上班时,我没有提起那件外套,只说我从贝尔夫人那里买了很多东西。

"这就是你要去裁缝那儿的原因吗?"她边问边重新折叠一件针织衫,"去改一些衣服?"

"不是的,我要去拿一些补好的衣服。瓦尔昨天晚上给我打了电话。"我拿起车钥匙,"衣服弄好后,她不喜欢它们还挂在那里。"

瓦尔是金盏花咖啡馆的皮帕推荐给我的,她干活利落,价钱公道。她还是个制衣天才,可以把一件破衣服恢复如初。

我把车停在格兰比路瓦尔家门外,毛毛细雨变成了倾盆大雨。透过雾气蒙蒙的挡风玻璃往外看,雨滴像滚珠一样在发动机罩上四下飞溅。我需要打伞去瓦尔家的门廊。

她打开门,脖子上挂着卷尺,尖尖的小脸上露出笑容。她注意到我的雨伞,疑虑地看着它:"你不会把伞放在这里,是吗?"

"当然不会。"我说着收起伞,站在台阶上,用力抖了抖伞,然后往里走,"我知道你会觉得这样——"

"不吉利。"瓦尔摇摇头,"尤其它是黑色的。"

"黑色的更糟糕吗?"

"糟糕得多。你不会把它扔在地板上,对吧?"她焦虑地问。

"不,不过为什么不行呢?"

"如果你放下一把伞,那意味着这间房子里不久后就会有谋杀,我要尽量避免,尤其我丈夫最近要把我逼疯了。我不想——"

"冒险?"我取笑道,把伞放在伞架上。

"没错。"

瓦尔矮小、敏锐而瘦弱——像一枚针。她还很迷信,到了不可救药的地步。据她自己承认,她不仅向四面八方孤独的喜鹊敬礼,朝满月鞠躬,更竭力避免碰到黑猫。她积累了迷信和民间传说的广博知识。认识瓦尔的这四个月里,我了解到从尾巴开始吃鱼、数星星、结婚时戴珠宝都是不吉利的。梳头发时梳子掉下来是不吉利的——它预示失望——把毛衣针插在毛线球上,也是如此。

找到一颗钉子,在平安夜吃一个苹果,无意间穿反了衣服都是吉利的。

"好了。"瓦尔说着,我们走进了她的缝纫室,房间里堆满了鞋盒,里面塞满了线轴、拉链、缝样、缎带卡片、布料样品和斜纹细条线轴。她从桌子底下拿出一个大购物袋。"我觉得这些衣服修补得很好。"她说着把袋子递给我。

我拿出里面的衣服。确实补得很好。一件下摆破了的候司顿长款大衣被改成了短款;一件有汗渍的 20 世纪 50 年代鸡尾裙的袖子被剪去了,变成了雅致的无袖裙;一件圣罗兰丝质上衣,之前像是被喷了香槟酒,现在散布着明亮的闪光装饰片,遮住了污迹。我会对未来的买家指出这些改动,但至少这些衣服保留了下来。它们这么精美,扔掉很可惜。

"它们美极了,瓦尔,"我说着拿出钱包付款,"你真了不起!"

"哦,我奶奶教会我缝纫。她老是说如果一件衣服上有瑕疵,别只是修补——把瑕疵变成一个优点。我现在仍能听到她对我说:'化不利为有利,瓦莱丽。'哦。"她不小心碰掉了桌上的剪刀,用一种非常幸福的表情盯着它说,"不错。"

"那是什么?"

"它落下时两个尖头插进了地板。"她弯下腰把剪刀捡起来,"这真的是好运。"她解释说,冲我挥舞剪刀,"这意味着这个家里会来更多的活。"

"是的。"我告诉她我买了一批衣服,至少其中八件衣服需要小补一下。

"把它们带来。"瓦尔说着,接过我的钱,"谢谢。呵……"她瞥了眼我的上衣,"底部的纽扣有点松。在你走之前,我给你缝一下。"

突然门铃连续响了三次。

"瓦尔?"一个低沉沙哑的声音喊道,"你在吗?"

"那是我的邻居玛吉。"瓦尔解释说,我脱下上衣递给她。她穿了根针。"她通常按三次铃,让我知道是她。我开着门锁,这样我们可以随时进出对方家里。我们在缝纫室,玛吉。"

"我就知道你在这里!嗨!"一个女人站在门口,几乎占满了门框。她的体格跟瓦尔相反——她身材高大,一头金发,腰圆腿粗,穿着紧身黑色皮裤,踩着金色细高跟,鞋的两边尽力包住她胖乎乎的脚。她穿着一件领口开得很低的红色上衣,露出巨大的乳沟,虽说有点干瘪。她还抹了黄褐色的粉底,画了碧蓝的眼线,贴了假睫毛。至于她的年纪,应该在三十八到五十岁之间。她浑身散发出兰蔻黑色梦幻香水混合着香烟的味道。

"嗨,玛吉,"瓦尔说,"这是菲比。"她说着咬紧牙关,因为她要咬断一个线头。"菲比刚刚在布莱克希思开了一家古董衣店,是吧,菲比。对了,"她对我说,"我希望你照我说的在门阶上撒点盐,能帮你抵挡坏运气。"

我够不幸了，不会有什么两样，我想。"我没有那么做。"

瓦尔耸耸肩，把一个橡胶顶针戴在中指上。"别说我没提醒过你。"她开始重新钉那颗纽扣，"你怎么样，玛吉？"

玛吉倒进椅子里，显然筋疲力尽。"我刚刚碰到了最难缠的客户。一直以来他都拒绝开始——他只想聊天；等到进入正题后，他又磨磨蹭蹭，后来付款时还想耍花招，他想要写张支票，我说过只能现金，事先我就把一切说得一清二楚。"她愤慨地调整了一下乳房，"我说要叫警察，他马上把钱拿了出来。一杯喝的根本不够，瓦尔。我累坏了，现在才十一点半。"

"那么把水壶放在炉子上。"瓦尔说。

玛吉走进厨房里，她混着尼古丁味道的尖锐嗓音从走廊传过来："我还有个客户，对他母亲有奇怪的执恋，甚至带着一条她的裙子。他超级苛刻，为他我竭尽所能，但他竟然厚着脸皮说不满意我的服务。想想看。"

玛吉所做的事情现在清楚了。

"可怜的人，"玛吉拿着一盒饼干重新出现，瓦尔友好地说，"你的这些客户不会把你掏空的。"

玛吉深深地叹了口气。"你说得没错，"她拿出一块饼干咬起来，"更糟糕的是，那个29号的女人——希拉什么来着，真是讨人嫌，她想要跟前夫联系。他上个月在高尔夫球场倒地而亡。她说她很难过，他们结婚后她对他不好，她因此睡不着觉。于是我联系上了他，对，"玛吉懒散地靠坐在椅子上，"我把他的信息传递给她，可是不到两分钟，她因为什么事情对他大发雷霆，像只猫一样对他尖叫——"

"我听到她的声音从墙那边传了过来,"瓦尔平静地说,把线拉紧,"听起来真像个女鬼。"

"这还用说,"玛吉表示同意,弹去腿上的碎屑,"于是我说:'瞧,亲爱的,你真的不应该对死人那么说话。很无礼。'"

"这么说……你是一个灵媒?"我困惑地问道。

"灵媒?"玛吉严肃地看着我,让我觉得可能冒犯她了,"不是的,我不是中号。"她说,"我是大号!"说到这里,她跟瓦尔哈哈大笑起来。"对不起,"玛吉哼了一声说,"我忍不住。"她用鲜红色的手指擦掉一滴眼泪,"回答你的问题,"她拍了拍金黄色的头发,"我是个灵媒,或者说通灵人。"

"我以前从没碰到过灵媒。"

"从没?"

"是的,但是——"

"好了,菲比——完成了!"瓦尔剪掉线头,熟练地在线轴上绕了五六圈,把上衣递给我,"你什么时候把其他衣服拿过来?"

"嗯,也许一个星期后,因为周一和周二我要在店里帮忙。"我把上衣穿上,"如果我下周这个时间来,你在吗?"

"我一直在,"瓦尔疲惫地说,"恶人没有休息日。"

我看着玛吉。"我在想……"我的脉搏急速跳动,"我有一个很亲近的人最近去世了。我爱这个人,我想念她……"玛吉同情地点了点头,"我以前从没做过这个,实际上我一向持怀疑态度。但是如果我能跟他们交谈,即便只是几秒钟,或者从他们那里得到一些消息,"我急切地继续说,"我甚至在黄页①上查了一下通灵人,有一栏是'给灵媒打电话'。我当真选了一个,甚至打了电话,可我没法开口,我觉得太尴尬了,但现在碰到了你,我觉得我——"

"你想要读心吗?"玛吉耐心地插了一句,"你想要告诉我的就是这个吧,亲爱的?"

我宽慰地叹了口气。"是的。"

她把手伸进乳沟,先掏出来一包香烟,然后是一个黑色的小日记本。她从书脊外抽出一支小铅笔,舔了舔食指,翻动笔记本。"你想什么时候来?"

"哦……把给瓦尔的衣服带给她后?"

"下周的这个时候?"我点点头。"我的收费标准是五十英镑现金,如果沟通没成功不退费——不准诋毁死者,"玛吉匆匆写下来,补充道,"这是我的新规定。那么,"她把日记本放回胸部,打开那包香烟,"下周二上午十一点。到时候见,亲爱的。"我离开时她说。

开车回布莱克希思的路上,我试图分析自己去见灵媒的动机。我一直反感这种活动。我的祖父母都去世了,我从没有一丝冲动想要去联系"彼岸"的他们。可自从爱玛去世后,不知怎么的,想要联系她的欲望与日俱增。碰到玛吉让我觉得至少可以试一试。

---

① 分类商业电话号码簿。

可我想从中获取什么呢？快到蒙彼利埃谷时，我思忖。可能是来自爱玛的信息。说什么？说她……还好？她怎么可能好？我边思考边把车停到店外。她也许在太空飘浮，伤心地回想，拜她所谓的"最好的朋友"所赐，她再也不可能结婚、生孩子，像她一直想的那样去秘鲁，更不用说像我们醉酒时经常幻想的那样，由于在时尚行业的贡献得到大英帝国勋章。她再也没法享受她人生的巅峰，和子孙绕膝的安详退休生活。我黯然想到，所有这些跟爱玛无缘，全都因为我——和盖伊。如果爱玛没有碰到盖伊，我停车时想到……

"今天早上让人惊叹。"我走进店里时，安妮叫道。

"是吗？"

"皮埃尔·巴尔曼的那条晚礼服卖出去了，就等着支票结算了，不过我觉得没问题。"

"太好了。"我说。这会有助于现金流。

"我还卖了两条50年代的圆裙。还有那件淡粉色的格蕾夫人——你不想要的那件？"

"是的。"

"嗯，昨天试过这件衣服的女人回来了——"

"然后呢？"

"买下了它。"

"真好。"我如释重负地拍了拍胸口。

安妮大惑不解地看着我："没错，那意味着你进账两千英镑，现在才午餐时间。"我没法告诉安妮，我对卖出这条裙子的反应跟钱无关。"那个女人的身材完全不适合那件衣服，"我走到办公间时她继续说,"可她说她要买。"

一瞬间我跟良心较劲——卖出那条裙子得到的五百英镑会很有用。可我发过誓要把钱捐出去,我会那么做的。

突然门铃丁零响了起来。试过青绿色蛋糕裙的女孩走了进来。"我回来了。"她欢快地说。

安妮的脸上容光焕发。"我很高兴,"她笑着说,"那条舞会裙你穿上很好看。"她转过身去把衣服拿下来。

"哦,我不是为那条裙子来的,"女孩解释道,她满怀遗憾地看了那条裙子一眼,"我过来给我未婚夫买点东西。"她走到珠宝展示柜前,指向一对18K黄金八边形鲍鱼袖扣,"那天我们在这里时,我看见皮特在看它们,我觉得这会是一份完美的结婚礼物。多少钱?"

"一百英镑,"我答道,"有百分之五的折扣也就是九五折,我今天心情好,还可以再优惠百分之五,因此只需要九十英镑。"

女孩笑了。"太好了,"她说,"谢谢你。"

这周剩下的时间我独自看店。除接待顾客之外,我给人们带来的衣服估价,拍库存照片上传网站,处理在线订单,做些小修小补,跟经销商交流,并且努力记好账。卖出盖伊送我的裙子得到的支票,我寄给了联合国儿童基金会,再也没有什么东西能提醒我,我们曾在一起几个月,我大为宽心。所有的照片、信件都没有了,电子邮件删除了,书也没有了,其中最讨厌的一件东西——订婚戒指也没有了。现在,这条裙子卖掉了,我如释重负。盖伊终于从我生命中消失了。

星期五早上,父亲打来电话,请我去看他。

"很久没见了,菲比。"他悲伤地说。

"对不起,爸爸。我本来应该要去的,你看,我要做的事情太多了。"

"我知道,亲爱的,可我很想见你,我也想让你再见见路易斯,他很可爱,菲比。他……"我听见爸爸顿了顿,他有时有些情绪化,可他经历了不少事情,虽然是咎由自取。"星期天怎么样?"他又说道,"午饭之后。"

我吸了口气。"我可以去,爸爸。可我不想见到鲁丝,如果你能让我实话实说的话。"

"我明白,"他柔声答道,"我知道这种处境让你为难,菲比。对我也是。"

我感觉到一阵愤怒。"我希望你不是在博取同情,爸爸。"

我听见他叹了口气。"我不值得,是吧?"我没有回答。"无论如何,"他继续说,"鲁丝星期天早上飞去利比亚,要拍一星期的电影,我觉得你那个时间来很合适。"

"这样的话,可以。"

星期五下午,米米·朗的时尚编辑过来为《妇女与家庭》杂志的拍摄选了一些衣服——他们一月刊上有篇名为《旧日时光》的文章,主要描述20世纪70年代风格的衣服。我刚把收据给她,抬起头看见那位未婚夫皮特正朝"古董衣坊"跑来,他的领带拍打着肩头。

他匆匆进来。"我一下班就跑过来。"他气喘吁吁地说着,冲那件青绿色的蛋糕裙点了点头,"我要那条裙子,"他伸手去拿钱包,"卡拉还没找到适合明天派对穿的衣服,她有点慌张,我知道是因为她喜欢这条裙子。虽然有点贵,但我想让她拥有这条裙子,管它多少钱呢。"他把六张五十英镑的钞票放在柜台上。

"我助理说得没错,"我说着把那条裙子叠好,放进一个大购物袋,"你是个无可挑剔的未婚夫。"

皮特等着我给他找钱,我看见他随意看了眼放袖扣的托盘。"那对黄金鲍鱼袖扣,"他说,"那天还有的——我想不会——"

"哦,抱歉,"我说,"已经卖掉了。"

皮特离开后,我看着挂在墙上的另外几条蛋糕裙,思忖着谁会买走它们。我想起那个悲伤的女孩,她穿上那条淡绿色裙子很好看。我见过她站在店外一两次,看上去心事重重,但她没有走进来。我还在《伦敦南部时报》上见过她男朋友的照片。他在布莱克希思高尔夫俱乐部的一次商务网络晚餐上做演讲嘉宾。他似乎拥有一家成功的房地产公司,叫凤凰地产。

星期六开局不利,后面越来越糟。首先,店里很忙,虽然对此我很高兴,但只能密切关注库存。其次,有人吃着三明治就进来了,我不得不请她离开,我并不愿意这么做,尤其当着其他顾客的面。然后妈妈打来了电话,显然需要振奋精神。

"我决定不去注射肉毒杆菌。"她宣布道。

"那很好,妈妈,你不需要。"

"这不是重点。我去的那家诊所说我现在注射肉毒杆菌太迟了,没什么用。"

"别介意。"

"所以我想做面部黄金线雕。"

"你要做什么?"

"从根本上说,他们在你的皮肤下面植入黄金线,这些黄金线的末端是一些微小的钩子,金线缠在上面,可以把线拉紧——你的脸就紧致了。问题在于,要花四千英镑……但那是24K……"她若有所思地说。

"不用去考虑这个,"我说,"你的魅力不减当年,妈妈。"

"是吗?"她忧伤地说,"自从你父亲离开后,我感觉自己像个怪物。"

"事实绝非如此。"实际上,像很多被抛弃的妻子一样,妈妈现在比以前更好看。她减轻了体重,买了新衣服,比跟爸爸在一起的时候更注重打扮。

午餐时间,那个买走盖伊裙子的人拿着裙子回来了。

起初我不知道她是谁。

"很抱歉,"她说着把古董衣坊的袋子放在柜台上,我看了眼袋子,有些沮丧,"我觉得这条裙子不合适。"她之前为什么会觉得合适呢?正如安妮所说,这个女人的身材完全不合适,又矮又胖,像一大块面包。"很抱歉。"她又说了一遍。我把裙子从袋子里拿出来。

"别担心,这不是问题。"我说谎道。把钱退给她的时候,我真希望我没有那么快把那五百英镑寄给联合国儿童基金会。它现在是我没法承受的一笔捐赠了。

"我猜我是被这条裙子的浪漫吸引住了,"她解释说,"可今天早上,我穿上这条裙子,照了下镜子,意识到我,呃……"她摊开手掌,好像要说:我又不是凯拉·奈特莉!"我不够高,"她继续说,"但你知道吗?"她抬起头,"我忍不住去想这件衣服适合你。"

这个女人离开后,一连来了好几个顾客,其中一位大约五十岁的男人,对紧身内衣有病态的兴趣,他甚至想要试穿一件,我没让他试。还有一个女人打电话给我,说要给我一些原本属于她姑母的毛皮衣服,包括——这是关键——一顶幼豹皮做的帽子。我解释说我不卖皮草,但那个女人硬要说这些毛皮衣服是古董服饰,不会有问题。我只好告诉她,我没办法触碰——更不要说去处理——死去的小豹子,不管这可怜的动物死了多久。接着我的耐心又受到了考验,一个女人拿着一件迪奥外套走了进来,她想把那件衣服卖给我。我一眼就看出它是假的。

"这是迪奥的,"我指出来后,她抗议道,"对于一件这种品质的真正的克里斯汀·迪奥外套来说,一百英镑是非常合理的价格。"

"抱歉,"我说,"我在古董时尚行业工作了十二年,我向你保证,这件外套不是迪奥的。"

"可是这个标签——"

"这个标签是原来的,可是它被缝到了一个不是迪奥的衣服上。这件外套内部的结构完全是错误的,缝口没有恰当地完成,还有衬里,如果你仔细看的话,就能发现内衬是巴宝莉的。"我指向那个商标。

女人脸上现出一片红晕。"我知道你想要做什么,"她不以为意地说,"你想要压价,这样你可以卖五百英镑,就像那边那件。"她冲人体模型身上穿的一件保存完好的迪奥一九五五年鲜绿色

"新风尚"冬季外套点了点头。

"我根本不想要,"我和气地解释道,"我不想要。"

那个女人装作很愤怒的样子,风风火火地把那件外套塞回袋子里。"那么我要把它拿到别家去。"

"好主意。"我平静地答道,忍住提议她去乐施会。

女人转过身,噔噔踩着重步走了,另一位顾客正要进来,礼貌地帮他开门。他穿着考究,浅色丝光黄斜纹裤子和海军蓝西服。我感觉心怦然一跳。

"老天,"细条纹先生的脸上露出愉快的表情,"这不是我的竞价对手吗——菲比?"他还记得我的名字,"我猜,这是你的店铺吧?"

"是的。"门又开了,细条纹先生的夫人进来了,传来一阵香水味,我看到他时的那种兴奋感立马消失了。跟我想象的一样,她身材高挑,金发碧眼——但是非常年轻,我不得不抑制住想要报警的冲动。她不可能是他妻子,她推开头上的太阳镜时我推断道。她是他二十五岁的情妇,他是她的甜心老爹——这个男人真是恬不知耻。她的"迪奥真我"香水味让我感到恶心。

"我是迈尔斯,"他提醒我,"迈尔斯·阿尔坎特。"

"我记得,"我勉强用愉快的腔调说,"什么风把你吹到这儿来?"我补充道,尽量不去看他的同伴,她正翻看晚装架。他对那个女孩点点头。"罗克西。"当然。对于一位情妇来说,这是一个合适的性感名字。狐媚的罗克西。"我的女儿。"

"啊。"如释重负的感觉让我吃惊。

"国家历史博物馆要举行一场青少年慈善晚会,罗克西想找一条特别的裙子参加这场晚会,是吧,罗克西?"她点点头。"这是菲比。"他补充道。女孩不冷不热地对我笑了笑,我现在能看到她有多么年轻。"我们在佳士得拍卖行认识的。"她父亲解释说,"菲比买走了你喜欢的那条白裙子。"

"哦。"她愤愤不平地说。

我看着迈尔斯:"你竞拍格蕾夫人的衣服是为了……?"我示意罗克西。

"是的,她在佳士得拍卖行的网站上看到了那条裙子,就喜欢上了,是吧,亲爱的?她没法去拍卖会,因为她在学校。"

"真遗憾。"

"是啊,"罗克西说,"跟英语课冲突了。"

这么说是罗克西让迈尔斯在拍卖会上不好过。怎么会有人愿意花四千美元为一个少女买条裙子?

"罗克西想在时尚圈工作,"迈尔斯解释说,"她对古董服饰特别感兴趣——是吧,亲爱的?"

罗克西又点了点头,看上去有些厌倦。她在架子上随意挑选衣服时,我纳闷她母亲在哪里,长什么样。我想象她应该跟罗克西长得一样,只是四十多岁了。

"总之,我们还在找,"迈尔斯告诉我,"这就是我们到这里的原因。舞会在十一月份举行,我们恰巧到了布莱克希思,看见这家店开门了……"我看见罗克西疑惑地瞥了她父亲一眼。"我们觉得可以看看,居然是你的店。意外的收获。"他补充说。

"谢谢。"我说,好奇他妻子会怎么想,如果她看见他公然对我表示友好。

"太巧了！"他总结道。

我转向罗克西。"你喜欢什么样的衣服？"我问道，尽量显得职业。

"呃……"她把头上的雷朋太阳镜推高了一点，"我想要《赎罪》那种感觉的——另外那部电影是什么来着？——《高斯福庄园》。"

"我明白了。那是20世纪30年代中晚期风格。斜纹裁剪。玛德琳·维奥内特风格……"我沉思道，来到晚装架。

罗克西耸了耸肩。"S形……"我冷冷地想到或许有机会摆脱盖伊送我的裙子，又意识到罗克西太瘦了，撑不起来那件衣服。

"看见你喜欢的衣服了吗，亲爱的？"她父亲问道。

她摇摇头，一绺金丝发，唰地绕过她纤细的肩头。她的手机忽地响了——手机铃声是什么？哦，是的，那是《世界上最漂亮的女孩》。

"嗨，你好，"罗克西慢吞吞地说，"不。跟我爸爸在一起。在一个古董衣店铺……昨天晚上？是的……马赫奇俱乐部。那里很凉爽。是的，很凉爽……然后就很热……真的热。是的，凉爽……"我感觉像在查看恒温器。

"去外面打电话吧，亲爱的。"她父亲说。罗克西背上普拉达包，推开门，站在外面，靠在玻璃窗上，一条腿搭在另一条腿上。显然她的"谈话"不会短。

迈尔斯无助地转动眼珠。"年轻人……"他宠溺地笑了笑，查看起店铺，"你店里的东西真美。"

"谢谢。"我再次注意到他的声音多么有磁性——有些微粗哑，不知为何让我感动，"你知道吗，我想买那个背带。"

我打开柜子，拿出托盘。"这是 20 世纪 50 年代的，"我解释说，"它们是没有售出的货，因而从来没有人穿过。这些是阿尔伯特·瑟斯顿的作品，他做的英国背带品质一流。"我指向带条，"你能看到皮是手工缝合的。"

迈尔斯仔细看着背带。"我要买下来，"他说着，挑了一对绿白条纹的，"多少钱？"

"十五英镑。"

他看着我："我给你二十英镑。"

"你说什么？"

"那么二十五英镑。"

我笑了。"什么？"

"好的，我准备涨到三十英镑，如果你这么不屈不挠的话，就这样了。"

我微笑道："这不是拍卖，恐怕你只能按价付费。"

"你真会讲价，"迈尔斯嘀咕道，"这样的话，那对深蓝色的我也要了。"当我把两对背带都放进袋子里时，意识到迈尔斯在审视我，我感觉脸在发热。我很惊讶自己希望他没有结婚。"那天跟你竞价我很开心，"我听见他说，我拉开收银机，"虽然我想你跟我的感觉不一样。"

"是的，"我愉快地回答，"事实上，你让我很恼火。你准备花大价钱买那条裙子，我以为你是要送给你妻子。"

迈尔斯摇摇头。"我没有妻子。"啊，这么说他跟人同居——或者他是个未婚父亲或者离异父亲，"我妻子过世了。"

"哦，"让我惭愧的是，我又兴奋起来，"对不起。"

迈尔斯耸了耸肩。"没事——我妻子去世十年了,"他补充说,"我有很多的时间来适应。"

"十年?"我惊讶地重复道。这个男人十年都没有再婚?很多鳏夫在妻子葬礼后熬不过一周。我感觉内心的冰融化了。

"家里只有我跟罗克西。她刚去贝灵汉姆中学上学。"我听过这个学校,那是一所高档的补习学校。"我能问你点事吗?"

我把收据递给他。"当然可以。"

"我在想……"他焦虑地瞥了罗克西一眼,她仍然在聊天,一绺浅淡的金发缠绕在手指上,"我在想你能否有空跟我一起吃晚饭……"

"哦……"

"我想你肯定觉得我太老了,"他很快继续说道,"可我想再见到你,菲比。实际上——我能对你坦白吗?"

"什么?"我承认——我很好奇。

"其实我来这里并不完全是巧合。事实上,老实说,这完全不是巧合。"

我盯着他:"你怎么知道我在哪里?"

"你在佳士得拍卖行付款时,我听见你说'古董衣坊'。于是我在谷歌上搜了一下,搜到了你的网站。"那么他坐在我旁边时,就是在黑莓手机上专注地看这个,"我住在坎伯威尔,离得不远。我觉得我可以过来打个招呼。"这么说,他的诚实胜过了他的狡猾。我暗自笑了笑。"现在……"他和善地耸了耸肩,"那天你不想跟我一起吃午餐,连咖啡都不喝。你或许觉得我已经结婚了。"

"我确实那么认为。"

"现在你知道我没有结婚,我想你是不是愿意跟我一起吃饭呢?"

"我……不知道。"我感觉脸更红了。

迈尔斯看了眼他女儿,仍在打电话。"你不必现在答复我。给你……"他打开钱包,拿出名片。我看了看。迈尔斯·阿尔坎特,法学学士,高级合伙人,阿尔坎特,布鲁尔&克拉克律师事务所。"如果你有兴趣的话,请告诉我。"

我突然意识到我有兴趣。迈尔斯很有魅力,还有动听的粗哑嗓音——我考虑到,他是个真正的成年人,不像跟我同龄的那些男人,比如丹。我想起了他乱蓬蓬的头发和乱搭的衣服,卷笔刀和棚屋。为什么我要去看丹的棚屋?我看着迈尔斯,他是个男人,不是个大男孩。不过,现实点来说,他完全是个陌生人,并且他比我大多了——四十三四岁。

"我四十八岁了,"他说,似乎看穿了我的心思,"别那么震惊!"

"哦,对不起,我没有震惊,只是你看上去不像那么……"

"老?"他苦笑道。

"我不是那个意思。我很感谢你邀请我出去,但老实说我现在非常忙。"我开始重新整理那些围巾。"我得专注于生意。"我支吾道。四十八,快五十岁了……"关键是——哦,"电话响了,"抱歉。"我拿起电话听筒,非常感激它的打扰,"古董衣坊。"

"菲比?"听到这个声音,我的心怦怦直跳。"请跟我谈一谈,菲比,"盖伊说,"我必须跟你谈一谈。你不理会我所有的信件和……"

"好的。"我平静地打断道,努力在迈尔斯面前控制住情绪,他正坐在沙发上,看着外面布莱克希思的云图。我闭上眼睛,深吸了口气。

"我需要跟你谈谈，"盖伊坚持说，"我不希望事情就这样结束，我不会放弃，直到你——"

"抱歉，我帮不了你。"我用一种没有察觉到的平静语气说道，"不过谢谢你打电话来。"我没有一丝愧疚地放下电话。盖伊知道他做了什么。

"你知道爱玛总是言过其实，菲比。"

我把电话调到静音模式。"对不起，"我对迈尔斯说，"你刚才说什么？"

"噢，"他站起身，"我刚刚告诉你，我四十八岁了，如果你能忽视这个不利条件，我会很高兴你跟我一起共进晚餐。不过看上去你不想。"他忧虑地对我笑了笑。

"实际上，迈尔斯……我愿意。"

/ 第五章 /

遇见迈尔斯

星期天下午,我去爸爸家——更准确点说,鲁丝家。虽然我见过她一次,那次会面大概十秒钟——这将是我第一次去她的公寓。我问过爸爸我们是否可以在外面见面,但他说由于路易斯的缘故,如果我可以来家里看他,会更方便。

"家里。"我边琢磨边沿着波托贝洛路①往前走。在我的人生中,"家"是那座爱德华七世时代的别墅,我在那里长大,我母亲现在还住在那里。对于爸爸来说,"家"现在是诺丁山的一座高档复式住宅、瓜子脸的鲁丝和他们还不会抓握东西的儿子。去那里会让一切真真切切,令人消沉。

经过维斯特波恩路的时尚精品店时,我想到爸爸并不是一个典型的诺丁山人。L.K.班尼特和拉夫·劳伦对爸爸来说意味着什么呢?他属于友好、老式的布莱克希思。

---

① 伦敦西部诺丁山区的一条街,以集市闻名,出售食品、服装和二手货。

自从他们分开之后,爸爸脸上就挂着那种微微震惊的表情,似乎他刚被一个陌生人打了耳光。当打开兰开斯特路88号的门时,他就是那种表情。

"菲比!"爸爸弯腰拥抱我,但是他怀里还抱着路易斯,这么做很不舒服。孩子被挤在我们俩中间,大叫出声。"见到你真好。"他把我领进去,"噢,你能把鞋脱掉吗?——这是这里的规矩。"我脱掉露跟鞋,把它们塞在一把椅子下面,想着这无疑是众多规矩中的一条。"我很想你,菲比。"他说,我跟随他穿过铺着石灰岩的门厅,走进厨房。

"我也想你,爸爸。"我抚摸了下路易斯金色的头发,爸爸坐在擦过的不锈钢桌子旁边,路易斯坐在他怀里。"你变了,亲爱的。"

路易斯从一个红褐色皮肤的皱皱巴巴的小不点变成了有着甜甜脸蛋的婴儿,正对我挥舞他柔韧的四肢,像条小章鱼。

我瞥了眼擦得发亮的金属表面。鲁丝的厨房让我诧异,对于一个长年在土里干活的男人来说太干净了。它看上去甚至不像个厨房,像停尸房。我想起我真正的家里明净如洗的旧松木桌子和波特美林植物园图案的成套陶瓷餐具。我爸爸究竟来这里干什么?

我冲他笑:"路易斯长得像你。"

"你这么认为吗?"爸爸高兴地说。

我并不这么认为,可我不希望路易斯长得像鲁丝。我打开拿来的哈姆利玩具店的袋子,递给爸爸一只颈部系着蓝色丝带的大白熊。

"谢谢你,"他在路易斯面前轻轻摇动泰迪熊,"很可爱吧,宝宝?看,菲比,他在对你笑。"

我摸了摸孩子胖乎乎的小腿:"你不觉得路易斯只穿一条尿布不够吗,爸爸?"

"哦,是的,"他含糊地答道,"你来的那会儿我正在给他换衣服。我把他的衣服放在哪里了?啊,这里。"我惊骇地看着爸爸用左手把一脸吃惊的路易斯夹在胸前,然后不知怎么的,把他的四肢塞进一件蓝色条纹睡衣里。穿好衣服后,他努力把孩子放进不锈钢高椅子里,把两条腿塞进一个洞里,这样路易斯就动不了了,保持滑雪橇的姿势。之后爸爸走到发亮的冰箱旁边,拿出各种各样的罐子。

"看看,"他说着,拧开第一个罐子,"我让他吃点固体食物。"他回过头解释说,"我们试试这个,好吗,路易斯?"路易斯把嘴巴张得大大的,像一只小鸟,爸爸用勺子把罐子里的东西喂到他嘴里。"真是个好孩子。棒极了,我的宝贝。哦……"路易斯把一嘴的米黄色烂糊糊吐到爸爸身上。

"他不喜欢这个。"爸爸把那堆我现在知道是有机鸡肉和小扁豆炖锅菜的东西从眼镜上擦掉,我评论道。

"有时他喜欢吃,"爸爸抓起一条小毛巾,擦了擦路易斯的下巴,"他今天有点奇怪,可能是因为他妈妈又出门了。我们试试这个,好吗,路易斯?"

"你不应该先加热一下吗,爸爸?"

"哦,他不介意吃直接从冰箱拿出来的食物,"爸爸打开第二罐辅食,"摩洛哥烧羊配杏子和蒸粗麦粉——太好吃了。"路易斯再次张开小嘴巴,爸爸喂了他几勺。"哦,他绝对喜欢这个。"他得意地说。

103

突然路易斯伸出舌头，把摩洛哥烧羊喷了出来，橙色的口水像熔岩一样流到他的上身。

"你应该给他戴个围嘴。"爸爸擦干净路易斯胸前吐出来的东西，我指出来，"不，爸爸。别再喂这个了。"桌上是一张传单，上面写着"你可以让孩子断奶！"。

"我不擅长做这个。"爸爸苦恼地说，他把路易斯不想吃的罐头扔进发亮的铬合金垃圾桶，"如果我只需要给他一个奶瓶，就简单多了。"

"我想帮你，爸爸，但出于显而易见的原因，我自己也一无所知。可为什么你要承担这么多照料孩子的工作？"

"呃……因为鲁丝又出门了，"他疲倦地回答，"她最近很忙，关键是，我想做这些事。现在没必要找保姆。"爸爸皱了皱眉头，"我没有工作。再说，你小的时候我总是不在家，没有尽到一个父亲的责任。"

"你老是不在家，"我同意道，"总是要去发掘现场，实地考察。我似乎总在跟你告别。"我悲伤地说道。

"我知道，亲爱的，"他叹了口气，"对此我很抱歉。现在，有这个小家伙——"他摸了摸路易斯的头，"我感觉老天给了我一个机会，让我做一个合格的父亲。"路易斯把湿乎乎的脸揉成一团，似乎他更喜欢爸爸不插手。

突然电话响了。"对不起，亲爱的。应该是林肯广播电台打来的。我要跟他们做一个电话访谈。半小时前他们给我打过电话。"

"林肯广播电台？"

爸爸耸了耸肩："比无线广播电台好。"

爸爸做访谈时,用右手把听筒夹在耳边,用左手把更多黏糊糊的东西喂进路易斯的嘴里。我思考起他职业生涯的断崖式下跌。一年前,爸爸还是伦敦玛丽皇后学院广受尊重的比较考古学教授。之后参加《大挖掘》录制,在不光彩的媒体报道之后——《每日邮报》说他是"大蠢猪"——爸爸不得不提早退休。他提前了五年退休,养老金被大幅削减,他蓬勃发展的电视生涯也中断了,尽管六个星期以来,他都在周日晚上黄金时段播出的节目中露面。

"噢,什么是考古学,"爸爸说着把杧果和荔枝泥塞进路易斯的嘴里,"我们可以说那是研究手工艺品和居住环境的学问——使用愈益先进的方法来诠释过去的社会,最重要的当然是利用碳定年法来发现'失落的'文明。不过,我们说到'文明'时,应该认识到那是西方知识分子强加给过去的一种现代定义……"他抓起一块肮脏的毛巾,"对不起,我要再说一遍吗?你说过这是预先录制好的,是吧?哦,真对不起……"

上电视节目,爸爸似乎表现得不错,主要是因为他有一位编剧,把他的专业术语改得浅显易懂。要不是媒体对鲁丝怀孕的报道引起轩然大波,他本来会有更多的电视工作,现在只是《预备,开始做饭了》系列节目。另外,鲁丝的事业蒸蒸日上。她晋升为监制,正在制作一部卡扎菲上校的传略,为此她要飞到特里波利。

房门"砰"地开了。

"你能相信吗?"我听见鲁丝叫道,"该死的恐怖分子又关闭了希思罗机场!只不过那不是恐怖分子干的。不!当然不是。"她听起来有些失望,"只是几个疯子在跑道上想要拦顺路机去特内里费岛。第三航站楼被关闭了,我和其他人花了两小时才出来。我要想办法明天走。天哪，你把这里搞得一团糟，亲爱的。别把购物袋放在桌上。"她拿走哈姆利玩具店的袋子，"它们携带细菌。这里不要有玩具，拜托——这是厨房，不是游戏室——一定要关上橱柜门，看见它们那么开着，我受不了——哦。"她突然看到了我。

"你好，鲁丝，"我平静地说，"我来看我父亲。"我看着爸爸，他快速结束了电台采访，正在手忙脚乱地收拾，"希望你不要介意。"

"一点也不，"她漫不经心地回答，"请随意。"在这里很难随意，我很想反驳。

"那只可爱的泰迪熊是菲比送给路易斯的。"爸爸说。

"谢谢你，"鲁丝说，"真贴心。"她吻了吻路易斯的额头，没理会他张开的双臂，快速上楼去了。路易斯头向后仰，号啕起来。

"对不起，菲比，"爸爸对我歉然一笑，"我们下次再约吧？"

第二天一早，走路去古董衣坊的路上，我想到爸爸似乎全然不知这段婚外恋会有什么后果。妈妈相信他绝不会移情别恋，尽管这么多年来他有很多机会跟迷人的考古学学生一起挤在尘土里，学生们全神贯注听他说话，高兴地收集着腓尼基人、美索不达米亚人、玛雅人或者不管是谁的碎片。爸爸处理跟鲁丝的关系时一点也不老练，显然不是个情场老手。

爸爸离开妈妈之后，给我写过信。在信中，他说他仍爱着妈妈，但鲁丝怀孕了，他觉得他必须跟她在一起。他还说他对鲁丝有好感，我需要理解这一点。我不能理解。我现在也不能。

尽管鲁丝跟父亲相差二十四岁，我完全明白为什么鲁丝会喜欢我父亲。爸爸高大英俊,有一张历尽风霜的脸,他学问渊博,随和友善。但爸爸又看上了鲁丝什么呢?她不像我妈妈那样温柔漂亮,她像一块木板一样坚硬,还敏锐。看见爸爸把他的东西从家里搬出去,比看见身怀六甲的鲁丝在车里等他更让妈妈痛苦。

那天晚上妈妈和我一直坐着,尽量不去看架子上的那片空白空间,以前放的是爸爸的书和珍品。他最珍爱的历史文物,一个阿兹特克女人正在分娩的小铜像——墨西哥政府送给他的——也从厨房壁炉架上消失了。鉴于那时的情形,妈妈说她不会想念它。

"要不是为了那个孩子,"她哭着说,"我不想对一个还未出生的可怜孩子刻薄,但我希望没有这个孩子,如果没有孩子,我可以原谅并且遗忘一切,而不是像现在这样一个人度过余生!"

我的心一沉,意识到余生我都要想办法让她开心起来。

我曾试图劝说爸爸不要离开妈妈。我指出她年纪这么大了,对她不公平。

"我也很难受,"他在电话里说,"可是我让自己陷入这种境地,菲比,我得做正确的事情。"

"为什么离开你结婚三十八年的妻子是正确的事情?"

"为什么陪伴我的孩子不是正确的事情?"

"你并没有为我考虑,爸爸。"

"我知道——这关系到我的决定。"他叹了口气,"我这辈子都在钻研遥远的过去,现在,这个孩子给我提供了一点未来的图景。在我这个年纪,这是最让人惊奇的事情。此外,我想跟鲁丝在一起。我知道你很难接受,菲比,可这是事实。你母亲会得到那栋房子和我一半的养老金。她有工作、她的桥牌圈子和朋友。我想跟她做朋友,"他接着说,"经历了这么漫长的一段婚姻后,我们难道还做不成朋友吗?"

"他抛弃了我,我们怎么可能做朋友?"我把这些话告诉妈妈时,她哭喊道。我非常能理解她。

前往宁静山谷的路上,我希望自己可以更平静。安妮中午才来,她要去试镜。我打开店门时,自私地希望她试镜不成功,如果试镜成功,她要进行两个月的地区巡演。我喜欢安妮在旁边。她总是面带微笑,非常守时,对待顾客也很有一套。她积极主动地整理货架,让商品看上去光鲜亮丽。她是古董衣坊宝贵的财富。

看邮件时,我兴奋地发现有生意来了。辛迪从贝弗利山发来邮件,说那件巴黎世家的礼服她要定了,给她的一位一线女星穿去"艾美奖"颁奖典礼,今天她会打电话给我并付款。

九点钟时我把牌子转向"营业",然后打电话问贝尔夫人我什么时候可以去拿我要买的衣服。

"今天早上你能过来吗?"她问道,"十一点怎么样?"

"十一点半可以吗?我的助理那时候会来。我开车去。"

"好的,到时见。"

门铃丁零作响,一位身形苗条、三十五岁左右的金发女人走了进来。她有些紧张,心烦意乱地在架子上筛选了一会儿。

"您在找什么特别的东西吗?"过了一会儿我问道。

"是的,"她答道,"我想要活泼点的衣服,一条俏皮的裙子。"

"好的,日装还是晚装呢?"

她耸耸肩:"无所谓。它只需要非常亮眼,令人振奋。"

我给她看了一件 20 世纪 50 年代中期的霍罗克斯的丝光棉背

心裙，上面间隔绣着明亮的矢车菊与金色小蝴蝶结图案。她摸了摸裙子。"真漂亮。"

"霍罗克斯的棉布裙优雅时髦——过去这样一件衣服要花费一个星期的工资。你看到那边的裙子了吗？"我冲那几条蛋糕裙点点头。

"哦。"女人瞪大了眼睛。"这几件衣服真好看。我可以试试那件粉色的吗？"她问道，像个孩子一样兴奋，"我想试试那件粉色的。"

"当然可以，"我把裙子拿了下来，"它是10号的。"

"真好。"我把裙子挂在更衣室，她充满热情地说。她走了进去，拉上亚麻帘子。我听见她拉开自己裙子的拉锁，穿上粉色裙子的衬裙时发出柔和的沙沙声。"真好看呀，"她说，"我喜欢蓬蓬裙，感觉像花仙子。"她从帘子后面伸出头来，"你能帮我拉上拉链吗？我自己拉不上……谢谢。"

"你看上去光彩照人，"我说，"非常合身。"

"是的。"她凝视着镜中的自己，"这就是我想要的——一条活泼俏皮的裙子。"

"你要庆祝什么吗？"

"哦……"她弄松一层层绷紧的薄纱，"我一直想要个孩子。"我礼貌地点了点头，不知道该说什么。"我没法自然受孕，于是结婚两年半后我们去尝试试管授精——这是件可怕的事情。"她回过头来说。

"你不必告诉我这些，"我说，"真的……"

女人退后一步，看着镜中的自己。"总之，我一天测十次体温，吃了很多药，我给自己注射，直到我的臀部像个针垫。这个苦难的历程我经历了五次——弄得快破产了。两星期前，到第六个周期了，这会是最后一次尝试，因为我丈夫告诉我他不想再做了。"她停下来喘了口气，"这是最后一次机会……"她从隔间里走出来，照了照侧镜，"今天早上我拿到了结果。我的妇科医生打电话告诉我——"她拍了拍肚子，"还是没有成功。"

"哦，"我低声说，"真遗憾。"当然。如果她怀孕了，又怎么会买一条舞会裙呢？

"今天我打电话请了病假，想法子让自己振作一点。"她对着镜中的自己笑，"这条裙子是一个完美的开始。它非常美。"她充满热情地转过头面向我，"我是说，穿上这样一条裙子，谁会感觉悲伤呢？不可能，是吧？"她的眼睛闪闪发光，"不可能……"她不禁哭了起来，在更衣室的椅子上坐了下来。

我跑向门边，把牌子转到"打烊"那面。

"对不起，"她哭着说，"我不该进来的。我感觉自己很脆弱。"

"我完全可以理解。"我轻声说。

她抬起头看我。"我三十七了，"一大滴眼泪从她的脸颊滚落下来，"比我年纪大得多的女人都生孩子了，是吧？为什么我不行？一个就够了，"她呜咽道，"这个要求很过分吗？"

我忍不住拥抱了她，递给她一些纸巾，拉上帘子好让她换衣服。

几分钟后女人把衣服拿到柜台。她现在平静如常，虽然眼睛还是红红的。

"你不必买下来。"我告诉她。

"我想买，"她温柔地抗议道，"每当我感觉心情低落时，我可以穿上这件衣服。我也可以把它挂在墙上，就像你这样，看着它就会让我积极一些。"

"嗯，我希望它能达到预期的效果，如果你改变主意，把它拿回来就好。你需要确定好。"

"我确定，"她声明道，"谢谢。"

"嗯，"我对她笑，感觉无力减轻她的痛苦，"祝你事事顺心。"我把装有那条俏皮裙子的袋子递给她。

十一点钟，安妮试镜回来了。"导演太可恶了，"她愤怒地说，"那个混蛋让我转过身来，就像我是块肉一样。"

我想起那个令人恶心的基思让他女朋友转过身来。"希望你没有那么做。"

"我当然没有——我直接走了出去。我应该把他举报给演员权益协会，"她脱掉上衣，喃喃地说，"总之，经历这些后回到你的店里真好。"

我有些愧疚地为安妮试镜失败感到高兴，我跟她说了那个买了粉红色蛋糕裙的女人的事情。

"可怜的人，"她喃喃地说，变得平静了些。"你想要孩子吗？"她边涂唇彩边问。

"不想要，"我坚定地回答，"孩子不在我的字典里。"除了我父亲的孩子，我苦涩地想到。

"你有男朋友吗？"安妮说着拉开包，"当然这跟我没有关系。"

"没有，我单身，偶尔约个会。"我想起即将要与迈尔斯共进晚餐，"对我来说现在最重要的是工作。你呢？"

"我跟一个叫提姆的家伙交往几个月了，"安妮答道，"他是个画家，住在布莱顿。我专注于我的事业，还不想安定下来，此外我才三十二岁。我有时间。"她耸耸肩，"你也有时间。"

我看了看表，笑了。"不，我没有时间——我要迟到了。我要去贝尔夫人那里拿衣服。"安妮看店，我走回家拿了两个手提箱，然后开车去帕拉贡。

距我上次去那里不到一周，8号门的门闩修好了，贝尔夫人不用下楼，这样很好，她打开家门时我想，因为她看上去似乎比我上次见她时更虚弱了。

我走进门，她热情地和我打招呼，把长着斑点的瘦弱的手搭在我的胳膊上。"去拿衣服吧——弄完后，我希望你可以留下来和我一起喝杯咖啡？"

"谢谢，我很乐意。"

我把手提箱拿进卧室，把包包、鞋子和手套放进一个箱子里，然后我打开衣柜拿出要的衣服。拿衣服的时候，我瞥了眼那件蓝色小外套，再一次思忖它的来历。

身后响起贝尔夫人轻轻的脚步声，我转过身。"你弄完了吗，菲比？"她走路时，身上红绿格子图案的裙子的腰带有点滑落了，她整理了下。

"差不多。"我答道，很高兴听到她再次叫我的名字。我把两顶帽子放进贝尔夫人给的可爱旧帽盒里，叠好奥西·克拉克的那条长裙，放进第二个手提箱里。

"我准备把耶格尔的羊毛衫都送去慈善商店,"她说,我吧嗒一声扣牢搭扣,"我想趁我有这份心情时,尽量处理掉我的衣物。我本来想让我的女佣帕拉帮忙,可她不在。你可以帮我吗?"

"当然可以。"我把那些衣服放进一个大塑料袋,"有一家乐施会——我拿去那里可以吗?"

"麻烦了,"贝尔夫人说,有气无力地笑了笑,"谢谢你。现在,你随意,我来煮咖啡。"

客厅里,煤气炉发出轻微的嘶嘶声。太阳照在弓形窗的方形小窗格上,在房间里投下一道道阴影,像笼子的栅栏。

贝尔夫人端着茶盘进来了,颤颤巍巍地从银茶壶往杯子里倒咖啡。我们喝起咖啡,她问起我的店,问我怎么开起这家店的。我跟她讲了我的背景。我从谈话中得知她丈夫的外甥住在多西特,有时来看望她,还有个侄女,住在里昂,不怎么来看她。

"对她来说很难,她要照看两个小孙子,但时不时给我打电话,她是我的至亲——我已故弟弟马塞尔的女儿。"

我们又聊了一会儿,旅行钟敲了十二点半。

我放下杯子:"我得走了,谢谢您的咖啡,贝尔夫人。再见到您真让人高兴。"

她的脸上蒙上了一层懊悔的阴影。"我也很高兴见到你,菲比。希望我们可以保持联系。可你非常忙碌,怎么费得了这份心?"

"我会跟您保持联系,"我插话道,"现在我不想让您太累。"

"我不累,"贝尔夫人抗议说,"我头一次感觉到拥有一种神奇的能量。"

"那太好了。我离开之前还能为您做点什么吗?"

"不用,"她答道,"谢谢你。"

"那么再见!"我站起身。

贝尔夫人盯着我,似乎在考虑什么。"再待一会儿,"她突然说,"拜托。"

我满怀怜悯。这个可怜的女人很孤单,需要陪伴。我正要告诉她我可以再待二十分钟左右时,贝尔夫人突然穿过过道去了卧室。她回来时,拿着那件蓝色外套。

她看着我,眼睛里闪动着奇怪的神情。"上次你想知道这件……"

"不,"我摇摇头,"这跟我无关。"

"可你很好奇。"

"有一点,"我不自在地承认道,"可它跟我无关,贝尔夫人。我不应该碰它的。"

"可我想告诉你,"她说,"我想跟你讲讲这件小外套的故事,我为什么把它藏起来。最重要的是,菲比,我想告诉你为什么保存了这件衣服这么长时间。"

"您什么也不必告诉我,"我无力地抗议道,"您都不了解我。"

她叹了口气。"没错。可是最近我有一种强烈的愿望想要告诉别人这个故事。这些年来这个故事一直埋在我心里——这里——就在这里。"她用左手手指用力戳了戳胸膛,"不知怎么的,我觉得如果我要告诉别人的话,最好告诉你。"

我困惑地看着她:"为什么?"

"我不知道,"她小心地答道,"感觉跟你很投缘,菲比——我们之间有一些我没法解释的联系。"

"哦，但是——无论如何，为什么您现在想要讲述这件事情呢？"我问道，"过了这么久了？"

"因为……"贝尔夫人坐到沙发上，满脸愁容，"上个星期——实际上，就是你来我家的时候——我收到了体检报告，结果不是很乐观。"她平静地继续说，"我的体重最近一直在下降，已经猜到结果可能不太好。"现在我明白当我建议她"精简物品"时，她为什么反应那么奇怪了。"他们让我接受治疗，我拒绝了。治疗过程会非常痛苦，也只能拖延一点点时间，在我这个年纪……"她举起双手，似乎表示投降，"我快八十岁了，菲比。你了解的，我活得比很多人久。可现在，我敏锐地察觉身体状况在恶化……"她以哀求的目光看着我，"现在，趁我还清醒，需要把外套的事情说给一个人听。那个人只需要听，或许她能理解我的所作所为，还有这么做的原因。"她看向花园，窗子的阴影挡住了她半边脸。"我需要忏悔。如果我信上帝，我会去找一位神父。"她的目光转向我，"我能告诉你吗，菲比？求你了。不会花很长时间。我保证——只需要几分钟。"

贝尔夫人从椅子上往前探身，抚摸着放在腿上的那件外套。她深吸了一口气，眯着眼睛，目光跳过我，望向窗户，似乎那是抵达过去的入口。

"我来自阿维尼翁，"她说道，"你知道这个。"我点点头。"我在离市中心三英里的一个大村落里长大。那个地方很宁静，几条狭窄的街道通向荫庇在法国梧桐树下的一个大广场，有几家小店和一个宜人的酒吧。广场的北边有个教堂，门上刻着巨大的罗马文：自由、平等、博爱。"说到这里，贝尔夫人的脸上闪过一丝嘲

115

讽的微笑。"村子旁边是空旷的田野。"她继续说,"四周是一条铁路。我父亲在阿维尼翁经营一家五金店。在离我们家不远的地方,他还有个小葡萄园。我母亲是家庭主妇,照看我父亲、我和弟弟马塞尔。她还做些针线活贴补家用。"

贝尔夫人把一小绺散乱的白发塞到耳后。"马塞尔和我在当地的学校上学。那所学校很小,不到一百个学生,他们中很多人的家庭世世代代住在村子里——同样的名字一再出现:卡龙、佩吉特、玛丽尼、奥马热……"贝尔夫人在椅子上动了动,"一九四〇年九月,那时我十一岁,我们班新来了个女孩。暑假时我见过她一两次,但不认识她。我母亲说那个女孩和她的家人是从巴黎搬来的。母亲还说,巴黎被占领后,很多这样的家庭逃到了南方。"贝尔夫人看着我,"那时我还不懂,但'这样'这个小词证明非常重要。无论如何,这个女孩名叫……"贝尔夫人的声音顿了顿。"莫妮克,"过了一会儿她轻声说,"她名叫莫妮克·黎塞留,我被指派照看她。"说到这里,贝尔夫人开始抚摸那件外套,然后她再次看向窗外。

"莫妮克友好可爱,聪明勤奋;她非常漂亮,有一双充满神采的黑色眼睛,美丽的颧骨,头发乌黑,在某种光线下看上去是蓝色的。不论她多努力去掩盖,口音里始终带着外国腔,在一帮有普罗旺斯口音的人中间非常醒目。"贝尔夫人看着我,"每当学校有人取笑莫妮克的口音时,她就会说那是巴黎腔。可我父母说那不是巴黎腔——那是德国腔。"

她两手紧握在一起,手上戴的珐琅手镯轻轻敲打着金表。"莫妮克开始来我家玩,我们一起在田野和山坡漫步,摘野花,聊一些女孩子的事情。我有时问她巴黎的事情,我只在照片上见过巴黎。莫妮克对我讲述她在城市的生活,虽然对于她们家以前的住址她总是含糊其词,但经常谈起她最好的朋友米里亚姆。米里亚姆。"贝尔夫人突然容光焕发,"利皮茨卡。过了这么多年,我又想起了这个名字!"她看着我,惊奇地摇了摇头。"菲比,人老了就这样。埋藏很久的人或事会突然异常清晰地浮现出来。利皮茨卡。"她啜嚅道,"是的……我记得她说她们家原本来自乌克兰。莫妮克告诉我,她非常想念米里亚姆,她很为他骄傲,因为米里亚姆是个出色的小提琴手。莫妮克深情地谈论米里亚姆时,我感觉一阵刺痛。我内心希望自己可以成为莫妮克最好的朋友,虽然我没有丝毫的音乐才华。我记得我很喜欢去莫妮克家,她家有点远,在村子的另一头,靠近铁路。她家前面有一个漂亮的花园,种着许多花,还有一口井,前门上挂着块牌匾,上面刻着狮子头像。"

贝尔夫人放下杯子。"莫妮克的父亲爱空想,非常不切实际。他每天骑自行车去阿维尼翁上班,他在一个会计师事务所做簿记员。她母亲待在家里,照顾莫妮克的一对双胞胎弟弟——奥利弗和克里斯托弗,他们当时大约三岁。有一次我在他们家时,整顿晚餐都是莫妮克做的,虽然她当时只有十岁。她告诉我她得学习怎么做饭,因为双胞胎出生后,她母亲在床上躺了两个月。莫妮克厨艺精湛,虽然我不太喜欢她做的面包。"

"无论如何……战争在继续。我们这些孩子意识到了这件事,但对于战争所知甚少。那时我们没有电视机,收音机也很少,并且大人们尽量让我们避开战争。事实上,他们很少对我们提起战争,除了抱怨定量配给制度——我父亲主要抱怨很难弄到啤酒。"

贝尔夫人又停顿了一下，嘴唇微微噘起，"一九四一年夏天，那时莫妮克和我已经成为亲密的朋友。我们外出散步，沿着纵横交错的一条偏僻小路走了约莫两英里，看到一幢摇摇欲坠的旧谷仓。我们走进去探查时，刚好在谈论名字。我说我不喜欢自己的名字——特蕾莎——这个名字太普通了。真希望我父母叫我尚塔尔。我问莫妮克是否喜欢自己的名字。让我惊讶的是，她的脸通红，脱口而出莫妮克不是她的真名。她的真名是莫妮卡——莫妮卡·里克特。我很惊讶。"贝尔夫人惊奇地摇了摇头，"莫妮克说她家是从曼海姆①搬到巴黎的，五年前，她父亲给他们改了名，为了让他们更好地适应环境。他决定姓黎塞留②，她告诉我，是因为那位著名的红衣主教。"

贝尔夫人再次看向窗外。"我问莫妮克为什么离开德国，她说因为他们觉得不安全。起初她拒绝说原因，在我的催促下，她告诉我因为他们是犹太人。她告诉我他们从没对任何人提起这件事，并且把所有显而易见的标志都藏了起来。她让我发誓永远不告诉别人，不然我们就不再是朋友。当然，我马上同意了，虽然我不能理解为什么犹太人的身份要保密——我知道犹太人在阿维尼翁已经生活了好几百年；在市中心有一座古老的犹太教堂。但如果莫妮克想要保密，我尊重她。"

贝尔夫人又用手指触摸那件外套，轻轻抚摸袖子。"作为交换，我觉得也应该告诉莫妮克一个自己的秘密。于是我透露说最近喜欢上了学校的一个男孩——让-吕克·奥马热。"她笑了，

---

① 德国西南部城市。
② 黎塞留（1585—1642），法王路易十三的国务秘书兼御前会议主席，枢机主教。

"我记得,我对莫妮克说起让-吕克时,她看上去有点不适。她说他看上去是个不错的男孩,长得也帅。"

贝尔夫人又看向窗外。"时间消逝,我们尽量忽视战争,很庆幸我们住在南部的'自由'区。可是一天早上——那是一九四二年六月下旬——我发现莫妮克心烦意乱。她告诉我她刚收到了一封米里亚姆的信,她在信里说她现在被要求佩戴黄色星章,占领区的所有犹太人都必须如此。这个六角星,中间写着'犹太人',必须缝在上衣的左边。"

贝尔夫人重新整理腿上的那件外套,再次捋平蓝色的布。"从那时起,我开始关注战争。晚上,我会坐在父母房间外的楼梯平台上,竖起耳朵听BBC伦敦的广播,他们偷偷调到那个频道。跟很多人一样,父亲为此买了第一台无线电收音机。我记得听新闻时,父亲总会愤慨或绝望地大叫。从一个节目中,我了解到现在南北两方有专门针对犹太人的法律。不允许犹太人参军,不允许在政府部门担任要职,不允许买房子。他们必须遵守宵禁,在巴黎坐地铁时,只能搭乘最后一节车厢。

"第二天我问母亲为什么会发生这样的事情,她只说现在是困难时期,我最好不要去想这该死的战争,战争很快就会结束——感谢上帝。

"我们继续过'正常'的生活。可是在一九四二年十一月,这种'正常'的假象结束了。十一月十二日父亲回家很早,上气不接下气地说他看见了两个德国士兵骑着摩托车,车挎斗上架着两挺机关枪,停在从我们村到市中心的主路上。

"第二天一早,我父母、弟弟、我,和很多人一起走进阿维尼翁。我们惊骇地看到德国士兵站在乌黑发亮的官方用雪铁龙车旁，车都停在教皇宫外面。一些德国军队驻扎在市政厅外面，士兵们戴着头盔和护目镜，开着装甲车在街道上行驶。对我们孩子来说，他们看上去很滑稽，像外星人，我记得马塞尔和我指着他们笑，让我父母大为光火。父母告诉我们要对这些人视而不见，就像他们不在那里一样。他们说如果阿维尼翁的所有人都这么做，德国人的存在就不会影响到我们。但是马塞尔和我知道这只是虚张声势——我们明白'自由区'不再存在，我们现在都要听别人驱遣。"

贝尔夫人停顿了一下，把另一绺头发塞到耳朵后面。

"从那天早上开始，莫妮克变得冷淡而警惕。每天她一放学就直接回家。周末她不再能自由玩耍，也不再邀请我去她家。这让我痛心，但我试图跟她说这件事时，她只说现在没多少时间，因为她母亲需要她多在家里帮忙。

"一个月后，我在排队买面粉时，无意中听到前面的那个男人抱怨我们这个地区的所有犹太人必须在他们的身份证和配给卡上盖上'犹太人'的字样。那个男人，我现在意识到他肯定是个犹太人，说这是奇耻大辱。他们家三代居住在法国——在第一次世界大战中他们没有为法国而战吗？"贝尔夫人眯起浅蓝色的眼睛，"我记得他在教堂晃动拳头，说现在哪里还有自由、平等、博爱？我天真地在心里想，至少他不用佩戴星章，像米里亚姆那样——那会非常糟糕。"她摇摇头，"我完全不知道佩戴黄色星章比在官方文件上盖字样好太多了。"

一时间，贝尔夫人闭上了眼睛，似乎回忆让她疲惫不堪。然后她又睁开眼睛。"一九四三年初,二月中旬左右,我看见莫妮克站在学校门边,跟让-吕克相谈甚欢,他那时已经是一个十五岁的帅小伙了。天气非常冷,他把她的围巾裹得更紧了些,我能看出来他对莫妮克着迷。我还能看出来她喜欢他,因为她对他粲然一笑,全然不是鼓励的微笑,而是甜蜜的有一点急切的微笑。"贝尔夫人叹了口气,接着摇了摇头,"那时我仍然迷恋着让-吕克,即便他从没正眼看过我。我当时真是个傻子,"她黯然地补充道,"真是个傻子。"她又拍了拍胸口,似乎在打自己。她声音颤抖地继续说:"第二天我问莫妮克是不是喜欢让-吕克。她目不转睛地看着我,有点悲哀地说,'特蕾莎,你不懂',这句话似乎只是证实了她的确喜欢他。我想起了第一次告诉她我喜欢让-吕克时她的反应。她似乎不自在,现在我知道原因了。但莫妮克是对的——我不懂。要是我懂就好了,"她轻声说,"要是我懂就好了。"

贝尔夫人停顿了一下,让自己镇定下来,说:"那天放学后,我哭着跑回家。母亲问我为什么哭,我太尴尬了,没有告诉她。她抱住我,让我擦干眼泪,说有一个惊喜要给我。她走到缝纫角,拿出一个包,里面是一件可爱的羊毛小外套,颜色像六月早上的晴天一样蓝。我试穿的时候,母亲告诉我她排了五小时的队才买到布料,晚上趁我睡觉时,为我缝制这件衣服。我拥抱了她,哭着说我非常喜欢这件外套,我会永远保存它。母亲笑着说,'不,你不会的,傻瓜'。"贝尔夫人黯然一笑,"但我做到了。"

她再次抚摸衣服上的翻领,额头上的皱纹更深了。"四月的一天,莫妮克没有来学校。第二天她也没来,第三天也没有。我问老师莫妮克去哪里了,她说她不知道,不过确信不久之后莫妮克就会回来。复活节假期到了,我还是没见到莫妮克。我不停地问父母她会在哪里,他们告诉我最好忘掉她——他们说,我会交到新朋友。我说我不想要新朋友——我想要莫妮克。第二天一早我跑去她家敲门,可是没有回应。我透过百叶窗的空隙往里面瞧,看见桌子上还有残羹剩饭。地板上有一个破碎的盘子。可见他们离开得非常匆忙。我决定马上给莫妮克写信。我在井边坐了下来,在脑海里构思给她的信,突然意识到我不能给莫妮克写信,因为我完全不知道她在哪里。我感觉糟透了……"

她勉强闭上眼睛,继续说:"天气仍然很寒冷。"她的身体直发抖,"虽然已经是晚春时节,我还穿着蓝色外套。我一心想知道莫妮克去了哪里,为什么她和家人突然不见了。可我父母拒绝跟我讨论这件事情。作为一个孩子,我自私地想到这件事情也有好的一面。毫无疑问莫妮克会回来,如果现在回不来,那就是战争结束之后——但是她不在的时候,让-吕克也许会注意到我。我决定尽我所能去赢得他。那时我刚满十四岁,偷偷用母亲的口红。晚上我像她一样把卷发纸放在头发上,我还用鞋油刷黑浅睫毛——有时会出现可笑的效果。我把脸捏得更红润。比我小两岁的马塞尔注意到这些事情,无情地取笑我。

"一个暖和的星期六早上,我跟马塞尔吵了一架——他老是招惹我,我受不了了。我砰地关上门,从家里跑了出来。走了大概一小时,我来到那座破旧的谷仓,就是在那里莫妮克第一次告诉我,他们家是从德国逃到巴黎的。我走了进去,在一片有阳光的地上坐了下来,背靠着一捆稻草,雨燕在屋檐鸣叫,远处火车发出隆隆的响声。我感到非常悲伤,不能自已。我哭得停不下来,就那样满脸是泪地坐在那里,然后听见了一阵微弱的窸窣声。我觉得或许是只老鼠。我很害怕,但又很好奇。我起身走到谷仓的后面,就在一堆稻草后面,躺在一条粗糙灰色毛毯下面的,是……莫妮克。"贝尔夫人困惑地看着我,尽管发现莫妮克这件事情已经过去好多年了。"我大吃一惊。她睡着了。我不明白她为什么在那里。我温柔地叫她的名字,可她没有回应。我很慌乱,在她的耳边拍手,跪下来摇晃她……"

"她醒了吗?"我问道,心怦怦直跳,"她醒了吗?"

"她醒了——谢天谢地。可我永远忘不了她的表情。即便莫妮克认出了我,她的目光仍看向我的身后。她脸上不再是恐怖的表情,而是宽慰和焦虑。她悄声告诉我,她没听到我进来,因为她睡着了。晚上她很难睡着,早已筋疲力尽。接着她搂住我,抱住我,紧紧抓住我,我尽量安慰她……"贝尔夫人的眼中闪着泪花。

"我们一起坐在一捆干草上。莫妮克告诉我她在谷仓待了八天了。实际上,是十天。我知道这点是因为她说四月十九日盖世太保去她家时,她正好出去买面包了。他们带走了莫妮克的父母和两个弟弟,邻居昂蒂尼亚克一家看见她回来,拦住了她。他们把她藏在阁楼上,黄昏时把她带到这个废弃的谷仓。她说昂蒂尼亚克先生让她待在这里直到安全为止。他说他也不知道要多久,她必须耐心并且勇敢。他还告诉她不要弄出响声,永远不要离开谷仓,除了天黑时悄悄走到溪边用他给她的罐子打水。

"莫妮克让我心碎——她孤苦无依,与家人分开,不知道他们在哪里,他们遭到劫持的可怕想法每时每刻折磨着她。"贝尔夫人的嘴唇发颤,"我努力想象换作是我,在这种可怕的情况下,会如何应对。那时,我才真正理解了战争的可怕。"贝尔夫人的眼睛闪着怒火,"为什么无辜的男人、女人和孩子们要受罪?"她激烈地补充道,"怎么能那样把他们从家里带走,推到开往'新天地'的火车上……"她厉声说,"我们后来知道这是委婉的说法——还有'东部的劳动营'。"她的声音顿了一下,"'未知的终点',这是另一个……"她泪水涟涟,用双手捂住眼睛。

我听着贝尔夫人柔声啜泣,四周一片寂静,只有她的悲号和嘀嗒嘀嗒的钟声。"您确定还要说下去吗?"我温柔地问她。

贝尔夫人点点头。"是的。"她把手伸进衬衫袖子,拿出一块手帕。"我需要……"她擦了擦眼睛继续说,由于费力和动情,她的声音再次断断续续,"莫妮克看上去骨瘦如柴,头发暗淡,衣服和脸上很脏。但是她的脖子上戴着一串美丽的威尼斯玻璃项链,那是她母亲送给她的十三岁生日礼物。珠子很大,是矩形的,上面是粉铜色的旋涡状图案。莫妮克说话时不停地触摸它,似乎触摸它就可以给她安慰。她告诉我她渴望找到家人,但她明白现在必须躲起来。她说昂蒂尼亚克一家很友好,可是他们不能每天给她送食物。

"我说我可以。莫妮克说我不能这么做,会有危险。'没人会发现我,'我向她保证,'我会假装我在采野草莓——谁会在意我在干什么呢?'"在那个地方,莫妮克第二次让我发誓替她保密,让我保证不告诉任何人我见过她——甚至我的父母和弟弟。我发誓什么都不说,然后头昏脑涨地跑回家。我走进厨房,从我的配给里拿了些面包,在上面蘸了点黄油,又从自己粗劣的定量食品里切了一块奶酪。我找到了一个苹果,把所有食物放进一个篮子里。我告诉母亲我要再出去一下,想去采些盛开的蝴蝶花。妈妈说我精力太充沛了,叮嘱我别走太远。我跑回谷仓,悄悄地走了进去,把食物给莫妮克。她狼吞虎咽地吃了一半,说剩下的一半明后天吃。她说担心老鼠,于是她把剩下的食物放在一个旧罐子里面。我告诉她我很快会再来,带来更多的食物。我问莫妮克是否需要别的东西。她回答说虽然白天足够暖和,晚上仍然非常冷——冷得没法睡觉。她身上就穿着一件棉衣和开襟羊毛衫,此外只有一条灰色的薄毯。'你需要一件外套,'我告诉她,'一件暖和的外套。你需要……'我一下子明白了。'我把我的外套带给你,'我承诺道,'明天傍晚。现在我得走了,不然我父母会担心。'我亲吻了她的面颊,离开了。"

"那天晚上我睡不着觉。想到莫妮克孤零零一个人待在谷仓里,老鼠乱抓,猫头鹰鸣叫,让她不寒而栗,还要忍受严寒,早上醒来还会因为浑身发抖而疼痛,这情景让我苦恼。我想到了那件外套,它会让她多么温暖,想到把外套给她我就很兴奋。莫妮克是我最好的朋友,"她的声音颤抖着,"我要照顾她。"

我看向别处,没法忍受这个故事引发了我内心的痛苦。

贝尔夫人再次轻抚那件外套。"我想好了可以带去给莫妮克的所有好东西——这件外套,消磨时间的一些铅笔和纸,几本书,一块肥皂,一管牙膏。当然还有食物,很多食物……"我听见远处传来的铃声。"我进入梦乡,梦见我摆在莫妮克面前的盛宴。"她又拍了下胸口,"可我没有做到。我让她失望了,失望透了。事实上,灾难性地——"

丁零丁零丁零丁零。

贝尔夫人吃惊地抬起头,想起这是门铃的声音,站起身小心地把那件外套放在椅背上,她走出房间,边走边把头发捋平。我听见她的脚步声穿过过道,还有一个女人的声音。

"贝尔夫人?……社区护士……抱歉,您的医生没告诉您吗?……大约半小时……方便吗?"

"不方便。"我轻声说。贝尔夫人回到客厅,身后跟着一位五十多岁的金发女人,她快速掸去那件外套上的灰尘,把它拿回卧室。

护士对我笑道:"希望我没有打扰你们。"我很想告诉她,她打扰到了我们。"你是贝尔夫人的朋友吗?"她问。

"是的。我们刚才聊了会儿。"我站起身,看着回到客厅的贝尔夫人,她的脸苍白憔悴,还沉浸在那段回忆中。"我得走了,贝尔夫人,我会很快给您打电话。我保证。"

她把手放在我的胳膊上,目不转睛地看着我。"好的,菲比,"她平静地说,"你一定要给我打电话。"

下楼梯的时候,我心情沉重,不是因为那两个箱子,我没怎么注意它们。开车回家的这段短途上,我想着贝尔夫人的故事。我为她感到难过,这么久之前发生的事情仍然让她痛苦。

到家后,我把要送去给瓦尔修补的衣服分拣出来——想到我的读心会面,我发起抖来。我把其他衣服放在一边,准备水洗或干洗。

去店里的路上,我在乐施会停了下来,把贝尔夫人的那包衣服递给志愿者,那是一位七十岁出头的女人,我在那里经常看到她。她脾气不太好。"这些全是耶格尔的衣服,保存完好。"我解释道。我用眼角余光注意到换衣室的印花帘子拉上了。我拿出浅绿色的套装。"这套衣服新的要花两百五十英镑——才穿了两年。"

"颜色很好看。"那位志愿者不情愿地说道。

"是的,很漂亮,不是吗?"

帘子拉开了,丹站在那里,身穿鲜绿色灯芯绒上衣和深红色裤子。我真想戴上太阳镜。

"嗨,菲比。我就知道是你。"他照了照镜子,"你觉得这件上衣怎么样?"

"我觉得这件上衣怎么样?"我还能说什么?"款式不错,但是颜色……太难看了。"他的脸沉了下去。"对不起,是你问的。"

"我喜欢这个颜色,"他争辩道,"很好。你会怎么描述这个颜色?"

"孔雀蓝,"我说,"不是的——蓝绿色。"

"哦,"他眯眼看了下自己,"就像氰化物?"

"没错。它有毒。"我对那位志愿者做了个鬼脸,"抱歉。"

她耸了耸肩。"别担心,我也认为不好看。你要知道,他差不多可以撑得起这件衣服。"她朝他点了点头,"他有一张可爱的脸。"我看着丹,他正感激地冲那个女人笑。我注意到,他的确有一张可爱的脸——挺直的鼻子、漂亮的嘴唇、嘴角有浅浅的酒窝,还有一双清澈的灰眼睛。让我想起了某个人。"可这件上衣搭什么衣服呢?"志愿者问道,"您得想一想。您是我们的贵宾,我觉得应该给您提这个醒。"

"呵,它跟很多衣服都搭,"丹友好地说,"首先,这条裤子。"

"我不确定它们搭配。"我必须说出来。丹的穿衣风格似乎就是混搭。

他脱下那件上衣。"我买了，"他愉快地说，"还有那些书。"他示意柜台上的那堆精装书。最上面那本是葛丽泰·嘉宝的传记。"你知道路易·B.梅耶想要她放弃'嘉宝'这个名字，因为它听起来像'垃圾'吗？"

"哦……不，我不知道，"我盯着封面上那张漂亮的脸，"我喜欢嘉宝的电影。好久没看过了。"丹把钱递给那位志愿者时说。

他看着我。"你很幸运。本月下旬格林尼治电影院要放映'俄罗斯母亲'系列电影，其中有《安娜·卡列尼娜》。"他接过找回的钱，"我们一起去看吧。"

我盯着他："我不确定。我——"

"为什么？"他把硬币扔进收银机旁边的捐款箱，转向我，"我猜猜——你想一个人待着。"

"不，只是……我要考虑一下。"

"我不明白，"志愿者说着撕下给丹的收据，"跟一位好小伙一起去看一场葛丽泰·嘉宝的电影对我来说感觉好极了。"

"是的，但是……"我不想说出口，我不喜欢这么唐突的邀请，我才见了丹两次。"我不知道能不能去。"我胆怯地说。

"别担心。"丹打开包，"我有电影院的传单。"他拿了出来，"放映时间是二十四号周三晚上七点半。时间合适吗？"他期待地看着我。

"呃……"

志愿者沉重地叹了口气。"如果你不想跟他去，我跟他去。我五年没看过电影了。自从我丈夫去世后就没去过。以前我们每周五都去看电影,现在没人跟我一起看电影了;如果有人邀请我去,让我做什么都愿意。"她摇摇头,似乎不敢相信我这么不识趣,她把袋子递给他,安慰说,"给你,亲爱的。下次见。"

"好的。"丹笑着说。我跟他一起离开了店铺。"你要去哪里?"我们在宁静山谷信步走着,他问道。

"我要去趟银行——我早就该去了。"

"我也要去那边。我跟你一起走。古董衣坊生意怎么样?"

"不错,"我回答,"多亏了你的文章。"我补充说,对于刚才的无礼有些愧疚。不过一如往常,丹的心血来潮让我感到不适,"报纸怎么样?"

"还行,"他审慎地说,"发行量从一开始的一万份涨到一万一千份,还不错。而且我们可以接更多广告——很多本地广告商还不知道我们。"

我们走下山,穿过交叉路口。丹突然在岁月流转中心门口停了下来:"哦,我到了。"

我看着刷成褐红色的店面。"你去这里干吗?"

"我想给这家店写个专题,需要先观察一下。"

"我好多年没来这里了。"我盯着橱窗沉思道。

"那现在跟我一起进去看看吧。"丹说。

"嗯……恐怕我没有时间,我不去了,丹。我……"我纳闷,为什么要拒绝呢?安妮在看店,没有时间压力,"好的,我进去吧,不过只能待一会儿。"

进入岁月流转中心,就像回到了过去。内部装修是老式的杂货店风格，架子上放满了战前的货品包装：日光牌香皂、布朗与波森蛋奶沙司、易格蛋粉和海员牌香烟。有一台华丽的黄铜收银机，像一部老式打字机，一台电木无线收音机和几台勃朗尼的箱式照相机；还有一个木箱，小抽屉开着，里面是各种各样的旧奖章、钩针、针织洋娃娃和线轴——这都是很久之前的小摆设。

我们走到中心后面的画廊。这里展示了一些黑白照片，是描绘20世纪三四十年代伦敦东部生活展览的一部分。其中有一张照片，上面是一个小女孩在一条被炸毁的街道上玩耍，她被圈了出来，因为这个小女孩现在八十多了，就住在布莱克希思。

"这个地方像一个博物馆。"我说。

"更像一个社区中心，"丹说，"老人们可以在这里缅怀他们的人生。后面有一家影院和一家咖啡馆。事实上，我很想喝点咖啡——你想喝一杯吗？"我表示同意。

我们在一张桌子旁坐下后，丹拿出拍纸簿和铅笔，削起铅笔来。

"这么说你找到了。"我示意那个卷笔刀。

"是的，谢天谢地。"

"它很特别吗？"

"这是祖母留给我的。她三年前过世了。"

"她留给你一个卷笔刀？"他点点头。"她就给你留了这个吗？"我不禁问道。

"不是的。"他吹了吹削好的铅笔尖，"还留给我一幅非常丑陋的画。我着实感觉有点失望，"他审慎地结束这个话题，"不过我喜欢这个卷笔刀。"

丹在本子上写下一些古怪的速记，我问他当记者多久了。

"才几个月，"他答道，"我是个新手。"怪不得他没掌握什么采访技巧。

"你以前是做什么的？"

"我在一家营销机构工作，搞产品推广——主要是赠品优惠券、现金返还奖励、买一赠一。"

"开业第一个星期所有商品优惠百分之五？"我揶揄道。

"是的。"丹脸红了，"类似于这种事情。"

"那你为什么不做了呢？"

他犹豫了一下说："同样的事情我做了十年，想要有所改变。我的老同学马特刚离开《卫报》，他曾是那里的商业编辑，他想办份自己的报纸——这是马特一直以来的梦想——他需要人帮忙。"丹继续说，"我决定加入。"

"他请你来为报纸撰写报道吗？"

"不。他已经雇用了两位全职记者；我做营销，但可以写感兴趣的东西。"

"这么说我很荣幸。"

丹盯着我，脸上一副奇怪的表情。"我看到了你，"他说，"你的店开业前一天，我从马路对面经过，你在橱窗那里，给一个假人穿衣服——"

"人体模型，拜托。"我笑着纠正道。

"你遇到了困难——人体模型的一只胳膊一直往下掉。"

我翻了个白眼："我讨厌跟这些模型较劲。"

"你很镇静，当时我想，我要跟那个女人谈谈，于是我采访了你。这就是做记者的好处。"他笑着补充道。

"两杯咖啡!"志愿者说着,把咖啡放在柜台上。我去取,端到丹面前。"你想要哪一杯?红色的还是绿色的?"

他迟疑了。"红色的。"他伸出手。

"可你拿的是绿色的。"

他眯着眼看:"是呀。"

我恍然大悟。"丹,你是色盲吗?"他噘起嘴唇,点了点头。我真迟钝。"这个很麻烦吗?"

"不算,"他泰然自若地耸了耸肩,"这只意味着我没法当电工。"

"哦,电线有很多颜色。"

"也不能当航空管制员——还有飞行员。作为色盲,也意味着斑猫的条纹是绿色的,采不了草莓,衣服混搭——你已经注意到了。"

我脸颊发热。"要是我知道背后的原因,说话会更得体一点。"

"人们有时的确会胡乱评价我的穿着。我从不解释,除非必须。"

"你是什么时候发现的?"

"我第一天上学的时候。老师让我们画一棵树。我画的树叶子是鲜红色的,树干则是绿色的。老师建议我父母检查一下我的视力。"

"这么说对你来说,你的裤子看上去不是深红色的,是吗?"

丹低头看了裤子一眼。"我不知道深红色是什么样子的——对我来说,这是个抽象的概念,就像耳聋的人不知道铃声是什么样子。不过这条裤子看上去是橄榄绿的。"

我抿了口咖啡。"你可以看得清楚什么颜色?"

"淡雅的色彩——淡蓝色、淡紫色——当然还有黑色和白色。我喜欢看黑白色的东西。"他说,环顾这个展览,"单色的东西……"

从某个地方传来"时光流逝"的曲调,一瞬间我感觉它是从音箱中传来的,然后意识到那是丹的手机铃声。

他抱歉地看了我一眼,接起电话。"嗨,马特,"他轻声说,"我在岁月流转中心附近……是的,你说,抱歉,"他以口形默示我,"哦……好的……"他站起身,表情变得严肃,"嗯,如果她准备好讲这个故事,"他说着走到一边,"确凿的证据,"他走进庭院花园,我听见他说,"必须是诽谤证据……我两分钟到。"

"不好意思,"他说着回到桌边,看上去心神不宁,"马特需要跟我讨论一些事情。我得走了。"

"我也有事情要做,"我拿起包,"很高兴我进来了。谢谢你请我喝咖啡。"

我们离开中心,在人行道上站了一会儿。"哦,我走这边。"丹示意右边,"《黑 & 绿》报社就在那边,邮局隔壁,你往那边走。不过……我们要一起去看《安娜·卡列尼娜》。"

"呃,让我考虑一下好吗?"

丹耸了耸肩。"为什么你不直接答应呢,菲比?"然后,似乎这样做对他来说再正常不过,他亲吻了我的脸颊,然后离开了。

五分钟后我推开古董衣坊的门,看见安妮正放下电话。"贝尔夫人打来的,"她告诉我,"今天早上你离开时,忘记了拿帽盒。"

"我忘记了拿帽盒?"她的故事深深感动了我,我压根没注意没拿帽盒。

"她建议你明天四点钟去拿。如果你去不了就给她打电话。我可以帮你拿,如果你——"

"不,不。我自己去拿。谢谢,安妮。明天四点没问题。很好……"

安妮迷惑不解地看了我一眼。"贝尔夫人怎么样?"她边问边捡起一件从衣架上滑落的缎面晚礼服。

"她很……可爱,是个有趣的人。"

"我想,一些老人有时会愿意跟你聊天。"

"是的。"

"我敢说有些老人身上有不可思议的故事。我觉得这非常吸引人。我喜欢听老人讲述他们的人生。我们应该多听老人说话。"

我正要告诉安妮有关岁月流转中心的事情,她说她从没去过,这时电话又响了。这一次,是伦敦广播电台的一位制作人打来的,说他看了《黑&绿》报上对我的访谈,问我下周一能否去谈一谈古董服饰。我高兴地说我很乐意。接着,迈尔斯给我发短信说,他在牛津塔餐厅订了周四晚上八点的桌位。我还有一些网站订单要处理,其中五个想要法国睡衣。眼见库存越来越少,我定了张欧洲之星的票,九月的最后一个周末去阿维尼翁。下午剩下的时光我主要在跟人谈话,他们拿了衣服过来让我评估。

"明天午饭时间我才会来,"关上店门时,我对安妮说,"我要去见我的裁缝瓦尔。"没有说我还要去见一位灵媒——我突然觉得这个想法很可怕。

/ 第六章 /

过往

  第二天一早,我把那件巴黎世家的礼服寄给贝弗利山的辛迪,随意思量她的哪位一线女星会穿这件衣服。然后,我开车去基布鲁克读心,心里七上八下。我在手提包里放了三张我跟爱玛的照片。第一张是我们十岁的时候在莱姆里吉斯的海边拍的,爸爸带我们俩去那里找化石。照片里,爱玛举着她找到的一块大菊石①,我知道她一直保留着它。我父亲说这块化石有两亿年的历史,我们俩一点都不相信。第二张照片是爱玛在皇家艺术学院的毕业典礼上照的。第三张照片是爱玛过最后一个生日时我们俩的合影。异乎寻常的是,她头上戴着一顶自己做的帽子,那是顶绿色的钟形草帽,上面别着一朵粉色丝带折成的浆硬玫瑰。"我喜欢这顶帽子,"她照镜子时,假装吃惊地说,"这顶帽子我要带到坟墓里去。"
  我抬手按响瓦尔家的门铃。她出现时,没有跟我打招呼,说

---

① 已灭绝的头足动物,与螺近缘。

心烦意乱，因为她刚刚撒了一罐胡椒粒。

"真麻烦！"我说，回想起爱玛的晚宴，心头一阵剧痛，"胡椒粒撒得到处都是吗？"

"哦，我心烦不是因为麻烦，"瓦尔答道，"我心烦是因为撒胡椒粒非常不吉利。"

我盯着她："为什么？"

"这通常预示着一段亲密的友谊将要终结。"我感觉浑身一颤，"这阵子我要注意跟玛吉的言行，是吧？"她又说，"现在，"瓦尔冲我的箱子点了点头，"你拿了些什么衣服过来？"我从回忆与震惊中回过神来，给瓦尔看贝尔夫人的六条裙子和三套正装。"只需要小的修补，"她看了一下那些衣服，评论道，"哦，我喜欢这条奥西·克拉克的裙子。我可以想象穿着它在国王路65号漫步的情景。"她把衣服内里翻了过来，"衬里开线？交给我吧，菲比。弄好后我给你打电话。"

"谢谢。那么，"我假装愉快地说，"我要去隔壁了。"

瓦尔鼓励地对我笑了笑。"祝你好运。"

按响玛吉家的门铃时，我的心像鼓一样怦怦直跳。

"请进，亲爱的，"玛吉喊道，"我在客厅。"我循着兰蔻黑色梦幻香水混合着残留的香烟味道沿着走廊往前走，发现玛吉坐在一张小方桌后面。她示意我坐在对面的椅子上。我坐了下来，扫了一眼四周。没有饰有流苏的灯罩和水晶球。没有塔罗牌。只有一台巨大的等离子电视机、一个橡木雕花餐边柜、一个壁炉架，壁炉架上面摆着一个大瓷娃娃，瓷娃娃有一头光亮的棕色长鬈发，表情空洞。

"如果你期待看到一个通灵板，那你要失望了。"玛吉淡淡地说，似乎看穿了我的心思。这反而让我振奋。"我不做那种握着手等待灯灭的蠢事。不。我要做的就是把你跟你心爱的人联系到一起。就把我当作你的接线员，帮你接通电话。"

"玛吉……"我感到忐忑不安，"我在这里，感觉有点……担心。我是说，你不觉得打电话给死者有点亵渎……"尤其在客厅，我突然想到。

"不，不会，"她答道，"关键是，他们没有真正死去，不是吗？他们只是去了另一个地方，但是，"她举起一个手指，"我们可以联络到他们。"她期待地看着我。"我们开始吧。"她示意我的手提包。

"哦，抱歉。"我拿出钱包。

"先办正事，再谈娱乐，"玛吉咯咯笑道，"谢谢你。"她从我手里接过五十英镑，塞进乳沟里。我想象那些钞票变得暖和。不知道她还放了什么东西在那里。一个打孔机？她的通信簿？一只小狗？

玛吉准备就绪，把手放在桌子上，掌心向下，手指紧压桌面，似乎要让自己镇定下来，进行这场通灵之旅。她留着很长的朱红色指甲，指甲末端弯曲得像小弯刀。"这么说……你失去了一个人。"她说。

"是的。"我决定不给玛吉看爱玛的照片，也不告诉她任何爱玛的情况。

"你失去了一个人，"她重复道，"一个你爱的人。"

"是的。"我能感觉到喉头熟悉地发紧。

"非常爱。"

"是的。"我重复说。

"一个亲密的朋友。这个人对你意义重大。"我点点头,尽量不哭出来。

玛吉闭上眼睛,发出沉重的鼻息。"你想对这位朋友说什么?"

我吃了一惊。我没想过自己要先说话。我闭上眼睛,想到我最想要告诉爱玛我很抱歉;还想告诉她我很想念她——它就像我心里持续的疼痛。最后我想告诉爱玛她这么做让我很气愤。

我睁开眼睛,看着玛吉,发现自己惊慌得发起抖来。"我现在想不起来任何事情。"

"好的,亲爱的,但是,"她夸张地停了下来,"你的朋友想对你说些话。"

"什么?"我有气无力地说。

"这很重要。"

"告诉我。"我的心一阵狂跳,"拜托。"

"嗯……"

"告诉我。"

她深吸了一口气。"他说——"

我眨了眨眼睛。"不是他。"

玛吉睁开眼睛看着我,惊呆了。"不是他?"

"不是。"

"你确定?"

"我当然确定。"

"那很奇怪——因为我得到的名字是罗伯特。"她看了我一眼,"这个信号非常强烈。"

"可我不认识叫罗伯特的人。"

"罗布呢?"我摇摇头。玛吉把头歪向一边。"鲍勃?"

"没有。"

"戴维有印象吗?"

"玛吉,我的朋友是个女人。"

她眯起眼睛,透过假睫毛瞟我。"她当然是女人,"她一本正经地说,"我也这么认为……"她再次闭上双眼,大声吸气,"好了。我联系上她了。她在接通中……我马上连接你。"我有点期待听到叫声——等待的哔哔声,"四季"的低声录音。

"你联系上的名字是什么?"

玛吉用食指按住太阳穴。"我还不能回答这个问题,但我可以告诉你,我收到了来自国外的强烈讯息。"

"国外?"我高兴地说,"对。什么讯息?"

"嗯,你的朋友喜欢去国外。是吗?"

"是的。"几乎人人都喜欢去国外,"玛吉,我只是想确定你联系上的是对的人,你能告诉我,我的朋友跟哪个国家有特别的联系吗——实际上她去了那个国家三周后就——"

"去世了?我可以告诉你。"玛吉再次闭上眼睛。她的眼皮上画着铁青色的眼线,延伸到眼角。"我接收到了——清晰又响亮。"她在耳边拍了拍手,恼怒地看着天花板,"我听见你了,亲爱的。没必要喊!"她平静地把目光转回到我身上,"与你的朋友有特别联系的那个国家是南……"我屏住呼吸,"美。"

我呻吟道:"不,她从没去过那里。虽然她一直想去。"

玛吉木然地看着我。"呃……这就是我得到这个讯息的原因。你的朋友想去那里,却没能去……这让她烦恼。"她抓了抓鼻子,"好了,你朋友的名字是……"她闭紧双眼,"纳丁。"她睁开一只眼睛,凝视着我,"莉萨?"

"爱玛。"我疲倦地告诉她答案。

"爱玛。"玛吉咂咂嘴,"毫无疑问。那么……爱玛是一个非常理智、务实的人,是吗?"

"不是的。"我回答说。这种情况让人绝望。"爱玛根本不是那种人。她热情,有点天真,甚至有点神经质。虽然她很活泼,但有时也会情绪低落。她难以捉摸,做事情有时不顾后果。"我懊恼地想到爱玛最后做的那件鲁莽的事情。"你能跟我说说她的职业吗?只是为了确认你联系上的是对的爱玛?"

玛吉再次闭上眼睛,然后把眼睛睁得大大的。"我看见一顶帽子……"我感觉一阵兴奋,混杂着恐惧。"一顶黑色的帽子。"玛吉继续说。听到这里我更加兴奋了。爱玛做过很多顶黑色帽子,包括她给格温妮斯·帕特洛设计的一顶贝壳状的令人惊叹的帽子。

"什么形状的?"我问道,我的心狂跳起来。

"扁平的,有四个角……一串黑色的长流苏。"

我的心直往下沉。"你说的是学位帽。"

玛吉笑了。"没错——因为爱玛是个老师,不是吗?"

"不是的。"

"哦……她在毕业典礼上戴学位帽了吗?也许我看到的是那个场景。"玛吉眯起眼睛,微微抬起头,似乎想要努力看刚刚从地平线消失的东西。

"不是的。"我恼怒地叹了口气,"爱玛上的是皇家艺术学院。"

"我就觉得她有艺术天赋,"玛吉高兴地说,"这个说对了。"她扭动肩膀,再次闭上眼睛,似乎在祈祷。从什么地方传来一阵电话铃声。那是什么曲子?哦,对了——《天上的精灵》。我发现铃声来自玛吉的胸部。"抱歉。"她说着先从乳沟掏出一包烟,再掏出手机。"嗨,你好。"她对着手机说,"我明白了……你不能……没关系。谢谢你告诉我。"她吧嗒一声关上手机,塞回胸里,用中指一点点往下推。"你很幸运,"她告诉我,"我十二点的读心取消了。我们有很多时间。"

我站起身。"谢谢,玛吉,不过不用了。"

做这么不靠谱的事是我自作自受,开车回布莱克希思的路上我很冒火。考虑这件事都是疯狂的。要是玛吉联系上了爱玛呢?我会震惊得精神失常。我很欣慰玛吉是个骗子。我的愤怒减退,取而代之的是宽慰。

我把车停在屋外老地方,走进屋里清空洗衣机,放进另一批衣服,然后走路去店里。我很饿,去金盏花咖啡馆吃了份快餐。我在屋外的一张桌子旁坐了下来,咖啡厅老板皮帕,把我介绍给瓦尔的人,给我拿来一份《泰晤士报》。我随意看了看国内新闻、国外新闻,然后读起一篇有关刚开幕的伦敦时装周的文章。接着,我转到商业版,吃惊地盯着一张盖伊的照片。标题为"好男人壮志凌云"。读下面的文章时,我口干得像毛毡一样。盖伊·哈拉普……三十六岁……友诚保险……之后创立了埃西克斯公司……投资对环境没有负面影响的公司……清洁科技……不使用童工……动物福利……公司致力于人类的安全和福祉。

我感觉恶心。盖伊并没有改善爱玛的安全和健康,不是吗!你知道爱玛总是言过其实,菲比。她就是想得到别人的关注。他并非自认的所谓"好男人"。

我盯着皮帕给我的煎蛋卷,没了胃口。我的手机响了,妈妈打来的。

"你好吗,菲比?"

"我很好,"我说谎道,颤抖着合上报纸,这样就不用看着盖伊,"你怎么样?"

"我也很好,"她轻快地回答,"我很好,很好,实际上,我很不开心,亲爱的。"我能听出来她尽量不哭出来。

"怎么了,妈妈?"

"呃,我今天在拉德布罗克路的那栋大房子里。我得给约翰拿几幅他需要的图……"我听见她喉头哽住了,"我很沮丧,得知我跟你父亲和她,还有……住得那么近……"

"可怜的妈妈。别去想这件事。想想未来。"

"是的,你说得对,亲爱的。"她抽了抽鼻子,"我会的。实际上为此我刚发现一个不错的新……"——男人,我希望她说——"疗法。"我的心一沉,"它叫分段式换肤或者飞梭镭射换肤,用激光来做治疗,非常科学,实际上它能逆转衰老的过程。"

"真的吗?"

"它所做的——我这里有张传单,"我听见光面纸嘎吱作响的声音,"是'消除表皮老旧色素细胞,一次恢复病人脸上的一块皮肤,就像一次修复一幅精美的画的一部分'。唯一的缺点是,"她说,"它会造成'剧烈脱皮'。"

"那么手边备好真空吸尘器。"

"至少需要六个疗程。"

"费用呢?"

我听见她吸了口气。"三千英镑,可治疗前后的照片对比惊人。"

"那是因为治疗后照片里的女人面带微笑,并且化了妆。"

"等你到六十岁再看吧,"妈妈抱怨道,"这些你全都会考虑,还会考虑那时时兴的技术。"

"我什么都不会做,"我争辩道,"我不会逃避过去,妈妈。我珍视过去,因而才开了古董服饰店。"

"不必假正经,"她生气地反驳道,"告诉我,你最近怎么样?"

我决定不告诉她我刚去见了一个灵媒。我告诉她我月底要去一趟法国,一时兴起,我提起了迈尔斯。本来不想说的,但我觉得这或许能让她高兴一点。

"听起来有希望。"我描述起迈尔斯时,她说,"有个十六岁的女儿?"她插话道,"嗯,你会成为一个慈爱的继母,还能要几个自己的孩子。这么说他离婚了?……鳏夫?哦,很好……迈尔斯多大年纪?……啊,我知道了。另外,"她的语气愉快起来,似乎看到了这个情形的可能性,"这意味着他不年轻,不缺钱。哦,天哪,约翰在冲我挥手。我得走了,亲爱的。"

"抬起下巴,振作起来,妈妈。不——进一步考虑后,还是别抬起来了。"

吃完午饭后，我花了两小时清点库存，给经销商打电话，查看拍卖行网站，留意我想参加的拍卖会。三点五十分，我套上上衣，前往帕拉贡。

贝尔夫人从楼上给我开门，我爬到三楼，高跟鞋踩在石阶上发出响声。

"啊，菲比。很高兴又见到你，请进。"

"抱歉我忘记拿帽盒了，贝尔夫人。"在大厅的桌子上，我看到一个有关癌症家庭护理的小册子。

"没关系。我去泡茶。你先坐。"

我走进客厅，在窗边停了下来，俯瞰下面的花园，花园里只有一个穿灰色短裤和衬衣的小男孩在踢树叶，寻找马栗。

贝尔夫人端着茶盘走了过来，这次我提出帮她拿时，她同意了。"我的胳膊没有之前有力了，身体也向敌人投降了。第一个月我感觉尚可，之后就不太好了。"

"抱歉。"我有些无力地说。

她耸了耸肩。"没什么——只能珍惜我所剩无几的每个当下，趁我还有余力的时候。"她拿起茶壶，虽然得用两只手。

"那个护士怎么样？"

贝尔夫人叹了口气。"跟期待的一样讨人喜欢，条理分明。她说我可以待在这里直到……"她的声音有些发颤，"我不希望去医院。"

"当然。"

我们沉默地坐了一会儿，喝着茶。显然贝尔夫人不会继续讲她的故事。不管出于什么原因，她不想再讲了。也许她后悔跟我说了那件事。她放下杯子，挺了挺肩膀。"那个帽盒还在卧室里，菲比。去拿吧。"我照做了，拿起帽盒时，听见她喊道："你能帮忙把那件蓝色外套拿过来吗？"

我走到衣柜旁，心跳得飞快。我揭掉外套的防尘罩，把衣服拿到客厅，递给贝尔夫人。

她在膝盖上把外套捋平，抚摸着翻领。"那么，"我再次坐下来时，她平静地说，"上次讲到哪里了？"

"嗯……"我把帽盒放在脚边，"您告诉我在谷仓找到了您的朋友莫妮克，她已经在那里待了十天。"贝尔夫人缓缓点了点头。"您给她带了些食物……"

"是的，"她喃喃道，"我给她带了些食物，不是吗——我还承诺把这件外套带给她。"

"没错。"我屏住呼吸，生怕她不再继续讲这个故事。

过去的记忆像潮水一样涌上来，她再次凝视远方。"我记得一想到能帮助莫妮克，就非常开心。可我没能帮到她，"她平静地说，"我……"她抿紧嘴唇，过了一会儿说，"那天傍晚我本来要去找莫妮克的。我一直在想我能为朋友做的事情……"她停顿了。

"吃完午饭后，我去面包店拿我的那份面包。我得排一小时的队，周围的人一直怨声不断，说有人在马什努瓦，也就是黑市买东西，"她解释说，"最后我拿到了半个长棍面包，穿过广场往回走，看见让-吕克独自一人坐在米斯特拉尔酒吧外面。让我吃惊的是，他并没有像往常那样对我视而不见——他看着我。更让我惊讶的是，他示意我跟他坐在一起。我激动得说不出话来。他给我买了一杯苹果汁,我啜饮苹果汁,他则喝啤酒。在四月的阳光下,跟我长久以来渴望的极英俊的男孩坐在一起,让我欣喜若狂、忘乎所以。

"从酒吧的广播里,我能听到弗兰克·辛纳屈在唱《夜与日》,那是当时的一首流行歌曲,这让我想起莫妮克日日夜夜待在谷仓里,意识到我得离开了。可那时服务员又给让-吕克拿来一瓶啤酒,他问我有没有喝过啤酒,我说没有。当然没有,我才十四岁。他笑了,说是时候尝试了。他让我尝了一下他的克伦堡啤酒,我又一次觉得很浪漫,尤其因为啤酒是严格限量供应的。我抿了一小口,又一口,再一口——虽然我一点也不喜欢那种味道——但希望让-吕克认为我喜欢。日光渐暗,我知道我得走了,马上得走。可那时我头发晕,天又快黑了,我惭愧地意识到,当晚我没办法走到谷仓。我决定第二天天一亮就去。我告诉自己只是延迟了几小时。"

贝尔夫人仍然在抚摸那件外套,似乎在抚慰它。"让-吕克说他可以送我回家。黄昏时分,伴着夜空中闪亮的星星,我们一起穿过广场,走过教堂,感觉非常浪漫。我认识到那将是一个晴朗的夜晚——还很冷。"贝尔夫人瘦削的手指漫无目的地寻找着外套的纽扣。"对莫妮克我深感内疚——但我的头感觉很轻很奇怪。我突然想到也许让-吕克可以帮她。毕竟,他父亲是个警察——把他们家人带走,肯定是当局搞错了。于是,在我们到我家之前……"贝尔夫人的双手紧抓住那件外套,指关节发白,"我把莫妮克的事情告诉了让-吕克……告诉他我在一座旧谷仓发现了她。我解释说告诉他是希望他可以帮莫妮克。让-吕克看上去非常忧虑，记得当时我甚至感觉到一阵嫉妒，我想起他给莫妮克系上围巾时那个亲昵的手势。总之……"她咽了口唾沫，"他问我那个谷仓在哪里，我告诉了他。"她摇摇头，"一时间让－吕克没有说话，过了一会儿，他说听说有些别的孩子也藏在类似的地方，有些甚至藏在别人家里。他又说，对相关人员而言，这是个艰难时期。然后我们到我家了，接着道了别。

"我父母在听广播里的一个音乐节目，他们没有发觉我悄悄走进屋子并上楼。我感到口渴，喝了很多水后就上床睡觉。那件蓝色外套放在椅子上，在月光的照耀下，十分醒目……"贝尔夫人拿起外套，抱紧它，叹了口气，"第二天一早我醒了——并没有像我预计的那样，天一亮就醒来，而是晚了两小时。没有履行对莫妮克的承诺，我感觉很糟糕。但我安慰自己很快就会到谷仓，把这件心爱的外套送给她——我提醒自己，这是不小的牺牲。莫妮克穿上会很暖和，晚上她能睡得着，一切都会顺利——也许让－吕克真的能够帮助她。"说到这里，贝尔夫人冷冷地笑了。

"前一天晚上没能去找她，我感到非常内疚，于是尽我所能收拾了很多食物放进篮子里，没让我母亲发现，然后出发去谷仓。到达那里后，我蹑手蹑脚走了进去。'莫妮克'，我边轻声说边脱掉外套，没有回应。我看见她的毛毯被扔在角落里。我又叫了一遍她的名字，仍然没有回应，只有褐雨燕在屋檐飞来飞去。我心里很痛苦，浑身都不自在。我走到谷仓的后面，查看了草堆后面，在莫妮克以前睡觉的那个地方，我看见她的玻璃项链珠子散落在稻草里。"

贝尔夫人抓住一只蓝色羊毛袖子。"我想不出莫妮克去了哪里。我走到外面的小溪边,可她不在那里。我一直希望她会突然回来,我就可以把这件外套给她——莫妮克需要这件外套。"贝尔夫人不由自主地把那件外套递给我,但她意识到自己的举动后,又将外套放回到膝盖上,"我在那里等了好几小时,到午餐时间了,我怕父母担心我,一路跑回了家。到家时,他们看见我很苦恼的样子,问我怎么了。我说了谎,说我喜欢一个男孩——让－吕克·奥马热,可我觉得他不喜欢我。'让－吕克·奥马热!'我父亲喊道,'雷内·奥马热的儿子吗?有其父必有其子,跟他爸爸一个混样。别浪费你的时间,我的女儿,有比他更好的男人!'"

"嗯……"贝尔夫人的眼睛里闪耀着愤怒的光,"我父亲出言不逊,我想给他一个耳光。他不知道我知道的事情——让－吕克答应帮助莫妮克。我纳闷他是否已经帮了她。也许那就是她不在谷仓的原因,也许让－吕克带莫妮克去找她父母和兄弟了。我相信他会竭尽所能。我满怀希望地跑去他家,可他母亲说他去马赛了,第二天下午才会回来。

"那天晚上我又去了谷仓,可莫妮克还是不在那里。尽管天气很冷,我也不肯穿上那件外套,我觉得那是她的。回到家后,我走进自己的房间,床下面有一块松动的地板,我把秘密物件珍藏在了这块地板下面。我决定把这件外套也藏在里面,直到能把它交给莫妮克,不过首先得用报纸把它裹好。我找到一份父亲经常读的《普罗旺斯公报》,撕报纸时,一篇文章吸引了我的注意力,内容有关四月十九日和二十日'成功'逮捕阿维尼翁、卡尔庞特拉、奥朗日、尼姆的外国人和其他'无国籍人士'。'这次成功的围捕,'文章中写道,'归功于在犹太人的定量供应卡上盖上族裔身份标记这一政策。'"贝尔夫人看着我,"现在我知道莫妮克家出什么事了。这篇文章谈到了前往北方的火车,'装满''外国犹太人'和'其他外国人'。我把外套藏好,头晕眼花地就下楼了。

"第二天下午我又去了让-吕克家,敲了门。令我高兴的是,他开的门,我的心怦怦直跳,轻声问他,是否帮助了莫妮克。他笑了,说他帮助了她,没事了。我胸口很难受,问他这么说是什么意思。他没有回答,我告诉他莫妮克需要人照顾。让-吕克回答说她会被好好照顾的——和'其他她的同类'一起。我询问莫妮克在哪里,让-吕克说他帮他父亲带莫妮克去了马赛的圣皮埃尔监狱,有人会安排她从那里尽快搭火车去德朗西。我知道德朗西是什么地方——巴黎郊区的一个拘留营。我不知道的是,"贝尔夫人柔声说,"犹太人从德朗西被送往更东边的地方——奥斯维辛、布痕瓦尔德和达豪。"她满脸泪光,"然后,让-吕克关上了门,形势的严峻让我深受打击。

"我倒在地上,自言自语:'我做了什么?'我想帮我的朋友,可我的幼稚愚蠢暴露了她的藏身之处,她还被送到了……"贝尔夫人的嘴唇颤动,我看到两行泪滴到外套上,打湿了衣服。"我听见远处火车的汽笛响了,觉得莫妮克可能就在那辆火车上。我想跑到铁轨上让火车停下来……"她接过我递给她的纸巾,擦了擦眼睛,"战争结束后,我们都知道了犹太人真正的命运,我……忧心如焚。我每天不断地想象我的朋友莫妮克·黎寒留——本名莫妮卡·里克特经受的折磨。我非常痛苦,知道她肯定死了,天知道在多么可怕的地方,她经历了怎样的恐惧——全都因为我。"她的声音沙哑,带着蔑视,"我从来没有原谅自己,永远不会。"我的喉咙发痛，为自己，也为贝尔夫人。"至于这件外套，我一直藏在地板下面，尽管母亲很生气，让我把它找出来。可我不在乎——那是莫妮克的。我渴望能够将这件外套交给她。我渴望能够帮她穿上这件衣服，扣上纽扣。"她抚摸着其中一颗纽扣，"我还渴望把这个给莫妮克。"她把手伸进外套口袋。粉铜色的项链珠子在阳光下闪闪发光。贝尔夫人把这串珠子套在手上，轻触她的面颊，"我幻想有一天可以将这件外套和这条项链一起交给莫妮克，你能相信吗？"她看着我，"我现在还这么幻想着。"她惨然一笑，"你或许觉得这很奇怪，菲比。"

我摇了摇头："不。"

"正如我所说，我把这件外套藏在地板下面，直到一九四八年，我离开阿维尼翁，到伦敦开始新的生活——远离那个多事之地，我不会在街上碰到让-吕克·奥马热或他父亲，不会经过莫妮克一家曾住过的那栋房子。知道他们再也回不来，我没法忍受再看见那栋房子。我也确实没再看见过它。"贝尔夫人沉重地叹了口气，"即便如此，我搬到伦敦时，还是带上了这件外套，我仍然希望能有机会信守对朋友的诺言——没错，这很疯狂，因为我早就知道人们最后一次见到莫妮克是在一九四三年八月五日，她到达奥斯维辛的那天。"她眨了眨眼，"尽管如此，这么多年来我一直保存着这件外套。这是我的……我的……"她看着我，"我在找的那个词是什么来着？"

"这是赎罪。"我平静地说。

"赎罪。"她点点头，"当然。"她把项链放回口袋里，总结道，"这就是那件蓝色小外套的故事。"她站起身，"谢谢你听我说完，菲比。你不知道你为我做了什么。这些年来,我一直渴望有个人来听我的故事,如果不是来谴责我的话,至少能理解我。你理解吗,菲比?"她沮丧地问道,"你理解我的所作所为吗?理解我为什么仍然是这种感受?"

"是的,我理解,贝尔夫人。"我温柔地回答,"我完全理解。"

贝尔夫人走进卧室,我听见衣柜门被关上的声音。然后她走了回来,在我对面坐下来,面无表情。

"可是……"我在椅子上动了动,"为什么您没有告诉您丈夫?从您对他的描述可以看出,您很爱他。"

贝尔夫人点了点头:"我很爱他。可就是因为我爱他,我不敢告诉他。我害怕如果他知道我做的事情,或许会对我有不同的看法,甚至谴责我。"

"为什么?因为一个女孩想要做件好事,结果却做了……"我有些结巴。

"错误的事情,"贝尔夫人总结道,"这是我做过的最糟糕的事情。当然这不是故意的背叛,"她继续说,"就像莫妮克说过的,我不懂。我很小,总是用这套说辞安慰自己,莫妮克早晚会被发现。谁知道呢?"

"是的,"我赶紧说,"无论如何,她都可能死去,这或许跟您没有关系,贝尔夫人。一点关系都没有,完全无关。"贝尔夫人好奇地盯着我。"您只是判断失误。"我平静地补充说。

"可这样也不会让我轻松一些,因为这个判断失误导致了朋友的死亡。"她吸了口气,又缓慢吐气,"这太让人难以承受了。"

"我完全理解,"我冲动地说,"这就像您抱着块巨石蹒跚而行,只有您能扛着这块巨石,您没地方把它放下来……"一阵突然的寂静包围了我们。我能察觉到火苗扑哧的响声。我拿起帽盒,放到膝盖上。

"菲比,"贝尔夫人喃喃地说,"你的朋友到底出了什么事?爱玛出了什么事?"我盯着帽盒上的小花束,设计有点抽象,但能看出那是郁金香和风信子。

"你说过她病了……"

我点点头,听到了旅行钟轻轻的嘀嗒声。"它大约开始于一年前,十月初的时候。"

"爱玛的病?"

我摇摇头。"导致爱玛生病的事情,这些事情,在某种程度上,引发了爱玛的病。"我把盖伊的事情告诉了贝尔夫人。

"爱玛肯定很受伤。"

"是的,"我轻声说,"我当时没有意识到她有多受伤。她一直说盖伊跟我约会没事,可显然她并不好——她很痛苦。"

"你觉得这是你的错?"

我的嘴巴发干。"对。爱玛和我是二十五年的好朋友。她几乎每天都给我打电话,可我跟盖伊约会后,她就不打了。我给她打电话时,她要么不回电话,要么对我很冷淡。她从我的生活里退出了。"

"但你跟盖伊的恋情在继续?"

"是的,你瞧,我们情不自禁——我们在恋爱。盖伊认为我们没有做错任何事情。他说，如果爱玛对于他们之间的友情做过多解读的话，那不是我们的过错。他说她会很快恢复的。他还说如果她是一个真正的朋友，会接受这种局面，为了让我开心起来。"

贝尔夫人双手交叠。"你觉得这些话有道理吗？"

"是的，当然。可当你的感情受到伤害时，说比做容易得多。从爱玛后来的所作所为，我明白她有多么痛苦。"

"她做了什么？"

"圣诞节后，盖伊和我去滑雪。新年的前一天我们出去吃饭，一开始我们喝了杯香槟。盖伊把杯子递给我时，我能看到里面有东西。"

"啊，"贝尔夫人说，"一枚戒指。"

我点点头："一枚漂亮的独粒钻戒。我又惊又喜。我们才认识三个月。我接受了戒指，我们亲吻了，但我已经在担心爱玛会怎么看。我很快就知道了，第二天一早，她出人意料地打电话祝我新年快乐。我们聊了一会儿，她问我在哪里。我告诉她我在伊塞谷。她问我是不是跟盖伊在一起，我说是的。我脱口而出我们刚刚订婚了，接着出现了一阵不知所措的沉默。"

"可怜的女孩。"贝尔夫人喃喃说。

"爱玛用微弱而颤抖的声音说她希望我们开心。我说想尽快见到她，我一回去就给她打电话。"

"你想尽量维系你们之间的友情？"

"是的。我以为如果她能习惯见到盖伊跟我在一起，会以一种不同的方式看待盖伊。我还认为她很快会爱上别人，我们的友谊会恢复正常。"

"可事情不是那样的。"

"是的。"我把帽盒的线缠到手指上,"显然她对盖伊有着强烈的感情,确信他们的关系会发展得更深入,要是……他……"

"没有爱上你。"

泪水浸满我的双眼。"总之,一月六号我一回到伦敦,就给爱玛打电话,可她没有接。我打她的手机,也没有回应。我给她发短信和邮件,还是没有收到回复。她的助理希恩不在,因而我没法知道爱玛在哪里,于是我给爱玛的母亲达夫妮打了电话。她告诉我三天前爱玛突然决定去南非拜访老朋友,她在德兰士瓦。达夫妮说那里电话信号很差,可能因为这个原因我打不通她的手机。接着她问我……我是否觉得爱玛还好,因为最近她似乎心烦意乱,并且拒绝说原因。我假装不知道出了什么问题。达夫妮还说爱玛有时会闷闷不乐,过了这段时间就好了。我十分虚伪地表示同意。"

"她在南非时联系你了吗?"

"没有。但一月的第三个星期我知道她回来了,因为盖伊和我接下来的星期六要举行订婚晚宴,我收到了她的回复,她说很遗憾无法参加。"

"你肯定很伤心。"

"是的,"我低声说,"我没法告诉别人我有多么伤心。然后情人节到了……"我有些迟疑,"盖伊在切尔西的青鸟咖啡订了张桌子,那里离他的公寓不远。令我惊讶的是,我们正准备出发时,爱玛给我打来电话——这是新年以来她第一次给我打电话。我感觉她的声音听起来有点奇怪——似乎呼吸短促——我问她还好吗。

她说她感觉'身体不适'。她听起来虚弱无力,在发抖,好像得了流感。我问她有没有吃药,她说吃了止痛药。她还说她感觉'特别不好''想死'。这让我警惕起来,我说我马上过来。我听见爱玛低声说:'真的吗?你来吗,菲比?请过来一趟。'我保证半小时后就到。

"我合上手机,可以看出盖伊非常沮丧。他提醒我,他为我们两人订了一个超赞的情人节晚餐,希望我们可以享用——此外他不相信爱玛病得有那么严重。'你知道她总是言过其实,'他说,'她就是想得到别人的关注。'我坚持说爱玛听起来真的病了,并指出很多人得了流感。盖伊说:'你知道爱玛的,也许只是一场重感冒。'他还说我是因为不合时宜的内疚而反应过火,爱玛才应该感到内疚。她生了三个月的气,甚至避开了我们的订婚宴。现在她一打来电话我就准备冲过去。我告诉盖伊爱玛是一个非常脆弱的人,她很敏感。他说他受够了这位'疯狂的女帽商',他已经开始这么称呼她了。我们去吃晚餐。他站起来,穿上外套。

"直觉告诉我应该去见爱玛,可我不忍跟盖伊吵架。我记得我站在那里,把订婚戒指转来转去,说:'我不知道该怎么做……'然后,作为让步,盖伊建议我们先去吃晚餐,回来后给爱玛打电话。我勉强同意了。我们去了青鸟咖啡厅。我记得我们讨论了婚礼,原本是这个月举行的。现在想起这个怪怪的。"我沮丧地说。

贝尔夫人同情地摇摇头。

"总之……我们十点半回到盖伊的公寓,我给爱玛打了电话。让我惊恐的是,一听到我的声音她就哭了起来。她说她很抱歉之前对盖伊和我不够好。她说她是个糟糕的朋友。我告诉她没有关系，她什么都不用担心，我会去照顾她。"我感觉眼泪刺得我睫毛发痒，"然后我听见她咕哝道：'今晚吗，菲比？''今晚。'我重复说。我看着盖伊，可他说我晚餐喝了太多酒，没办法开车，我意识到也许真的喝了太多，于是告诉她……"我哽咽了，似乎我的喉头塞满了破布，"我告诉她……我第二天一早才能去那里。"我停顿了下，"一开始爱玛没有回应。过了一会儿我听见她轻声说：'现在准备睡觉了。'我说：'是的，你现在去睡觉吧。我明天早上起来就去找你。睡个好觉，爱。'"我看着帽盒，已经看不清郁金香和风铃草。

"黎明时分我就醒了，内心忐忑不安。我想要给爱玛打电话，但现在太早了。我不想吵醒她。于是我开车去了玛丽勒本，把车停在了她在诺丁汉街租的房子附近。我知道她的备用钥匙放在哪里，把它找了出来，开了门。房间里一片狼藉，垫子上有一堆邮件。厨房水槽里堆满了没有洗的餐盘。

"自从那次灾难性的晚宴之后，这是我第一次来爱玛家。站在那里，我想起爱玛第一次把盖伊介绍给我时我的惊愕，以及他给我打电话时我的愉悦。我们的友情一度处于毁灭的边缘，我回想到，但现在一切都会好起来。我走进客厅，那里也杂乱不堪，好几条毛巾扔在沙发上，废纸篓里堆满了用过的纸巾和空水瓶。爱玛显然境况不佳。我走上狭窄的楼梯，经过一排照片，照片上是戴着她做的可爱帽子的模特，我站在卧室门外面。门后面一片寂静，我当时深感宽慰，因为这意味着爱玛睡得很熟，这对她来说是最好的事情。

"我推开门，蹑手蹑脚地走了进去。靠近床时，我意识到爱玛睡得特别沉,我都没有听到她的呼吸声。我想起她一向善于屏息。小的时候,她就曾在水下潜泳,屏息好久,吓了我一跳。但是我想,为什么爱玛现在还要这么做,我们都三十三岁了?

"'爱玛,'我柔声说,'是我。'没有任何动静。'爱玛,'我轻声说,'醒过来吧。'她没有挪动身体。'起来吧,爱玛,'我说,心怦怦直跳,'拜托。我要看看你怎么样了。醒来吧,爱。'她没有回答。'爱玛,请你醒一醒。'我说,有些惊恐。我在她的头边拍了两次手。我想起有一次我们玩捉迷藏游戏,她装死装得特别逼真,我真以为她死了,心急如焚。之后她猛地跳了起来,大笑不止。我又难过又生气,还哭了。

"我有些期待爱玛跳起来,笑着喊:'上当了吧,菲比。你以为我死了,是吧!'直到想起她发过誓再也不那么做。可她仍然一动不动。'别这样,爱。'我请求道,'求你了。'我伸出手去摸她的……"我盯着腿上的帽盒,现在我能看到羽扇豆——或者它们是毛地黄?"我拉开羽绒被。爱玛侧躺着,穿着牛仔裤和T恤衫,她的眼睛半睁着,盯着前方。她的皮肤发灰,手里握着手机。

"我记得大叫出声,胡乱摸找手机,手抖得特别厉害,一直没按下去'9'那个键。我在地板上看见一瓶止痛药,捡了起来——是空的。这时我能听到'999'女接线员问我有什么紧急情况。我震惊得上气不接下气,几乎说不出话来,勉力结结巴巴地说我朋友需要一辆救护车,就在此刻,请立即派一辆救护车过来,现在……拜托……"我哽咽了,"即便拨打了电话,我知道爱……爱玛已经……"

一滴泪啪地落到帽盒上。

"哦,菲比。"贝尔夫人轻声说。

"后来他们告诉我,我到达前三小时左右,她就去世了。"

我一声不吭地坐在那里,仍然抱着帽盒,手指来回拨动灰绿色的带子。

"真可怕,"过了一会儿贝尔夫人轻声说,"不管她有多么悲伤……做……"

我抬起头看着她:"不是那样的——虽然一开始看上去很像。有一阵子,我很困惑,爱玛到底出了什么事……什么导致她……"

"对不起,菲比。"贝尔夫人叹了口气,"说起这件事让你太难过了。"

"是的,没错。因为是我的过错。"

她摇摇头:"盖伊爱上你而不是爱玛,不是你的错。"

"可我知道她有多喜欢他。明知这一点,我就不应该继续这段恋情,如果我关心爱玛的话。"

"可那或许是你一生中唯一的一次真爱。"

"我就是这么跟自己说的。我告诉自己也许我再也不会对别人心动了。我安慰自己爱玛会忘记盖伊的,她会爱上别人,以前都是这样的。可这次她没有,"我苦恼地说,"我能理解她讨厌看到盖伊跟我在一起,她本来希望自己跟他在一起的。"

"她的希冀是错误的,这不是你的错,菲比。"

"是的。可我那晚没去看她,尽管直觉告诉我应该去,这是我的错。"

"呃……"贝尔夫人又摇了摇头,"也许不会有差别。"

"我的医生就是这么说的。她说也许那时爱玛已经陷入昏迷,再也不能……"我战战兢兢地喘着气,"我永远没法知道。可我相信如果她第一次打电话时我就去,而不是十二小时以后再去,爱玛也许还活着。"

我放下帽盒,走到窗边,俯瞰荒废的花园。

"这就是你觉得跟我投缘的原因,贝尔夫人,"我温柔地说,"因为我们都曾有一个朋友,等待着我们过去。"

/ 第七章 /

时间的魔力

有些人说他们擅长整理分类,似乎可以把消极或令人苦恼的想法放进整洁的大脑抽屉里,等到合适的时候再取出来。这是个有趣的想法,可我从不相信。在我看来,不管你愿不愿意,悲伤和悔恨会悄悄地潜入你的意识,再突然吼叫着跳出来。唯一的良药是时间,虽然一个人最好的年华也许还不够,正如贝尔夫人的故事所证明的。工作也可以对抗郁闷,分散人的注意力。星期四我去赴迈尔斯的晚餐之约的路上想到,迈尔斯也是排解忧伤的一种很好的方式。

我打扮了一下,穿了一条20世纪60年代的淡粉色莎丽绸鸡尾裙,搭配一件古老的金色羊绒披巾。

"阿尔坎特先生已经到了。"牛津塔餐厅的领班告诉我。我跟随他走了进去,看见迈尔斯坐在一扇巨大的窗子旁边的餐桌旁,正在看菜单。他的头发有些灰白,戴着半月形的老花镜,让我的心一沉。这时他抬起头看见我,脸上焕发出光彩,露出欣喜而急切的微笑,这一笑驱散了我的失望之情。他站起身,把老花镜塞回最上面的口袋,抓住他的黄色丝质领带,免得它飘动。看见一位精明老练的男人这么笨手笨脚,让人哑然失笑。

"菲比。"他亲吻了我的双颊,把手放在我的肩头,似乎要把我拉向他。迈尔斯如此魅力四射,我心里涌起对他的兴趣,这让我吃惊。

"你想喝杯香槟吗?"他问道。

"那太好了。"

"唐·培里侬香槟可以吗?"

"如果没有更好的选择的话。"我取笑道。

"我当真问了,他们的库克陈年香槟卖完了。"我笑了,意识到迈尔斯没有开玩笑。

我们一边聊天,一边欣赏着窗外的风景,水面上波光粼粼,对面有寺院和圣保罗大教堂,跟我在一起迈尔斯特别开心,他一直在努力打动我,这让我感动。我问了问他的工作情况,他解释说他是一家律师事务所的创始合伙人,现在一周工作三天。

"我现在处于半退休状态,"他抿着香槟,"但我不想放手,借由满足客户的需求,带来新的业务。现在跟我说说你的店吧,菲比。为什么你要开一家店?"我简单跟迈尔斯谈了下我在苏富比拍卖行的时光。他的眼睛睁得大大的。"这么说我那天是在跟一位行家竞价。"

"没错,"我说,他把酒单递给服务员,"不过我表现得像一个业余人士。我让自己受到情感的左右。"

"我必须说,你当时非常激动。那个设计师有什么绝妙之处?

抱歉,设计师叫什么名字来着?"

"格蕾夫人,"我耐心地回答,"她是世界上最伟大的女设计师。她用大量的布打褶和垂坠,直接把布别在模特身上调整固定,完成一件精美的礼服,穿上礼服的女人会像雕像一样美丽。她还非常勇敢。"

迈尔斯双手交叠。"这话怎么说?"

"一九四二年她的'格蕾的时装屋'在巴黎开业时,她在窗口挂了一面巨大的法国国旗,反抗德国的入侵。每次德国人把这面国旗扯掉,她就挂上一面新的。他们知道她是犹太人,却没有处置她,因为他们希望她可以给军官的太太们做衣服。她拒绝了,他们就把她的店关了。很不幸,她死的时候贫困潦倒、默默无闻。但她是个天才。"

"你准备怎么处理那条裙子?"

我耸了耸肩:"我不知道。"

他笑了。"你可以留到婚礼时穿。"

"有人这么对我建议过,可我怀疑是否会有那么一天。"

"你结过婚吗?"我摇摇头。"曾经快要结婚?"我点点头。"订过婚吗?"我再次点点头。

"我能问问情况吗?"

"对不起——我不太想谈。"我把盖伊从思绪中推开。"你呢?"开胃品送来时,我问道,"你单身十年了,为什么没有……"

"再婚?"迈尔斯耸了耸肩,"我交过几个女朋友。"他拿起汤匙,"她们都很好,但……就是没能走到最后。"谈话很自然地转到了他的妻子,"埃伦是个可爱的人,我深爱着她。"他说,"她是美国人,一个成功的肖像画家,主要画儿童。十年前的六月份,她去世了。"他深吸了一口气,然后屏住呼吸,似乎在考虑一个难题,"有天下午她突然倒下了。"

"为什么?"

他放下汤匙。"脑出血。那天一整天她头很疼,因为经常犯偏头痛,没想过会有什么不同。"迈尔斯摇了摇头,"你能想象那种震惊……"

"是的。"我轻声说。

"但至少我可以安慰自己这不是谁的过失,"我感觉到一阵嫉妒,"这只是一件难以避免的可怕事情——上帝的旨意。"

"对于罗克西来说多可怕啊。"

他点点头。"她当时才六岁。我让她坐在我腿上,努力对她解释妈妈……"他的声音发颤,"罗克西竭力理解她听不懂的事情——她宇宙的一半坍塌了,我永远不能忘记她脸上的表情。"迈尔斯叹了口气,"我知道罗克西一直记得——只是没有表现出来。她有一种强烈的……"

"缺失感?"我温柔地提示道。

迈尔斯看着我:"缺失感。是的,就是这个词。"

他的黑莓手机突然响了起来,迈尔斯从最上面的口袋拿出眼镜戴上,盯着屏幕。"罗克西打来的电话。哦,亲爱的——我失陪一下,菲比?"他把眼镜拿下来,走出餐厅,去露台的角落。他靠在栏杆上,领带在微风中飘动,显然在跟罗克西严肃地谈论着什么。然后我看见他把手机放进口袋里。

"抱歉,"他说着回到桌边,"这种行为肯定很不礼貌,可是当你的孩子……"

"我理解。"我说。

"她在为古代史论文犯愁,"他解释说,服务员把主菜端了过来,"有关包迪西亚①。"

"现在她不是被叫作布迪卡吗?"

迈尔斯点点头:"我忘了。我还得提醒自己孟买改名了。"

"穹顶变成了O2,你知道吗?"

"真的吗?"他笑着说,"总之,这篇论文罗克西明天要交,她还没开始写。对于作业她有时有点没条理。"他恼怒地叹了口气。

我拿起叉子。"她喜欢学校吗?"

"似乎挺喜欢,虽然她在这个学校待的时间不长,才去了两个星期。"

"她以前在哪里上学?"

"在圣玛丽,多尔金的一所女子学校。但是……"我看着他,"不太适应。"

"她不喜欢寄宿学校吗?"

"她不在意,但是……"他犹豫了,"在她期末考试之前出现了一些误会,后来都澄清了,"他继续说,"不过之后我觉得最好让她有个全新的开始,就转学到了贝灵汉姆。她似乎喜欢这里,我祝愿她有好的成绩。"他抿了一口酒。

"然后去上大学?"

---

① 罗马帝国统治时期的东不列颠爱西尼国的王后。她率领爱西尼王国反抗罗马帝国,并摧毁了几个军事哨所,战败后自杀。她常出现在画中,驾驶着一辆轮子上装有剑的战车。

迈尔斯摇了摇头:"罗克西说上大学是浪费时间。"

"真的吗?"我放下叉子,"呃,不是的。你不是说她想在时尚圈工作吗?"

"是的,虽然我不知道她要做什么。她说想去光鲜的杂志社工作,比如《时尚》或《闲谈者》[①]。"

"可这是个竞争激烈的世界。如果她是认真的,最好有个学位。"

"我也这么跟她说过,"迈尔斯疲倦地答道,"可她相当固执。"

服务员过来换餐碟,我抓住这个机会转换话题。"你的姓很特别,"我指出,"我碰到过一位叫塞巴斯蒂安·阿尔坎特的人,他是芬利城堡的主人。我当时去那里评估一些18世纪的纺织品。"我想起那批古董衣服里有18世纪80年代的天鹅绒燕尾服和马裤,上面绣着银莲花和勿忘我,绣工精美。"那批衣服大部分后来被博物馆收藏了。"

"塞巴斯蒂安是我的二堂弟,"迈尔斯解释说,有些疲惫,"别告诉我他想在凉亭后面占你便宜。"

"不完全是这样。"我转了转眼睛,"因为工作量大,附近没有酒店,我得在城堡里待三个晚上……"想到这里,我有点难为情,"他想要闯进我的房间。我不得不用一根树干抵住门,很可怕。"

"恐怕塞巴斯蒂安就是那个样子,并不是说我护短。"迈尔斯凝视了我一会儿,"你很可爱,菲比。"他直白的恭维让我无法呼吸。我感觉体内泛起涟漪。"我跟法国那边的亲戚走得更近,"我

[①] 英国杂志,月刊,刊登有关上层阶级和中上层阶级的社会活动、时尚和艺术的文章,创刊于1901年。

听见迈尔斯说,"他们酿造葡萄酒。"

"在哪里?"

"在教皇新堡,南边几英里就是——"

"阿维尼翁。"我插话道。

他看着我:"你知道这个地方?"

"我时不时去阿维尼翁进货;事实上,下周末我就要去那里。"

迈尔斯放下那杯红酒。"你住在哪里?"

"欧洲酒店。"

他兴奋而惊讶地摇了摇头:"哦,斯威夫特小姐,如果你愿意再跟我约会,我会带你去吃晚餐。我也要去那个地方。"

"真的?"我问,迈尔斯高兴地点点头,"为什么?"

"我的另一个堂弟帕斯卡,在那儿有个葡萄园。帕斯卡和我一向很亲近,我每年九月去帮他摘葡萄。现在葡萄采摘刚刚开始,这个月的最后三天我会在那里。你什么时候到?"我告诉了他。"那么我们刚好可以碰上。"他高兴地说道,这扣动了我的心弦。"你知道吗,"我们的咖啡端来时,他说,"这肯定是命运的安排。"他突然眉头一皱,伸手去拿手机,"别再打来了——真对不起,菲比。"他戴上眼镜看了下屏幕,皱起眉头,"罗克西还在为论文发愁。她说她很'绝望'——她大写了这个单词,后面还加了几个惊叹号。"他叹了口气,"我最好回去。此外我的确答应她不会太晚回家。你能原谅我吗?"

"当然。"天色也不早了,他这么关心孩子,让人感动。

迈尔斯示意服务员,然后看着我:"今天晚上非常开心。"

"我也是。"我坦率地说。

他对我笑道:"那就好。"

迈尔斯付了账单后,我们坐电梯下楼。走到人行道上时,我同他道了别,准备走路五分钟到伦敦桥站,但一辆出租车停在了我们身边。

司机摇下车窗:"阿尔坎特先生吗?"

迈尔斯点了点头,然后转向我:"我叫了出租汽车送我去坎伯威尔,再送你去布莱克希思。"

"哦,我准备去搭地铁——"

"我不同意。"

我看了下表。"现在才十点十五分,"我抗议道,"没事的。"

"可如果我捎上你,就可以跟你多待一会儿。"

"如果这样的话……"我笑着对他说,"谢谢。"

车子穿过伦敦南部,迈尔斯和我努力去回想有关布迪卡的事情。我们只记起来她是铁器时代的一位皇后,她反抗罗马帝国。我想,爸爸应该知道,可现在太晚了,不方便给他打电话。这些天他睡得很少,夜晚要起来照顾路易斯。

"她摧毁了伊普斯维奇吗?"车子行驶在伍尔沃斯大道上时,我问道。

迈尔斯在他的黑莓手机上搜索网络。"是科尔切斯特,"他说,透过半月形的眼镜看着屏幕,"大英百科全书网站上都有。我回家后,可以从上面摘录一些重点,重新写一下。"我想到十六岁的罗克西完全可以自己写。

我们穿过坎伯威尔公园,转入坎伯威尔路,走到半路的时候车靠左停了下来。迈尔斯就住在这里。离公路一段距离的地方,有一栋精美的乔治王朝时期风格的房子,楼下的窗帘拉开了,露出罗克西苍白的椭圆形的脸。

迈尔斯转向我。"见到你真是太好了,菲比。"他倾身向前亲吻我,脸紧贴我的脸颊,"法国见。"他急切的表情告诉我那是个问句,不是个陈述句。

我笑着对他说:"法国见。"

我很高兴受邀参加伦敦广播电台的节目,讨论古董衣服——直到我记起他们的播音室在玛丽勒本大街。星期一早上我鼓起勇气走向玛丽勒本大街。经过爱玛以前买帽子饰品的丝带店时,我不忍去想几个街区外爱玛的家,现在肯定有其他住户了;也不忍去想她的物品被打包放进旅行箱里,放在她父母家车库的情景。然后我沮丧地想起爱玛每天都会写的日记,她母亲在不久后就要读到了。

快到爱玛和我以前经常光顾的阿米奇咖啡店时,我觉得仿佛看见她坐在窗边,用一种受伤而迷惑的表情看着我。当然那不是爱玛——只是某个有点像她的人。

我推开伦敦广播电台的玻璃门,保安给我写了一个姓名牌,请我等一等。我坐在接待区,听着喋喋不休的广播。现在是路况信息……南环路……海布里角发生交通事故……调频 94.9……伦敦的天气……最高温度二十二摄氏度……和我一起的是金妮·琼斯……几分钟后我们要讨论古董帽……确切点说,古董衣服……和古董衣店老板菲比·斯威夫特一起。我感觉心里七上八下的。

制作人迈克出现了，手上拿着写字夹板。

"只是五分钟的友好聊天。"他边解释边领我走过灯火通明的过道，他用肩推了推播音室沉重的门，随着一声沉闷的唰唰声，门开了。"现在在播放预先录制的节目，可以说话。"我们进去时，他解释说，"金妮，这是菲比。"

"你好，菲比。"金妮说着，我坐了下来。她示意我戴上摆在面前的耳机。我戴上耳机，听见预先录制好的节目接近尾声了，传来体育记者的戏谑，似乎在谈论伦敦奥运会，接着是一则广告。"好了，"金妮笑着对我说道，"从一贫如洗到家财万贯，这是菲比·斯威夫特的梦想。她刚在布莱克希思开了一家古董服饰店——古董衣坊，现在她就坐在我身边。菲比，伦敦时尚周刚刚落幕，今年古董衣很流行，是吧？"

"没错。好几个大品牌的最新时装展览都有古典风情。这是非常流行的。"

"为什么古董衣会成为如今的风尚？"

"我觉得像凯特·摩丝这样的时尚偶像选择穿古董衣服，对市场产生了巨大的影响。"

"她穿的那条20世纪30年代的金缎连衣裙被撕成了碎片，是吗？"

"是的，这是公主变乞丐的例子，据说这条裙子花费了两千英镑。现在有很多好莱坞明星走红毯时穿古董衣——茱莉亚·罗伯茨身穿华伦天奴的古董衣服参加奥斯卡颁奖典礼，蕾妮·齐薇格身穿20世纪50年代让·德塞设计的淡黄色礼服。明星效应改变了人们对古董衣的看法，过去人们认为穿古董衣放荡不羁、行为古怪，现在却成为不落俗套的选择。"

金妮在她的脚本上记个不停。"穿上古董衣服的女孩会是什么感觉？"

"知道你穿的衣服独一无二、美丽绝伦，会令人振奋。你还会意识到这件衣服有历史——它是一份遗产，给你勇气。当代的衣服不能提供这种深度。"

"对于购买古董衣服你有什么建议吗？"

"要准备好花时间寻找，要明白你适合什么样的衣服。如果你身材丰满匀称，不要买20世纪20年代或60年代的衣服，因为直统式的衣服不适合你；选择更合身更显身段的40年代和50年代的衣服。如果你喜欢30年代的衣服，要留意这些不显身材的设计对于圆肚子或大胸是不适宜的。我得说要现实点。别指望到一家古董衣店，就想把自己变成《蒂凡尼的早餐》里的奥黛丽·赫本，那种风格也许并不适合你，会有可能错过适合你的衣服。"

"可以分享一下你今天的穿着吗，菲比？"

我看了眼自己的裙子。"一件没有标签的20世纪30年代末期的碎花雪纺茶歇裙，这是我最喜欢的年代，搭配一件复古羊绒开衫。"

"很好，看上去很酷。"我笑了，"你经常穿古董衣服吗？"

"是的——如果不是穿一整套古董衣服的话，也会佩戴一些古董首饰；我很少什么古董都不戴。"

"可是，"金妮做了个鬼脸，"我不喜欢穿别人的旧衣服。"

"有些人跟你想法一样。"我想起了妈妈，"可是我们这些古董衣爱好者是天生的，不是后天造就的，不会过于拘谨。我们觉得为拥有一件独一无二，甚至引领潮流的衣服，付出一些小小代价是值得的，不会介意衣服上的小污点。"

金妮拿起钢笔。"对于古董衣服，我们最关注的是什么？价格吗？"

"不是，古董衣做工精良，它的价格是合理的——信贷紧缩时代的又一个加分项。你需要留意尺码，古董衣服偏小。从20世纪40年代一直到60年代的衣服的腰部都很细，那是当时的时尚，裙子和上衣都是紧身设计，女人们会穿紧身胸衣和紧身褡为了让自己能穿得进去裙子。此外，今天的女人要丰满一些。我的建议是买古董衣时不要管标签上的尺码，先试一下。"

"怎么护理这些旧衣服呢？"金妮问道，"你能告诉我们怎么打理它们吗？"

我笑了。"有一些基本的规则：用婴儿洗发水手洗针织品，不要浸泡，浸泡会让衣服变形；晾干的时候要把衣服翻转过来铺平。"

"樟脑丸可以用吗？"金妮捂住鼻子问道。

"樟脑丸确实难闻，更香的替代品似乎没有用。最好把容易招飞蛾的衣服放在聚乙烯袋子里；往你的壁橱喷点香水有奇效——像芬迪那样又浓又甜的香水可以阻止飞蛾。"

"也会把我赶走。"金妮笑道。

"对于丝质衣服，"我继续说，"挂在软衣架上，避免在阳光下直接暴晒，因为丝绸容易褪色。对于缎子衣服，别靠近水——缎子容易发皱——别买太轻薄或表面磨损的缎子衣服，那样的衣服穿不久。"

"凯特·摩丝在这一点上很有经验。"

"确实。我还要建议听众朋友们不要买亟须清洗的古董衣服,有些衣服没法洗涤。明胶闪光小圆片用现代的洗涤技术清洗会融化。胶木和玻璃珠子会裂开。"

"你刚提到了一个古董词汇——胶木,"金妮说道,脸上带着揶揄的表情,"我们去哪里买古董衣服?除了在古董服饰店,比如你的店?"

"拍卖会,"我答道,"还有古董市集。大城市里一年会举办好几次。当然还有易趣网,不过网购时要向卖家问清楚衣服尺寸。"

"慈善商店呢?"

"在那里也可以找到古董衣服,但不会以特价出售,因为慈善团体也知晓古董衣的价值。"

"应该有许多人想把衣服卖给你吧?或者请你看看他们的衣柜或阁楼?"

"是的,我喜欢做这件事,因为永远不知道会发现什么;看到喜欢的东西,我心里会有一种奇妙的感觉。"我把手放在胸口,"就像……坠入爱河。"

"这就是古董衣情缘。"

我笑了。"没错,你可以这么说。"

"还有其他建议吗?"

"如果你要出售古董衣服,检查一下口袋。"

"里面会有什么东西吗?"

我点点头:"各种各样的东西——钥匙、钢笔和铅笔。"

"发现过现金吗?"金妮开玩笑道。

"可惜没有,虽然我曾找到过一张两先令六便士的邮政汇票。"

"听众朋友们,一定要检查好口袋,"金妮说,"去菲比·斯威夫特位于布莱克希思的古董衣坊看看,如果你想了解——",她凑近话筒,"我们以前的穿衣风格的话。"金妮给了我一个热情的微笑,"谢谢你,菲比·斯威夫特。"

我朝地铁站走去的路上,妈妈打来电话。她工作时一直在听电台节目。"你棒极了,"她激动地说,"我听入迷了。他们怎么找到你的?"

"通过那篇报纸访谈。就是丹在晚宴那天做的采访。你记得他吗?他正要离开的时候,你到了。"

"我记得,就是那个乱穿衣服的卷头发的人。我喜欢鬈发男人。"妈妈补充说,"与众不同。"

"是的,妈妈,伦敦广播电台的制作人恰好读到了那篇文章,他计划做一个时装周复古潮流的节目,于是给我打了电话。"

我突然意识到几乎最近所有的好事都是因为丹的文章。这篇文章让安妮来到店里,把我领向了贝尔夫人,现在又是这个电台节目,更不用说那些因为读到文章来店里的客户。对丹的感激之情涌上心头。

"我不打算做飞梭镭射了。"妈妈说。

"谢天谢地。"

"我要去做射频回春。"

"那是什么?"

"就是用激光加热皮肤里层,使皮肤细胞收缩,缓解皮肤松弛。说穿了，就是'烘烤脸蛋'。我桥牌圈的朋友贝蒂做过这个。她欣喜若狂——不过她说像有人在她脸上捻熄烟蒂一样，煎熬了一个半小时。"

"多折磨人呀！贝蒂现在看上去怎么样？"

"老实说，几乎没什么区别，但她确信自己看上去更年轻了，手术没有白做。"这其中的逻辑令人困惑。"哦，我得走了，菲比——约翰在朝我挥手……"

我走进店里。安妮从她的修补工作中抬起头来。

"恐怕节目我只听到了一半，我跟来店里的一个小偷起了冲突。"

我心里一震。"出什么事了？"

"我正在拨弄收音机时，一个男人企图把一个鳄鱼皮钱包顺进口袋。"安妮示意我放在柜台上的装钱包的篮子，"幸运的是我从镜子里看到了，至少我不用在街上追着他跑。"

"你报警了吗？"

她摇摇头。"他求我不要报警，我跟他说了下不为例。然后来了一个女顾客……"安妮转动着眼睛，"她拿了那条比尔·吉布的银色蕾丝超短连衣裙，'啪'地往柜台一扔，说她会给我二十英镑。"

"太讨厌了！"

"我解释说这条裙子八十英镑，价格很合理，如果她想要讨价还价，可以去露天市场。"我"扑哧"一声笑，"还有件兴奋的事——科洛·塞维尼来店里了。她在伦敦南部拍电影。我跟她愉快地聊了一会儿演戏的事情。"

"她经常穿古董衣服，是吧？她买什么东西了吗？"

"买了一件让·保罗·高提耶的身体地图上衣。我还有消息要告诉你。"安妮拿起一张纸,"丹打过电话,他有这周三《安娜·卡列尼娜》的票,说七点钟在格林尼治电影院外面跟你碰头。"

"是吗?"

安妮看了我一眼:"你不去吗?"

"我不确定……不过……呃,也许会去,是吗?"我烦躁地说。

她困惑地看了我一眼:"瓦尔也打来电话。她说衣服补好了,让你去拿。答录机上有一条留言,来自纽约的里克·迪亚兹。"

"他是我在美国的经销商。"

"他帮你弄到了几条舞会裙。"

"好极了。派对季正好需要这些裙子。"

"是的。他还说他有些包包,希望你拿走。"

我叹息道:"我有成百上千的包。"

"我知道,不过他说请你给他发邮件。最后,有人送了些东西来。"安妮走进厨房,抱出来一束红玫瑰,花束大得遮住了她的脸。

我盯着花。

"三十六朵,"我听见她在花朵后面说,"是那个叫丹的家伙送的吗?"她问道,我取下信封上的别针,拿出卡片,"我并不是在打探你的私事啊。"

卡片上写着"爱你的迈尔斯"。我想知道,这是句问候还是一个命令呢?

"这些花是我最近认识的一个人送的,"我对安妮说,"实际上,是在佳士得的拍卖会上碰到他的。"

"真的吗?"

"他叫迈尔斯。"

"他人好吗?"

"看上去不错。"

"他是做什么的?"

"是个律师。"

"从送的花来看,他是个成功的律师。他多大了?"

"四十八岁。"

"啊,"安妮扬了扬眉毛,"这么说他也是古董了。"

我点点头:"生于一九六〇年左右。有点磨损……有点折痕……"

"但是个性十足?"

"我想是的……我只见过他三次。"

"哦,显然他为你倾倒,希望你们可以再见面。"

"也许吧。"我不想承认这周末,我会在普罗旺斯见到迈尔斯。

"需要我帮你把花放进花瓶里吗?"

"好的,谢谢。"

她剪下丝带。"我需要两个花瓶。"

我脱下外套。"对了,这周五和周六你可以上班,是吧?"

"是的,"安妮边说边除去花束外面的玻璃纸,"你周二肯定会回来吧?"

"我周一晚上就回来。怎么了?"

安妮用剪刀剪掉下面的叶子。"星期二早上我有一个试镜,午饭后才能到这里。星期五我会补上,这样可以吗?"

"很好。这次要试镜什么?"我问道,心往下沉。

"区域保留剧目轮演剧团,"她疲倦地答道,"会在特伦特河畔斯托克上演三个月。"

"哦,祝你好运。"我言不由衷地说,为希望安妮试镜失败感到内疚。可是她找到工作只是时间问题,那时……

我的思绪被铃声打断了。我正要让安妮去招呼,认出了来的顾客。

"嗨。"红头发女孩说,大约三周前,她试穿过那条淡绿色蛋糕裙。

"嗨。"安妮热情地招呼道,把一半的玫瑰花放进花瓶里。女孩盯着那条绿色蛋糕裙。"感谢上帝,"她说,"裙子还在。"

"裙子还在。"安妮高兴地附和道,把第一瓶花放在桌子中央。

"我还以为裙子不在了,"女孩说着,转向我,"我都不敢进来,怕它卖掉了。"

"最近我们卖出了两条这样的舞会裙,但不是你的那条——我是指这条。"我纠正自己,"绿色这条。"

"我买了。"她愉快地说。

"真的?"我把裙子从墙上取下来,女孩比上次来时自信多了,上次跟她一起来的那个男的叫什么来着?

"基思不喜欢这条裙子。"她打开包,"但我喜欢。"她看着我,"他知道我喜欢这条裙子。哦,不需要再试穿了,"我把裙子挂在更衣室时,她说,"非常合身。"

"你穿上非常合身,"我同意道,"很高兴你回来买下这条裙子,"我说着把裙子拿到收银机旁,"一件衣服穿在顾客身上像你穿这条裙子这么合身时,我都希望她能买下来。你要穿着这条裙子去参加盛大的派对吗?"我想象她一身黑衣,一脸阴郁地跟可恶的基思和他"重要的客户"在一起的样子。

"我还不知道什么时候穿这条裙子,"女孩平静地回答,"只知道我必须买下它。我试穿后,嗯……"她耸了耸肩,"就对这条裙子念念不忘。"

我叠好裙子,压平宽大的衬裙,免得它从购物袋里跑出来。

女孩从钱包里拿出一个粉色信封递给我。那是一个迪士尼公主系列的信封,角上印着灰姑娘的照片。我打开信封,里面是二百七十五英镑的现金。

"我很乐意给你百分之五的折扣。"我说。

一时间,她迟疑了。"不用,谢谢你。"

"我真的不介意……"

"二百七十五英镑,"她坚持道,"这就是代价,"她坚定地补充道,几乎有些挑衅,"就按这个价格来。"

"嗯,好的。"我耸了耸肩,有些稀里糊涂。我把裙子递给她,她几乎狂喜地舒了口气,然后,高高昂起头,离开了衣店。

"她终于买到了童话般的裙子,"我目送着女孩穿过马路,安妮喃喃道,"希望她能找到一个童话般的男朋友,她今天似乎有些反常,不是吗?"安妮说着把第二瓶玫瑰花放在柜台上。她来到窗边向外看。"她走路时腰杆挺得更直了——瞧。"安妮的眼睛眯了起来,目送女孩远去,"古董衣服可以做到这一点,"过了一会儿,她评论道,"不知不觉让人发生改变。"

"没错。可是她拒绝打折好奇怪啊。"

"我敢说买下这条裙子对她来说很重要,每一分都是自己付的。不过我不明白她怎么突然有钱了。"安妮若有所思地说。

我耸了耸肩:"也许基思心软了,给了她钱。"

安妮摇摇头。"他绝对不会那样做。也许她偷了他的钱。"她猜测道。我眼前浮现出女孩穿着这条裙子在铁窗后的场景。"也许一个朋友借钱给她的吧。"

"谁知道呢?"我说着走回柜台边,"我很高兴她买下了这条裙子,虽然我们永远不会知道她的钱从哪里来的。"

星期三我在电影院碰见丹,跟他说了这件事情。

电影开始前,我们在吧台休息,我说:"她买了一件20世纪50年代的舞会裙。"

"我知道那种裙子——你叫它们'蛋糕'裙。"

"对。我提出给她百分之五的折扣,可她说不需要。"

丹抿了口佩罗尼啤酒。"很奇怪。"

"不只是奇怪,有点莫名其妙。有多少女人会拒绝少付将近十四英镑呢?可这个女孩坚持付二百七十五英镑的全款。"

"你说二百七十五英镑?"丹重复道。我告诉他女孩第一次是跟那个讨厌的基思一起来的,丹似乎有些迷惑。

"你还好吗?"我问他。

"什么?哦,是的,抱歉……我有点分心。最近有很多工作。总之,"他站起身,"电影马上要开始了。你还要再喝一杯吗?我们可以把喝的拿进去。"

"再来杯红酒吧。"

丹往吧台走去,我回想着刚才发生的事情。七点钟时,我来到放映厅,丹打来电话说他要晚一点,于是我在楼上的沙发上坐了会儿,透过全景窗欣赏格林尼治的风景。有人落下了一张报纸,我看了看。报纸后面是一整版的棚屋广告。读的时候,我随意想着不知道丹口中的棚屋是什么样子。是尖顶拼板的双门的沃尔顿高级木片复叠型,还是老虎小型棚?我正在想象那或许是神奇的钛金属打造的有"各种功能"的棚屋时,丹跑过来了。

他在我旁边坐下来,拿起我的左手亲吻了一下,再把手放回我的膝盖上。

我盯着他:"对于只见过两次面的女士,你经常这么做吗?"

"不,"他回答,"只是对你。抱歉我来晚了,忙活一件事。"

"有关岁月流转中心的文章吗?"

"不是的,那篇文章写完了。这是一篇……商业稿。"他解释道,有点含糊其词,"马特在写,我参与其中。我们要厘清一些问题,现在已经解决了。很好。"他拍了拍手,"我给你买杯喝的。你想喝什么?我猜一猜——'给我一杯威士忌',"他声音嘶哑,"'再来杯姜汁——别太吝啬了,宝贝儿。'"

"什么?"

"嘉宝第一部电影中的台词。之前她的电影都没有声音。幸运的是,她的嗓音跟脸蛋很配。你想喝什么?"

"不要'威士忌'——一杯红酒就很好。"

丹拿起酒吧饮料单。"有来自奥克的梅洛干红葡萄酒,'口感细腻,圆滑,醇厚,可口';还有教皇新堡的香缇梅乐,'有浓郁的红莓果气息,酒香扑鼻'……你想要哪个?"

我想起即将要去普罗旺斯。"教皇新堡,谢谢。我喜欢这个名字。"

我们顺畅地聊了半小时后,丹又给我点了杯香缇梅乐。接着我们下楼去看电影,坐在黑色皮椅里,看《安娜·卡列尼娜》,欣赏嘉宝的如花美貌。

"嘉宝的脸简直让人魂不守舍,"走出电影院后,丹说,"她的身材就没人注意了,演技也是,虽然她是个伟大的演员。人们只谈论嘉宝的脸——那张光洁雪白的脸。"

"她的美几乎是一种面具,"我说,"她是斯芬克斯。"

"没错。她给人一种漠然忧郁,又遗世独立的感觉。你也是那样。"他随意补充道。丹再一次让我惊讶,但也许是因为喝了酒,也或许是我喜欢跟他在一起,不想破坏这个晚上。我决定不理会他的评论。"我们去吃点东西吧。"他说。不等我回答,他就挽住我的胳膊。我不介意他热情的身体接触。事实上,我很喜欢。这让事情变得简单。"红餐厅可以吗?"他问道,"恐怕不如文顿烧烤,但味道很好。"

"红餐厅不错啊。"我们走了进去,找了一个角落的桌子。"为什么嘉宝那么年轻就息影呢?"等待服务员过来点菜的当口,我问道。

"据说电影《双面女人》反响不好,让她心烦意乱,便放弃了演戏。最有可能的解释是她知道那是她最美的时候,她不希望随着时间的流逝形象遭到损害。玛丽莲·梦露去世时三十六岁,"丹继续说,"如果她去世时是七十六岁,我们对她的感觉还会一样吗?嘉宝想要好好生活下去——但不是在公众的注目下。"

"你了解好多。"

丹展开餐巾。"我喜欢电影——尤其是黑白电影。"

"因为你看不清颜色吗?"

"不是。因为彩色电影平淡乏味,我们每天置身于彩色的事物中,黑白电影本身就是一门'艺术'。"

"你手上有油漆,"我说,"你是在自己动手做什么吗?"

丹查看了手指。"昨天深夜我刷了一下棚屋——马上要收尾了。"

"你那个神秘的棚屋里有什么?"

"十月十一日正式开幕时,你就会看到,我马上会发出邀请函。你会来吧,是吗?"

今天晚上我很开心。"是的,我会去。着装有什么要求吗?园艺服?长筒雨靴?"

丹看上去像是受到了冒犯。"休闲装。"

"不用系黑色领结?"

"那会有点夸张。不过你喜欢的话,可以穿盛大的古董礼服——事实上,你应该穿那条粉红色的裙子——就是曾经属于你的那条。"

我摇摇头:"我绝对不会穿那条裙子。"

"为什么不呢?"

"我就是……不喜欢那条裙子。"

"要知道,你有点像斯芬克斯,"丹沉思道,"至少像个谜一样让人难以捉摸。我觉得有事情让你苦恼。"他再次让我吃了一惊。

"是的,"我平静地说,"没错,你的鲁莽让我苦恼。"

"鲁莽?"

我点点头:"如果不能说是鲁莽的话,可以说你很直接。一直以来，你的言行让我恼火。你总是……那个词怎么说来着？"

"直爽？我总是很直爽？"

"不。你总是让我窘迫，让我不知如何是好……无所适从！就是这个词——你总是让我无所适从，丹。"

他咧嘴而笑。"我喜欢你说这个词时的表情——你可以再说一遍吗？这是个美妙的词。"他继续说，"我们不常听到这个词。无——所——适——从。"他看起来很高兴。

我翻了个白眼："你是在惹恼我。"

"对不起。也许因为你太冷淡拘谨了。我喜欢你，菲比，不过偶尔我会想要……该怎么说……让你不那么镇定。"

"哦，我明白了。嗯，你还没达到目的。我还是非常镇定，谢谢你！说说你吧，丹？"我询问道，决意夺回对对话的掌控，"你了解我很多事情——毕竟你采访过我。可我对你所知甚少——"

"除了我很鲁莽。"

"非常鲁莽。"我笑了，感觉自己又放松下来，"为什么不谈谈自己呢？"

丹耸了耸肩："好的。嗯，我在肯特长大，那里靠近阿什福德。我父亲是医生，我母亲是老师，他们现在都退休了。我们家最好玩的事情是养了一只杰克·罗素犬，叫珀西，它活了十八年，用人类年龄计算的话，相当于活到了一百二十六岁。我上的是本地的男子文法学校，然后去约克学习历史。之后做了十年的直销，那是我人生辉煌的十年，现在我在《黑&绿》报社工作。没结过婚，没有孩子，谈过几次恋爱，最后一段恋爱三个月前结束，和平分手。瞧，这就是我简单的生命历程。"

"你在报社工作开心吗?"我问他。

"这是一次奇遇,但不是我想长期做下去的事情。"我还来不及问丹想长期做什么,他转换了话题,"好了,我们刚才看了《安娜·卡列尼娜》。星期五,作为这个放映季的一部分,他们要放新版的《日瓦戈医生》。你想来看吗?"

我看着丹:"我想来,但我来不了。"

"哦,"他说,"为什么来不了?"

"为什么来不了?"我重复道,"丹,你又这样。"

"让你无所适从?"

"是的,因为……瞧……我没必要告诉你我为什么不能来。"

"是的,你没必要,"他高兴地附和道,"我已经猜到了。因为你有男朋友,如果他看见我们在一起,会把我大卸八块。是这个原因吗?"

"不是。"我疲惫地说。丹笑了。"因为我要去法国进货。"

"啊,"他点点头,"我记起来了。你要去普罗旺斯。这样的话,等你回来我们再一起看电影。不,对不起,你需要六个星期来考虑,是吧?十一月中旬我可以给你打电话吗?别担心,我会先给你发邮件说我要打电话——也许我应该提前一周给你写邮件,让你知道我会给你发邮件,这样你就不会认为我鲁莽了。"

我笑着看丹:"如果我现在答应,事情不是更容易吗?"

/ 第八章 /

去往阿维尼翁

　　昨天一大早,我在圣潘克勒斯乘坐欧洲之星前往阿维尼翁。我决定好好享受这段旅程,加上在里尔换乘的时间,差不多六小时。等待火车开动的时候,我浏览了一下《卫报》,在城市版,很惊讶地看到了基思的照片。照片配文里记述的是他的房地产公司凤凰地产,专门购买郊区用地重新开发。最近它被估值两千万英镑,将要在另类投资市场上市。文章中说基思最初通过邮购出售自行组装的厨房用具,但在二〇〇二年,他的仓库被一位不满的员工纵火烧毁。文章里引用了基思的几句话:"那是我一生中最糟糕的晚上。看着被烧毁的大楼,我发誓要从废墟中做出成就。"火车驶离站台时,我想,这就是他的公司叫凤凰的原因吧。

　　我读起从布莱克希思火车站拿的《黑&绿》报。之前我太累了,读不下去。上面有一些寻常的本地新闻故事:商业租金不断上涨,高街连锁店对个体商店的威胁,停车和交通问题。有一个社交活动版,上面登载了知名访客到访当地的照片,包括科洛·塞维尼看着古董衣坊橱窗的照片。还有一些外出活动的著名居民的照片——一张是朱斯·霍兰德在买花,另一张是格兰达·杰克逊在布莱克希思礼堂参加筹款音乐会。

占据中间版块的是丹关于岁月流转中心的文章,标题是"追忆似水年华:岁月流转中心是一处珍藏过往时光的地方"。他写道:"在这里,老人一同回忆往昔,和年青一代分享回忆……讲述故事的重要性。"他继续写道,"口述历史……精心挑选的纪念品帮助引发记忆……借由彰显回忆对老年人和年轻人的价值,提高了老人的生活品质……"

这篇文章写得很好,饱含深情。

火车速度越来越快,我合上报纸,凝视着窗外肯特的乡村风光。秋收最近结束了,由于燃烧残株,苍白的田野上到处都是黑点,一些仍然在闷燃的田地升起乳白色的烟雾,散入夏末的空气中。穿过阿什福德时,我突然想象着我经过时,丹穿着乱搭的衣服,站在站台上冲我挥手。然后火车很快扎进英吉利海峡下面,来到法国北部平原,巨大的电缆塔横跨在平淡无奇的田野上。

我在里尔换了火车,登上去阿维尼翁的法国高速列车。我把头靠在窗子上,几乎马上就睡着了,还梦到了迈尔斯、安妮,回来买绿色蛋糕裙的女孩和那个买走了粉色蛋糕裙的要不上孩子的女人。我梦见了还是女孩的贝尔夫人,带着蓝色外套穿过田野,急切地寻找也许永远找不到的朋友。接着我睁开眼睛,惊讶地发现普罗旺斯的乡村竟然一闪而过,那些赤陶土房子、银色的泥土和像感叹号一样矗立在风景里的墨绿色柏树。

四周都是笔直的葡萄树,看上去就像这片田地被梳理过。身穿花花绿绿衣服的农民们在葡萄采摘机的后面,机器在一排排移动,掀起尘土。葡萄采摘正当时。

"阿维尼翁站,"我听见喇叭里传来声音,"到阿维尼翁站的乘客请下车。"

我走出车站,明亮的太阳光照得我睁不开眼睛。开上租好的车,进入城里,我沿着中世纪城墙的马路往前,穿过狭窄的街道来到旅店。

办完入住手续后,我洗澡换了衣服,然后去阿维尼翁的主要街道共和国大街闲逛,街上的商店和咖啡馆正忙着傍晚的生意。我在钟楼广场停留了几分钟。那里,气势宏伟的市政厅前面,露天游乐场的旋转木马在慢慢旋转。看着孩子们在涂成金色和奶油色的马上起起落落,我想象着阿维尼翁那段不那么纯真的岁月。我想象德国兵站在我现在站立的地方,怀里端着机关枪。我想象贝尔夫人和她的弟弟指着他们笑,焦虑的父母让他们安静下来。我走到教皇宫,在中世纪城堡前面的一家咖啡馆坐了下来,太阳落入青绿色的天空。贝尔夫人跟我说过战争快结束时,教皇宫的地窖曾被用作防空洞。看着这个巨大的建筑,我想象警报响起时,人群跑向防空洞的场景。

我的思绪转回现在,计划接下来几天的行程,看地图的时候,手机响了。我盯着屏幕,按下了接听键。

"迈尔斯。"我愉快地说。

"菲比——你到阿维尼翁了吧?"

"我在教皇宫前面坐着。你在哪里?"

"我们刚到我堂弟家。"我意识到迈尔斯说的是"我们"——

罗克西肯定跟他在一起。虽然并不吃惊,但我的心沉了下去。"你明天打算做什么?"迈尔斯问道。

"早上我要去阿维尼翁新城的集市,之后去皮若的集市。"

"哦,皮若离教皇新堡不远了。你办完事情后就来这里吧,我带你出去吃晚餐。"

"好的,迈尔斯,"我说,"'这里'是在哪里?"

"博斯凯酒庄,很容易找到。你开车直接穿过教皇新堡,离开村庄,转向去奥朗日的路,往前开一英里,右边有一座方方正正的大房子。尽量早点来。"

"好的,我会的。"

第二天一早,我开车穿过罗讷来到阿维尼翁新城,把车停在村庄顶部,沿着狭窄的主街走到集市,商人们已经在地上铺好布,摆上了古董。有老式自行车和褪色的折叠式躺椅,有缺口的瓷器和有划伤的雕花玻璃,有古老的鸟笼、生锈的旧工具和皮被抓起了折痕的秃顶泰迪熊。还有一些摊位卖古老的油画和褪色的普罗旺斯被子,法国梧桐树之间系着晾衣绳,上面挂着旧衣服,这些衣服在微风中飘动扭转。

"这些都是真正的古董,夫人,"见我在查看她的衣服,一位卖主友好地说,"质量都很好。"

要看的东西太多了。我花了几小时,挑选出一些20世纪四五十年代的简单印花裙和二三十年代的白色睡衣。这些衣服中,有几件是钱布雷绸做的,这是一种粗糙的亚麻布;还有几件是亚麻布和棉布混合织物;还有一些是薄纱的,随风飘扬。很多睡衣刺绣精美。我纳闷谁的手绣出这些精美的小花和叶子,做这些细活他们是否开心,是否能想到后人会欣赏这些刺绣,对他们心生好奇。

买了想要的衣服后,我在一家咖啡馆坐了下来,享用一顿早午餐。此刻我才有闲暇来思考这是怎样的一天。本来以为我会沮丧,但并没有,外出让我开心。我短暂地想了想盖伊在做什么,他是什么感受,然后给安妮打了电话。

"店里很忙,"她高兴地汇报道,"我已经卖掉了薇薇安·韦斯特伍德的裙撑裙和那件翡翠绿的迪奥外套。"

"太棒了!"

"你还记得在节目中说的关于奥黛丽·赫本的那句话吗?"

"记得。"

"嗯,今天早上来了个女人,要我把她变成格蕾·凯丽。相当棘手。"

"她不够有魅力吗?"

"哦,她很漂亮,只是更适合变成格蕾·琼斯。"

"啊。"

"你母亲来过店里,想看看你能否跟她一起吃午餐——她忘记你去法国了。"

"我会给她打电话。"我马上给母亲打了电话,她又开始说起从别人那里看到的新疗法——等离子皮肤再生。"我昨天早上请假去诊所了解详情,"她说,我喝着咖啡,"这有助于减少较深的皱纹。他们用氮等离子体刺激皮肤的自然再生过程——把氮等离子体注射到你的皮肤下面,让成纤维细胞生长。不论你是否相信,能长出全新的表皮。"我翻了个白眼,"菲比?你还在听吗?"

191

"在听,不过我要走了。"

"如果不做等离子皮肤再生治疗,"妈妈没完没了地唠叨,"我就会试试填充——他们说有透明质酸、玻尿酸和聚左旋乳酸——他们还提到了自体脂肪移植,就是提取你屁股上的脂肪,填充到脸上——可以说是,屁股到脸颊,不过最关键的是——"

"抱歉,妈妈,我得走了。"我感觉恶心。

我回到车里,强迫自己不再去想母亲刚才描述的荒唐手术,出发前往皮若。

看见教皇新堡的标志时,我很期待再次见到迈尔斯。

皮若的集市很小,但我又买了六件睡衣和一些颈部是荷叶边设计的细白布绣饰背心,女孩们喜欢用这款背心搭配牛仔裤。现在是下午三点半。我找到一家咖啡店,换上刚买的裙子,一条20世纪60年代早期的蓝白条相间的圣·迈克尔棉质马甲裙。

离开皮若时,放眼望去遍野尽是葡萄园,农人们正在辛苦劳作。沿路的标志邀请我在这个葡萄园或那个庄园停下来品酒。

在我前面,一座小山上坐落着教皇新堡,那些淡黄色的大楼聚集在一座中世纪的塔楼下。我开车穿过村子,右转前往奥朗日,大约一英里后,看到了博斯凯酒庄的标志。

我拐入两边长满柏树的车道,在车道的尽头,可以看见一座方方正正的像城堡的大房子。车道两边的葡萄园里,男男女女俯身在葡萄藤里,帽子遮住了他们的脸。听到车轮声,一个头发灰白的人站起身来,手放在眼前遮住太阳光,然后挥了挥手。我也挥了挥手。

我停下车,迈尔斯穿过葡萄藤大步朝我走来。他满脸堆笑,脸上的灰尘形成一条条痕迹，眼边的线条像小辐条一样凸出。

"菲比！"他打开我的车门，"欢迎来到博斯凯酒庄。"我站起身，他吻了我。"过一会儿你会见到帕斯卡和塞西尔，现在大家在全力工作。"他朝葡萄园点了点头，"明天就是最后一天了，时间紧迫。"

"我能帮忙吗？"

"你想帮忙吗？这个工作很枯燥。"

我耸了耸肩。"没关系，会很有趣的。"我盯着那些工人，他们拿着黑桶和整支剪刀，"你们不用葡萄收割机吗？"

他摇摇头。"在教皇新堡，所有的葡萄必须手摘，这样才名副其实——这就是需要我们这支小队伍的原因。"他瞥了眼我的系带鞋，"你的鞋不错，但你需要一条围裙。在这里等等。"迈尔斯朝屋子里走去，我突然看到了罗克西。她坐在一棵巨大的无花果树旁的长椅上读着杂志，喝着可乐。

"嗨，罗克西。"我叫道，朝她走了几步，"你好呀，罗克西！"罗克西抬起头来。她没有摘下太阳镜，冲我淡然一笑，又继续看杂志。我感觉受到了冷落，想到十六岁的孩子大多社交能力很差，此外，她才见过我一次，为什么要表示友好，我释然了。

迈尔斯拿着一顶蓝色的太阳帽从屋里走出来。"你需要这个，"他把帽子戴在我的头上，"还有这个。"他递给我一瓶水，"这条围裙能保护你的裙子。它是帕斯卡母亲的。她和蔼可亲，是吧，罗克西？——只是体形比较大。"

罗克西喝着可乐。"你是说她很胖。"

迈尔斯展开宽大的围裙，套在我头上，走到我身后，把带子递到前面将其系上,他呼出的气喷到我的耳朵上。"好了。"他说,把它们系成一个蝴蝶结。他退后一步,打量我。"你看上去很可爱。"意识到罗克西在雷朋眼镜后看着我,我感到不自在。迈尔斯拿起两个空桶,朝葡萄园走去,桶在他的两边摆动。"来吧,菲比。"

"需要什么技巧吗?"赶上他时,我问道。

"几乎不用。"他回答道,我们进入扭曲的葡萄藤里,沿着田垄往前走,不时会有一只麻雀飞过,一只蚱蜢滑过我们身边。迈尔斯捡起一小串葡萄,递给我。

我摘下一颗,扔进嘴里。"美味。它们是什么品种?"

"这些是歌海娜。这些藤有些年头了。它们是一九六〇年种植的,年龄跟我差不多大,不过现在仍然相当茁壮。"他俏皮地说,用手挡住眼睛,眯眼看向天空,"感谢老天,天气这么好。二〇〇二年时,这里发生特大洪水,葡萄腐烂了——那年,我们只产了五千瓶酒,而不是十万瓶——那是一场灾难。村里的牧师总是祈神保佑丰收;今年他似乎干得不错,因为今年是一个丰收年。"

圆圆的大卵石散布在我们四周,从破裂的石头里我偶然会看到发光的白色石英。"这些大石头真讨厌。"我说着从中间通过。

"确实让人讨厌,"迈尔斯附和道,"它们是很久之前罗讷河沉淀下来的,但我们需要这些石头,因为它们白天储存热量,晚上释放出来,这正是这个地区能产出优质葡萄酒的一个原因。好了,我们可以从这里开始吗?"他俯身到一个葡萄藤里,拉开金红色的叶子,露出一大串黑葡萄。"拿好。"我接过它们,手心感觉很温暖。"剪掉梗,不要有叶子,再把它们放到第一个桶里,尽量不要拿在手里。"

"第二个桶里放什么?"

"我们不要的葡萄。摘下来的葡萄,要淘汰百分之二十,用它们做佐餐酒。"

我们旁边一派节日气氛——十几个工人又说又笑,一些人在听随身听和苹果音乐播放器。有个女孩在唱歌,那是歌剧《魔笛》的一首咏叹调,讲的是夫妻之间的事。她清脆甜美的高音响彻整座葡萄园。

男人和女人,女人和男人……

偏偏在今天听到这个,真奇怪,我想。

……直到超凡入圣。

"摘葡萄的是哪些人?"我问迈尔斯。

"本地人,他们每年都来帮我们,还有一些学生和几个外国工人。在这座庄园,葡萄采摘大约需要十天,之后帕斯卡会举办一个派对来感谢大家。"

我拿剪刀对准葡萄藤。"我要剪这里吗?"

迈尔斯弯下腰,把手放在我的手上面。"最好剪这里,"他指示道,"像这样。"我感觉身体内涌动着一股欲望。"剪断——不过葡萄很沉,别让它们掉在地上。"我小心地把那串葡萄放进第一个桶里。"我就在那里。"迈尔斯说着回到几码外他自己的桶边。

干这活很热很累。幸好我有水——尤其庆幸有围裙,上面已经沾满了灰尘。我直起身缓解背部的不适。这么做时,我瞥了眼罗克西,她正坐在阴凉处看着《热度》杂志,喝着冷饮。

"我本是让罗克西来帮忙的,"我听见迈尔斯说,似乎他看透了我的心思,"可是逼青少年干活会适得其反。"

我感觉肩胛骨间有汗水往下流。"她的古代史论文写得怎么样了?"

"结果还不错。我希望可以得到 A。"他面无表情地说,"这是我应得的,我写了一整晚。"

"你是个好爸爸。我的桶装满了,现在怎么办?"迈尔斯走过来,挑出不太好的葡萄,放进第二个桶里,然后提起两个桶。"我们要把这些拿到葡萄压榨机那里。"他示意房子右边的混凝土大工棚。

我们走进第一个棚屋,酵母芳香的味道扑面而来。我们前面巨大的白色滚筒发出震耳欲聋的响声。机器旁边,一把高高的活梯上,一个穿蓝色工作服的粗壮男人正在倒葡萄,一个穿向日葵黄裙的娇小金发女人在给他递葡萄。

"这是帕斯卡,"迈尔斯说,"那是塞西尔。"他冲两人挥手,"帕斯卡!塞西尔!这是菲比!"

帕斯卡友好地冲我点了点头,接过塞西尔递过来的桶,把葡萄倒进滚筒里。塞西尔转过身,热情地冲我笑了笑。

迈尔斯指着排在远处墙边的四个红色大箱子。"那些是发酵桶。葡萄汁从滚筒经过软管直接抽到那里。我们从这儿过去……"我跟随他来到第二个棚屋,那里更冷,放着很多不锈钢容器,上面用粉笔写着日期。"发酵的葡萄汁在这里存放成陈酒。我们也在这边的橡木桶里陈化葡萄汁。大概一年后,就可以装瓶了。"

"什么时候可以喝?"

"十八个月后佐餐酒可以喝,更好些的酒要等两到三年,陈年佳酿要保存十五年。这里生产的酒大部分是红酒。"

棚屋一边的桌子上面放着一些半空的瓶子,用灰色塞子封了起来;还有玻璃杯、几个瓶塞钻、一些葡萄酒参考书。墙上挂着很多荣誉证书,这些都是博斯凯酒庄的葡萄酒在国际葡萄酒节上获得的。

我注意到有只瓶子上贴着一个漂亮的标签,上面画着一只黑鸟,嘴里叼着一串葡萄。我更仔细地看标签。"香缇梅乐,"我说着转向迈尔斯,"我上周在格林尼治电影院喝过这种酒。"

"电影院卖我们的酒。你喜欢吗?"

"味道很好。我似乎记得,有一种诱人的香味。"

"你看的是什么电影?"

"《安娜·卡列尼娜》。"

"跟谁一起?"

"葛丽泰·嘉宝。"

"不,我是说……你跟谁一起看的电影?我只是好奇。"他羞怯地补充道。

我发现迈尔斯表现得没有安全感时很动人——尤其和我当初碰到他时相比,那时他看上去信心十足。"我跟朋友丹一起去的。他是个电影爱好者。"

迈尔斯点了点头。"嗯……"他看了眼表,"快六点了。我们得准备一下,一会儿去村里吃晚餐。罗克西应该会跟帕斯卡和塞西尔待在一起。她可以练习法语。"他接着说,"我想你要洗一洗……"

我举起紫色的手,笑着表示赞同。

我们往房子走去。我看见罗克西不在长椅上了，椅子上只剩下她的空可乐瓶，瓶口挤满了黄蜂。迈尔斯推开巨大的前门，我们走进凉爽的室内。门厅非常大，拱形天花板，横梁暴露在外，有一个洞穴似的壁炉，一边放着一堆木头。一侧墙边立着一个旧桶做的高背长椅。楼梯底部是一只毛绒熊在站岗，露出牙齿和爪子。

"别怕，"我们经过时迈尔斯说，"它从没咬过人。我们上去吧。这里……"我们穿过楼梯平台，迈尔斯推开一扇镶板门，露出一个石灰岩大浴缸，形状像一口石棺。他从横杆上拿下来一条毛巾。"我要泡个澡。"

"也许得去别的地方。"我开玩笑道，思量迈尔斯是否会当着我的面脱衣服，突然意识到我并不介意。

"我的卧室有浴室，"他解释道，离开了房间，"在楼梯平台的尽头。二十分钟后我们在楼下见？罗克西！"他边叫边往外走，关上了门，"罗克西，我要跟你谈谈……"

我解开围裙（它把我的裙子保护得很好），擦掉鞋子上的尘土。我用看起来很古老的黄铜喷头洗了澡，把湿头发扭成一个结，快速穿好衣服，化了点妆。

我刚踏上楼梯平台，就听到迈尔斯低沉的声音传了上来，然后是罗克西伤心的语调。

"我不会出去很久的，亲爱的……"

"她为什么在这里？"

"她在这里有工作……"

"……不想你出门……"

"那跟我们一起去。"

"不要……"

最上面的台阶在我脚下嘎吱作响。

迈尔斯抬起头,似乎有点吃惊。"你来了,菲比,"他说,"你准备好了吗?"我点点头。"我想看看罗克西要不要跟我们一起去。"他说,我走下楼梯。

"我希望你能来,"我对罗克西说,决心努力吸引她,"我们可以谈谈衣服。你爸爸说你以后想在时尚圈工作。"

她闷闷不乐地看了我一眼:"是的,我是这么计划的。"

"为什么不跟我们一起呢?"她爸爸热情地问道。

"我不想外出。"

"这样的话,你跟摘葡萄的人们一起吃晚饭吧。"

她反感地噘起嘴。"不用了,谢谢。"

迈尔斯摇摇头。"罗克西,这里有不少可爱的年轻人。那个波兰女孩贝亚特正在接受训练,要成为一位歌剧演唱家。她英语说得好极了,你可以跟她聊天。"罗克西耸了耸纤细的肩膀。"那你跟帕斯卡和塞西尔一起吃饭吧。"女孩发出不满的抱怨声。"别难为人了,"她父亲说,"拜托了,罗克西,我希望你——"可她已经要走出门厅了。

迈尔斯转向我。"对不起,菲比。"他叹了口气,"罗克西还处在青春期。"我礼貌地点点头,想起青春期的法语表达——吃力不讨好的年龄。"过一两小时她就没事啦。好了,"他把汽车钥匙弄得叮当响,"我们走吧,我快饿死了。"

迈尔斯开车去村里,把租来的雷诺停在主路上。我们从车里出来后,他指向一家外面摆着餐桌的饭店,白色的桌布在微风中飘动。我们走上前去,迈尔斯推开了门。

"啊……阿尔坎特先生,"一个看上去很殷勤的店主拉开门时说,"很高兴再次见到你。"男人笑逐颜开,两个男人互相拍了拍对方的背,哄然大笑起来。

"见到你很高兴,皮埃尔,"迈尔斯说,"介绍一下,这是美丽的菲比。"

皮埃尔抬起我的手亲吻了一下。"幸会。"

"皮埃尔和帕斯卡是同学,"皮埃尔带我们到餐厅角落的一张桌子旁,迈尔斯解释道,"以前放暑假时我们总是一起出去玩,什么,三十五年前,皮埃尔?"

皮埃尔开口道:"三十五年前。你还没有出生。"他笑着对我说。我眼前浮现出十五岁的迈尔斯怀里抱着还是婴儿的我的情景。

"你要喝杯酒吗?"迈尔斯问道,他打开酒单。

"好啊,"我小心地回答道,"可我大概不能喝酒,还要开车回阿维尼翁。"

"你来决定,"迈尔斯说着戴上老花镜,细看酒单,"毕竟你还要吃晚餐。"

"那我来一杯吧,不能更多了。"

"如果你喝醉了,可以住在这里,"他随意地补充道,"有一间空房,里面有一个大衣箱。"

"哦,我不需要——我是说不需要房间,"我纠正了自己,脸红了,"我的意思是,我不留下来过夜,谢谢。"看到我窘迫的样子,迈尔斯笑了,"你说你每年丰收季都来帮忙?"

他点点头:"这是家庭责任——这个庄园是我曾祖父菲利普创建的,他也是帕斯卡的曾祖父。我来这里,因为家族企业中也有我的一份,我希望自己参与进来。"

"这么说博斯凯酒庄是你的'古董部落'。"

"我想是的。"迈尔斯笑了,"我喜欢酿制葡萄酒的整个过程。我喜欢那些机器、机器的噪声、葡萄的香味以及与这片土地的接触。我喜欢葡萄栽培,这其中牵扯到很多知识——地理、化学、气象学和历史。葡萄酒越久越醇,它是为数不多随着时间增值的事物之一。"

"就像你吗?"我开玩笑地说。

他笑了。"好了,你想要喝什么?"我选了教皇新堡的菲纳罗什。"我要一杯特酿雷讷。"迈尔斯对皮埃尔说,"我不在外面喝博斯凯酒庄的酒。"他告诉我,我拿起菜单,"这样能知道竞争对手是什么样子。"

皮埃尔把酒放在我们面前,还有一盘大颗青橄榄。迈尔斯举起酒杯。"再次见到你真好,菲比。上个星期跟你一起吃饭的时候,我就希望能再见到你,但没想到我们……哦。"他从口袋里拿出黑莓手机,"听着,罗克西,"他轻声说道,我研究着菜单,"我告诉过你我要去哪里……我说过。我们在米拉贝尔饭店。"他站起身,"我们邀请过你了。"他边叹气边朝门口走去,"你知道,亲爱的。现在说这些有什么意义?"

五分钟后他才回来,看上去怒气冲冲。"抱歉,"他叹了口气,把手机放回口袋里,"她现在很生气,因为没有来这里。我得说,罗克西有时相当让人烦——但实际上她是个好女孩。"

"当然。"我低声说。

"她不会做错事……"皮埃尔又来到桌旁,我们点了单。"谈谈你吧,菲比,"迈尔斯继续说,"上周我们一起吃晚餐时,你回避了我的所有问题。我想知道一些你的事情。"

我耸耸肩:"你想知道哪方面的事情?"

"哦,私人的事情。跟我说说你的家庭。"于是我跟迈尔斯说了下我父母及路易斯的情况。

迈尔斯摇了摇头。"这是个难题。你很不容易。"他说,皮埃尔拿来开胃小吃。

我把餐巾摊在腿上。"是的。我想多见见路易斯,可太尴尬了。我决定多去看看他,不对我母亲说起这件事。其实她很喜欢孩子。"我说,"可她怎么能喜欢这个孩子呢?"

"呃……"迈尔斯摇摇头,"我不知道。"

"她现在非常脆弱,"我继续说着,把一个面包卷分成两半,"她从没想过我父亲会离开她。不过想到这件事,他们真的没一起做过什么事情——好多年没有一起——反正我记不起来。"

"这对你母亲来说肯定还是很难。"

"是的,不过至少她有工作。"我跟迈尔斯说了下母亲的工作情况。

"她为这个人工作了很长时间?"

我点点头。"二十二年,就像一场职业婚姻。约翰退休的话,她也会退休。但他说要工作到七十岁,那还有一段时间。她需要工作来分散注意力,也需要钱,尤其是我爸爸的职业中断了。"我小心地作结。

"你妈妈和她老板没有机会……"

"哦,没有。"我笑了,"约翰欣赏她,可他不喜欢女人。"

"我明白了。"

我喝着酒。"你父母一直在一起吗?"

"他们在一起四十三年,直到死亡将他们分开。他们在几个月里先后去世。你父母的事情动摇了你对婚姻的信仰吗?"

我放下叉子。"你在假设我有一段婚姻。"

"你告诉过我你订过婚。"迈尔斯喝了口酒,冲我的右手点点头,"那是你的订婚戒指吗?"

"哦,不是。"我瞥了眼侧面有两颗小钻石的菱形绿宝石戒指,"这是我外婆的。我很喜欢它,它让我想起我的外婆。"

"你是很久之前订婚的吗?"

我摇摇头。"就在今年年初。"迈尔斯的脸上闪过吃惊的表情,"事实上……"我看向窗外,"今天是我结婚的日子。"

"今天?"迈尔斯放下酒杯。

"没错。我本来应该今天下午三点在格林尼治结婚登记处登记结婚,随后在布莱克希思克拉伦登酒店有招待八十人的宴席和舞会。而我现在却在普罗旺斯和一个不怎么认识的人摘葡萄。"

"看起来你并不为这件事情难过。"迈尔斯有些困惑不解。

我耸耸肩:"很怪,可我并不难过。"

"这意味着是你结束了这段感情。"

"是的。"

"可是,为什么?"

"因为我必须结束,这件事没有商量的余地。"

"你不爱他吗?"

我抿了口酒。"我爱他。确切地说,我曾经非常爱他。可是发生了一些事情深刻改变了我对他的感觉,因此我取消了婚礼。"我抬头看着迈尔斯,"我是不是看起来冷酷无情?"

迈尔斯迟疑了。"有一点。"他皱了下眉,"对这件事我一无所知,我不做评判。我猜他对你不忠,或者背叛你。"

"不。他做了一些我没法原谅的事情。"我看着迈尔斯困惑的脸庞,"如果你想听的话,我可以告诉你。或者我们可以换个话题。"

迈尔斯支吾了一下。"好的,"过了一会儿他说,"我没法否认我现在非常好奇。"于是我跟他简短说了爱玛,以及盖伊和我恋爱的事情。迈尔斯端详着我的脸。"那肯定很尴尬。"

"是的。"我又抿了口酒,"真希望我从来没碰到过盖伊。"

"但是……这个可怜的男人做了什么?"

我喝光了杯中的酒,温热的酒让我热血沸腾。我跟迈尔斯说了订婚的事,情人节那天发生的事情和爱玛的来电。然后我告诉他去爱玛家的事情。

迈尔斯摇了摇头:"真是一个创伤,菲比。"

"创伤?"我重复道。创伤。"是的。我总是想到这件事情。老是梦见我在爱玛的房间里,拉开羽绒被……"

"她把所有的止痛药都吃了?"

"是的,不过病理学家说她只吃了四颗——显然是最后的四颗,因为瓶子空了。"

"那为什么她……"迈尔斯看上去满脸困惑。

"一开始我们不知道她出了什么事,看上去像是药物过量。"我捏住纸巾,"但讽刺的是,是用药不足导致她……"

迈尔斯盯着我:"你说过你觉得她患上了流感。"

"是的,她一开始打电话给我时,听起来似乎感冒了。"

"那段时间她去过南非?"

我点点头:"她才回来几个星期。"

"是疟疾吗?"他柔声问道,"未确诊的疟疾?"

我感觉到那种熟悉的下坠的感觉,似乎正从山上滑下来。"是的,"我低声说,"没错。"我闭上双眼,"我要是像你反应这么敏捷就好了。"

"我妹妹崔西好多年前从加纳旅行回来后得过疟疾,"迈尔斯平静地说,"她幸运地活了下来,因为那是致命的——"

"恶性疟原虫,"我插话说,"由被感染疟原虫的按蚊传播,只有雌性按蚊才会传播。现在我是这方面的专家。"我伤心地说。

"崔西没有用完她的抗疟药。爱玛也是这种情况吗?我猜你说用药不足就是这个意思?"

我点点头:"她死后几天,她母亲在爱玛的行李里找到了抗疟药。从罩板包装上可以看出,爱玛只服用了十天这种药物,而不是八周。此外她很晚才开始服用——应该在旅行前一周就服用。"

"她以前去过南非吗?"

"很多次。她在那里住过。"

"那她了解情况。"

"哦,是的。"我停顿了下,皮埃尔收走我们的盘子。"即便在那里得上疟疾的风险很低——爱玛总是给我一种印象,她很小心地服药——可这次她似乎不顾后果。"

"你为什么这么想?"

我拨弄着酒杯的柄脚。"我认为她是故意的。"

"你是说,她自己造成的?"

"也许。她很抑郁——我觉得因为心情不好,她才突然决定去南非,也可能只是忘记了吃药,或者是拿自己的健康当儿戏。我只知道她打电话给我时,我就应该去看她。"我扭头看向别处,我的心碎了。

"菲比——你不知道她病得有多重。"

"是的,"我沮丧地说,"我没想到她会……"我摇摇头,"爱玛的父母本该意识到的,可当时他们在西班牙徒步旅行,赶不回来。显然,那天晚上她给她母亲打了两次电话。"

"这是他们余生都要面对的一个遗憾。"

"是的。另外,这件事发生时,爱玛独自一人……这让他们很难接受。我不得不告诉他们……"我感觉泪水盈眶,"我不得不告诉他们……"

迈尔斯握住我的手:"真是可怕的煎熬。"

"是的。她的父母还不知道在爱玛去世前几个星期,她在生我的气。如果她没有生气,也许就不会去南非,不会生病。"压抑的抽泣让我的喉咙发疼。我想起爱玛的日记。"我希望他们永远不会发现……迈尔斯,我可以再喝一杯酒吗?"

"当然。"他朝皮埃尔挥了挥手,"但如果再多喝一点,我觉得你今晚最好住在这里,好吗?"

"好,但我不会喝多的。"

迈尔斯看着我:"我还是搞不懂为什么你觉得必须取消婚约。"

"盖伊劝我那晚不要去见爱玛。他说她只是想要寻求关注。"想到这里我感到一阵愤怒,"他说可能只是重感冒。"

"为她的死,你怪他吗?"

"首先,我怪自己,因为我本来可以阻止这件事情的发生。我怪爱玛,怪她没有吃药。是的,我也怪盖伊,如果不是他,我会马上去她家……如果不是因为他,我会发现她病得有多重,我会叫救护车,她今天或许还活着。可是盖伊劝我等等,所以我第二天早上才去,到那时……"我闭紧双眼。

"你跟盖伊说过这件事吗?"

我摇摇头。"一开始没有,我还处在震惊中,努力接受一切。可是爱玛葬礼的那个早上……"想到爱玛的棺材,我停了下来。棺材上面,在一片粉色玫瑰花海中,放着她最喜欢的那顶绿色帽子。"我取下订婚戒指。后来盖伊开车送我回家,问我戒指在哪里,我说没法在爱玛父母面前戴着这枚戒指。我们吵了一架。盖伊坚持说我没什么要内疚的。他说爱玛的死是她自己的过失,她对健康的忽视,不仅要了她的命,还给父母和朋友带来痛苦。我告诉他我很内疚,会一直内疚下去。我告诉他一想到他和我坐在青鸟咖啡厅里吃喝,而爱玛生命垂危,我就饱受折磨。然后我说出了两个星期以来一直想说的话——要不是他拦着,爱玛或许还活着。

"盖伊看着我,就像我打了他。我的指责让他出离愤怒,但我说事实如此。我上楼把戒指拿下来还给了他——那是我最后一次见他。这就是我今天没有结婚的原因。"我平静地总结道。

我沉重地叹了口气。"你说你不知道我的私事,现在你知道了,这或许比你想要了解的更私密。"

"呃……"迈尔斯再次握起我的手,"你经历了这么痛苦的事情,真让人难过。很高兴你把这些事情告诉我。"

"我也很惊讶。我都不了解你。"

"是的,你不了解我,起码现在还不。"他柔声说,抚摸我的手指,我感觉全身有一种触电的感觉,像静电。

"迈尔斯……"我看着他,"我想再喝一杯酒。"

我们没有在餐馆待太久,因为罗克西又打电话来了。迈尔斯告诉她十点前回去。我们的甜点上来时,她又打来电话。我不得不保持缄默。罗克西不愿意跟她父亲出来,但她似乎不让他尽兴。

"她不能读书吗?"我对迈尔斯建议道。也许再读几期《热度》杂志,我轻蔑地想。

"罗克西是个聪明的女孩,可她不像我想得那么机敏。毫无疑问,这些年来我太迎合她了。可如果你是个独生女的单亲家长,这几乎是没法避免的,另外因为以前发生的事情,也想弥补她,我也明白这一点。"

"可十年是很长的时间。你是个很有魅力的男人,迈尔斯。我很惊讶你没找到一个人来做罗克西的母亲,同时也能满足你自己的需求和情感。"

迈尔斯叹了口气。"以前没有什么令我更开心——现在也没有。几年前我有个喜欢的人,可没有成。也许现在一切会好起来……"他笑了,眼角的细纹更深了,"总之……"他推开椅子,"我们得回去了。"

到家后,帕斯卡告诉迈尔斯罗克西刚刚去睡觉了。我想,那是因为她已经成功地把她父亲从餐馆催回来了。迈尔斯对他的堂弟解释说我需要留下来过夜。

"没问题。"帕斯卡说着,双手紧紧握在一起。他笑着对我说:"非常欢迎。"

"谢谢你。"

"我来整理备用床,"迈尔斯说,"你能帮忙吗,菲比?"

"当然。"我跟随他,由于喝了酒,有点摇晃地上了楼梯。在楼梯顶端,他打开大型烘干柜,柜子里闻起来有温暖的棉花香味,他从板条架子上取出一些被褥。

"我的房间在最里面,"他解释道,我跟随他走过长长的楼梯平台,"罗克西的房间在对面。你的房间在这里。"我们走进那间大卧室,卧室墙上挂着深粉色的淡底印花亚麻布,布上描绘着男女采摘苹果的田园风光。

跟迈尔斯一起整理床铺感觉有点怪,我们摆弄着松软的羽绒被,这种亲昵让人窘迫又兴奋。铺平被单时,我们手指相碰,我感到一股电流传遍全身。迈尔斯把亚麻布的枕套套在枕头上。"好了。"他羞怯地冲我笑了笑,"需要我借你一件衬衫当睡衣吗?"我点点头,"条纹的还是平纹的?"

"拜托,来件T恤。"

他朝门边走去:"一件T恤,马上就来。"

迈尔斯很快拿了一件灰色卡尔文·克雷恩T恤回来,递给了我。"哦……我想我该睡觉了。"他弯下腰吻了我的脸颊,"明天还要在葡萄藤里再劳作一整天。"他吻了我另一边脸颊,抱了我一会儿。"晚安,亲爱的菲比,"他喃喃说。我闭上眼睛,享受着被他拥抱的感觉。"我很高兴你来了。"他低声说,他的呼吸在我耳边很温暖,"想到这本应是你的新婚之夜,感觉好奇怪。"

"很奇怪。"

"现在你在这里,和一个不了解的人在普罗旺斯的一间卧室里。不过……我有一个问题。"我睁开眼睛,看着迈尔斯,他突然一脸渴望。

"什么?"

"我想吻你。"

"哦。"

"我是说,好好地吻你。"

"我明白了。"他的手指轻轻地抚摸我的脸,"哦……"我喃喃道,"你可以。"

"吻你吗?"他轻声说。

"吻我。"我也轻声说道。

迈尔斯捧起我的脸,然后弯下腰,上唇贴住我的上唇——感觉又冷又干——我们就那样站了好几分钟。接着我们亲得更猛烈了,迫切地贴在一起,我感觉迈尔斯伸手到我裙子后面去拉拉链,可他拉不开。

"对不起,"他笑着说,"我好久没做过这种事了。"他又摸索了一会儿,"啊……那里。"他推开我肩头的带子,裙子落到了地板上。我从裙子里走出来,迈尔斯带我去床上。他解开衬衣纽扣,我拉开他牛仔裤的拉链,释放他的勃起,然后我躺到床上,看着他脱掉衣服。他快五十了,但身体修长结实,真的就像在他出生那年种的葡萄树一样,生机勃勃。

"你想要这样吗,菲比?"他低声说着,躺到我身边,抚摸我的脸,"我跟你提过的那个大衣箱就在那里。"他亲吻我,"你得用它抵住门。"

"不让你进来?"

"是的。"他又亲吻我,"不让我进来。"

"可我不想这么做,"我吻了他,现在更加急迫,欲望让我浑身战栗,我把他拉向自己,"我想要你进入。"

/ 第九章 /

旅行

男人和女人，女人和男人……

波兰女孩在葡萄园放声高歌，我在歌声中醒来。

直到超凡入圣……

迈尔斯已经离开了，枕头上留下一个凹陷，被子上有他的男性气息。我坐起来，双手抱住膝盖，思考着人生中的这个意外转机。房间里一片昏暗，只有百叶窗投在地板上的几道狭长的光。窗外鸽子在咕咕啼鸣，远处压榨机隆隆作响。

我打开窗户，看向外面淡红色的土地、绿色的柏树和波浪般起伏的松树。我看见远处的迈尔斯把桶装进拖车。我在那里站了一会儿，看着他，想着他跟我做爱时那种强烈的几乎虔敬的方式，他给我的身体带来的喜悦。窗下是一棵无花果树，两只白鸽正在啄食熟透的紫褐色果实。

我洗漱完，穿好衣服，整理好床铺，走到楼下。晨光中，那只毛绒熊似乎咧嘴而笑，而不是咆哮。

我穿过大厅来到厨房。在一张巨大长桌的一头,罗克西跟塞西尔正在吃早餐。

"早上好,菲比。"塞西尔热情地说。

"早上好,塞西尔。你好,罗克西。"

罗克西抬了抬在沙龙修的眉毛。"你还在这里?"

"是的,"我平静地说,"我不想摸黑开车回阿维尼翁。"

"你睡得好吗?"塞西尔问道,露出一丝会心的微笑。

"很好。谢谢。"

她指了指羊角面包和饼干,递给我一个盘子。"你想喝杯咖啡吗?"

"谢谢。"塞西尔从煤气灶上扑哧作响的渗滤式咖啡壶里给我倒了杯咖啡,我扫视了下这个大厨房,铺着赤陶土地砖,放着蒜头和辣椒的花环,架子上放着闪闪发亮的旧铜锅。"真漂亮。这房子真好,塞西尔。"

"谢谢你。"她给我一块奶油鸡蛋卷,"希望你再来。"

"你现在要走了吗?"罗克西问道,往面包上涂上厚厚的黄油。她的语气不带感情,不过她的敌意显而易见。

"吃过早饭我就走。"我转向塞西尔,"我要去索尔格岛。"

"离这里不远,"她说,我喝着咖啡,"大概只要一小时。"

我点点头。以前去过索尔格岛,但没从这个方向走。我需要找找路线。

塞西尔和我用混杂英语的法语交谈起来,一只可爱的小黑猫跑了进来,尾巴竖得直直的。我做出亲吻的声音,让我惊讶的是,它跳了上来,在我腿上蜷缩成一团,开心地发出呼噜声。

"这是米诺,"塞西尔说,我抚摸它的头,"我想它喜欢你。多漂亮的戒指啊,"她羡慕地说,"你的戒指很美。"

"谢谢你,"我看了眼戒指,"我很喜欢这枚戒指,它是我外婆的。"

罗克西蓦地推开椅子,站了起来,从水果碗里拿了个桃子,用右手向上抛出桃子,再灵巧地接住它。

"你吃好早餐了吗,罗克西?"塞西尔问她。

"吃好了,"罗克西漫不经心地回答道,"回头见。"

"一会儿你不会见到我了,"我告诉她,"但我希望再见到你,罗克西。"

她没有回答,在她离开房间后,出现了一阵尴尬的沉默,因为塞西尔意识到了罗克西的冷淡。

"罗克西很漂亮。"她评论道,把罗克西吃过的早餐收拾好。

"她很漂亮,是的。"

"迈尔斯很爱她。"

"当然,"我附和道,耸了耸肩,"她是迈尔斯的女儿。"

"是的。"塞西尔叹了口气,"该怎么说呢?她是迈尔斯的阿喀琉斯之踵[①]。"

我假装对那只猫又有了兴趣,它背朝下挠自己的肚子。我喝着咖啡,看了眼表。"我得走了,塞西尔。谢谢你的款待。"我把小猫从腿上抱下来,伸手去拿早餐盘子和杯子,可塞西尔从我手中接了过去,口中啧啧几声,把我送到门口。

[①] 原指阿喀琉斯的脚后跟。阿喀琉斯因在特洛伊战争中被毒箭射中脚踝而丧命。现引申为致命的弱点、要害。

"再见，菲比，"她说，我们走到外面，阳光里弥漫着芳香，"希望你在普罗旺斯待得开心。"她亲吻了我的双颊，"祝你——"她瞥了眼坐在阳光下的罗克西，"好运。"

我往车边走，真希望塞西尔没有说过那些话。罗克西或许自私蛮横，可青少年不都是这样的吗？无论如何，我才碰到迈尔斯，八字还没有一撇呢。可我确实喜欢他，我意识到……我很喜欢他。

我用手遮住眼睛抵挡阳光，在葡萄园寻找迈尔斯，看见他正朝我走过来，带着一贯的急切的神情，似乎担心我要逃跑。他融优雅与脆弱为一体，十分可爱。

"你不是要走吧？"他走到近前，问道。

"是的，不过，哦，谢谢你做的一切。"

迈尔斯笑了，抬起我的手吻了吻，这个举动让我的心怦怦直跳。他朝我的旅游手册点点头，"你知道怎么去索尔格岛吧？"

我快速翻到相关的地图。"是的，几乎是一条直路。"我坐到方向盘后面，听到一只黑鸟银铃般的叫声。"香缇梅乐。"我说。

"没错。"迈尔斯弯下腰，透过开着的窗户吻我，"我们伦敦见。至少，我希望如此。"

我把手放在他的手上，又吻了他一次。"你会在伦敦见到我的。"我说。

阳光明媚，我享受着去索尔格岛的这段旅程，沿着清新的小路往前开，经过一片片整齐的樱桃园和刚刚采摘结束的葡萄园，金色的田野上开满点点深红色的晚罂粟。我想起迈尔斯，他真是魅力四射。我的唇上仍能感受到他的吻带来的瘀伤。

我把车停在美丽的河边小镇的一头,穿过集市,在拥挤的人群中穿梭。这里有各种小摊,出售薰衣草香皂、一壶壶橄榄油、一堆堆的辛辣香肠、普罗旺斯被子和赤陶土、黄色和绿色等泥土颜色的草篮。这里充满热闹的商业氛围。

"二十欧元!"

"谢谢您,先生。"

"价格便宜,不是吗?"

"不客气。"

我走过横跨在狭窄河流上的小木桥。这里是小镇的上方,氛围宁静,顾客们安静地凝视着出售古董和小摆设的摊位。我在一个摊位停了下来,那里摆着一个旧马鞍、一对红色的拳击手套、一条装在瓶里的大船、几本集邮册和一堆20世纪40年代的新闻杂志。我浏览了一下杂志,封面是各种精选照片:诺曼底登陆,抵抗战士与盟军并肩作战,战争结束时在普罗旺斯举行的庆典。盟军的入口,标题写着"从德国枷锁中解放出来的普罗旺斯"。

此行的任务已经完成,我看了古董衣服,选了些白色的细棉布衬衣、印花裙、直筒式连衣裙和细白布刺绣背心,所有衣服都保存完好。这时我听到教堂的钟敲了三下,该回去了。我想到迈尔斯仍在葡萄园劳作,今晚会有给葡萄采摘者准备的派对。

我把包放进旅行箱里,钻进车内,打开所有的窗户散热,似乎径直往前开就能到阿维尼翁,可等我开近时,才发现错过了一个路标:我本该往南开,却来了北边。让我沮丧的是,没有地方可以掉头。更糟糕的是,我后面堵着一长排汽车。现在我正开进一个叫罗什马尔的地方。

我看了眼后视镜,后面的那辆车离得非常近,几乎可以看到司机的眼睛。他急躁地按着喇叭,让我发怵。我渴望摆脱他,急转弯到一条狭窄的街道。我在街上开了大约半英里,一个宜人的大广场展现在面前。广场一边是几个小店和一个外面摆着餐桌的酒吧,荫蔽在粗糙多节的法国梧桐树下,一个老人正在喝啤酒。广场的另一边是一座富丽堂皇的教堂。开车经过那里时,我瞥了眼大门,浑身一震。

不知从什么地方传来贝尔夫人的声音。

我在离市中心三英里的一个大村落里长大。那个地方很宁静,几条狭窄的街道通向隐蔽在法国梧桐树下的一个大广场,有几家小店和一个宜人的酒吧……

我把车停在附近的一家面包店外面,从车里钻了出来,走回教堂边。贝尔夫人的声音仍在我耳边回响。

广场的北边有个教堂,门上刻着巨大的罗马文:自由、平等、博爱。

我的心怦怦直跳,仔细查看这句著名的铭文,它深深地刻进石头里。然后我转过身凝视广场。我确定,这就是贝尔夫人长大的地方。这就是那座教堂。那儿是酒吧,米斯特拉尔酒吧——我可以看清名字——那晚她就坐在那里。我想到此刻坐在那里的那个老人可能就是让-吕克·奥马热。那个男人大约八十多岁,很有可能是他。我站在那里时,他喝光了杯中的酒,站了起来,拉下贝雷帽,拄着拐杖,缓慢地穿过广场。

我回到车里继续往前开。房子越来越少,可以看见零星的葡萄园和小果园，一条铁路横亘在远处。

"村子旁边是空旷的田野，四周是一条铁路。在离我们家不远的地方，我父亲有个小葡萄园。"

我开进一条避车道，坐在车里，想象特蕾莎和莫妮克走过这些田野，穿过葡萄园和果园。我想象莫妮克为了生存躲在谷仓里。现在黑色的柏树对我来说就像控诉的手指指向天空。我打开点火开关，又继续开。在村子的最远端，是几栋新房子。不过有一排的四栋房子很旧。我把车停在最后一栋房子旁边，下了车。

房子前面是一个漂亮的花园，种着粉白斑点的天竺葵。那里还有一口古老的井，门上有一个椭圆形的匾，上面刻着狮子头。我站在那里，想象七十多年前这栋房子的样子，仿佛听见了抗议、恐惧的声音。

陡然间发现百叶窗后有动静——只是一个一闪即逝的影子——可不知为什么，我脖子后的汗毛都竖了起来。我迟疑了一会儿，回到车里，脉搏剧烈地跳动。

我坐在驾驶座上，从后视镜里看这栋房子，手抖个不停，而后开车离开。

又来到了村子中心时，我感觉心跳慢了下来。我很高兴命运把我带到罗什马尔，可现在该离开了。我努力寻找出去的路，左转进入一条狭窄的街道。在街道的尽头我停了下来，摇下车窗。那里竖着一座简朴的战争纪念碑。细长的白色大理石柱子上刻着黑色的文字：献给光荣的死者。碑上刻着"一战"和"二战"中伤亡者的名字，这些名字我以前听说过——卡龙、迪迪埃、马里尼和佩吉特。看到"1954，印度支那。J－L.奥马热"时，我心里咯噔一下，仿佛我认识他。

星期二我把贝尔夫人的一些衣服摆在店里时，想到她可能知道这件事。她肯定回过罗什马尔几次，我边琢磨着边把她的皮尔·卡丹犬牙格子花纹套装挂了起来。我擦了擦这件衣服，纳闷她知道这件事时做何感想。

我本来想把贝尔夫人的晚装摆出来，突然意识到她的大部分晚装还在瓦尔家，正当想到什么时候去那儿把衣服取回来时，门铃响了。两个女学生趁午休时间过来逛逛。她们查看衣架时，我把贝尔夫人的琼·缪尔绿色绒面革外套穿到模型身上，一边给衣服系扣子，一边抬头瞥了眼挂在墙上的最后一条蛋糕裙，不知道谁会买走它。

"劳驾。"

我回过头。两个女学生站在柜台边。她们跟罗克西差不多大，也许要更小一点。

"我能为你们效劳吗？"

"哦……"留着齐肩黑发，地中海肤色的女孩，手上拿着一个蛇皮钱包，它本来跟其他钱包一起放在篮子里。"我在看这个。"

"这个钱包是 20 世纪 60 年代晚期的，"我解释说，"八英镑。"

"是的。价签上是这么写的，可问题是……"她要讨价还价了，我疲惫地想到。"它有一个暗格。"我看着她。"这里。"她拉开皮封盖露出一个隐藏的拉链，"我觉得你不知道这个暗格，是吧？"

"是的,我不知道。"我平静地说。我在拍卖会买的钱包,简单擦了一下就把它放进篮子里了。

女孩拉开拉链。"看。"里面有一卷钞票。她把钱包递给我。

"八十英镑。"我惊讶地说,我脑中闪过伦敦广播电台的金妮·琼斯问我是否在出售的商品里找到过钱。我很想打电话告诉她确有其事。

"我觉得应该告诉你。"女孩说。

我看着她。"你真的很诚实。"我拿出两张二十英镑的钞票递给她,"给你。"

女孩脸红了。"我不是这个意思——"

"我知道,但请收下,这不算什么。"

"嗯,谢谢。"女孩接过钞票,高兴地说,"给你,萨拉。"她把其中一张钞票递给她的朋友,那个女孩和她差不多高,留着金色短发。

萨拉摇摇头:"这是你找到的,卡蒂,不是我。总之,我们得赶紧走了,没有太多时间了。"

"你们在找什么特别的东西吗?"我问她们。

她们说在找特别的裙子,想在青少年白血病基金会的慈善舞会上穿。

"舞会在自然历史博物馆举行。"卡蒂说。这么说这也是罗克西要参加的舞会。"会有一千多人参加,我们都想脱颖而出。但恐怕预算不够。"她遗憾地说。

"哦,好好看一下。这里有一些引人注目的 20 世纪 50 年代的裙子——像这一条。"我取下一条无袖棉布裙,上面印着明亮的抽象立方体和圆圈图案,"这条裙子八十英镑。"

"很特别。"萨拉说,"这是霍罗克斯的。他们在 20 世纪 40 年代晚期和 50 年代做出了很不错的棉布裙。上面的图案是爱德华多·包洛奇设计的。"两个女孩点了点头,我看见卡蒂的目光瞟向那条黄色的蛋糕裙。

"那件多少钱?"我告诉了她价格。"哦,太贵了。我是说,对我来说,"她匆忙地补充道,"不过我确信有人会买下它,因为太美了……"她叹了口气。

"你得中个彩票才买得起,"萨拉看着裙子说,"或者星期六找个报酬不错的兼职工作。"

"我也想啊,"卡蒂说,"我现在在考斯特卡特超市一天只能挣四十五英镑,我需要工作……两个月才能买这条裙子,到那时舞会早就结束了。"

"嗯,你在那里挣四十五英镑,"萨拉说,"只需要凑够剩下的二百三十五英镑,"卡蒂转动眼睛,"试试吧。"萨拉鼓励卡蒂。

卡蒂摇了摇头:"有什么意义呢?"

"意义是我觉得它适合你。"

"我买不起,适合也没用。"

"试穿一下,"我劝道,"只是为了好玩。另外我喜欢看顾客试穿衣服。"

卡蒂又看了一眼那条裙子。"好的。"

我把裙子拿了下来,挂在试衣间。卡蒂走进去,几分钟后就出来了。

"你看起来像……一朵向日葵。"萨拉笑着说。

"你穿上很好看,"我附和道,卡蒂盯着镜中的自己,"黄色很难配,但你是暖色肤色,正合适。"

"不过你需要把胸撑起来,"卡蒂调整紧身胸衣时,萨拉颇有见地地说,"可以用一些胸垫。"

卡蒂疲惫地转向她。"你说得好像我要买这条裙子似的。我不会买。"

"你妈妈不能帮忙吗?"萨拉问道。

卡蒂摇摇头。"她遇到信贷危机,也许我能找到一份夜班兼职。"她仔细考虑着,双手放在腰上,左右摇摆,衬裙窸窣作响。

"你可以帮人照看小孩,"萨拉建议道,"我帮邻居看小孩,一小时赚五英镑。把他们哄上床后,我就做家庭作业。"

"这个主意不错。"卡蒂踮起脚来,看着自己的侧影,"我可以在玩具店或者超市的橱窗放一则广告。总之,穿上这条裙子让人感觉很好。"她照了会儿镜子,试图把自己可爱的形象记在脑子里。而后,她遗憾地叹了口气,拉上帘子。

"有志者,事竟成。"萨拉鼓励道。

"是的,"卡蒂回答,"可等我攒够钱,估计别人已经把这条裙子买走了。"一分钟后,她从更衣室里走了出来,"我感觉像参加舞会之后的灰姑娘——"她忧伤地低头看着自己黄褐色的校服裙。

"我会帮你留意神仙教母的,"萨拉说,"你们可以保留衣服多长时间?"她问我。

"通常不超过一个星期。我希望保留更长时间,但是……"

"哦,你不需要,"卡蒂说着拿起背包,"你要知道,我也许不会回来买这条裙子。"她看了眼表,"一点四十五了。我们还是快

223

点走好。如果迟到了,道尔小姐会勃然大怒的,不是吗,萨拉?无论如何——"她对我笑,"谢谢你。"

两个女孩离开时,安妮到了。"她们看上去是好孩子。"

"她们很可爱。"我跟安妮说了卡蒂诚实地告诉我钱包里有钱的事情。

"真让人感动。"

"她喜欢那条黄色的蛋糕裙,"我解释道,"我想替她保留这条裙子,说不定她能攒够钱,可是……"

"这样做有风险,"安妮审慎地说,"你会失去一笔交易。"

"没错……你的试镜怎么样?"我问道。

她脱下上衣。"没有希望。有一百个人竞争那个角色。"

"哦,为你祈祷,"我口是心非地说,"你的经纪人不能给你找些工作机会吗?"

安妮捋着金色短发。"我没有经纪人。上一个经纪人一无是处,我把他开了,还没找到新经纪人,因为我没有去参演什么剧目,没法给他们展示。我四处投简历,只是偶尔得到试镜机会。"她开始擦柜台,"我不喜欢表演的一个原因是缺乏控制。我不能忍受在这个年纪还要干坐着等导演给我打电话。我真正需要的是写自己的东西。"

"你说过你喜欢写作。"

"是的。我想写一个故事,改编成一个女人的独角戏。写、表演、布置舞台——全部由我来负责。"我的脑海里闪过贝尔夫人的故事,可就算把这个故事告诉安妮,问题在于结局太悲伤了。

我听见手机发出嘟嘟的声音,查看屏幕时,我的脸因为喜悦而变红——迈尔斯发来的短信,邀请我星期六去剧院。我给他回了短信,然后告诉安妮我要去一下帕拉贡。

"你又要去见贝尔夫人吗?"

"我要去跟她喝杯茶。"

"她是你最好的新朋友,"安妮友好地说,"真希望我老了后,有漂亮的姑娘来拜访我。"

"希望您不介意我不请自来。"二十分钟后,我对贝尔夫人说。

"介意?"她边重复边领我进去,"我很高兴见到你。"

"您感觉还好吧,贝尔夫人?"她看上去比我一周前见她时更瘦了,脸又干瘪了些。

"我很好,谢谢你。嗯,当然,不是特别好……"她的声音低了下去,"但我喜欢坐着读书,或者看看窗外。有一两个朋友来看我。我的女佣帕拉,一周来两次,侄女周四会过来,她要跟我待三天。真希望我有孩子啊,"她说,我跟随她走进厨房,"可是很不幸——我没法怀孕。如今的女性可以得到帮助。"她叹了口气,打开橱柜。我想到,她们也不总是能成功的。我想起那个买走粉色舞会裙的女人。"很遗憾,我的卵巢只给我带来癌症,"贝尔夫人说着,把牛奶罐拿下来,"它真是吝啬。现在,你能帮我拿一下茶盘吗……"

"我刚从阿维尼翁回来。"几分钟后我一边倒茶,一边跟她说。

贝尔夫人若有所思地点了点头:"旅行顺利吗?"

"从买了不少漂亮衣服来说,是的。"我把杯子递给她,"我还去了教皇新堡。"我跟她说了迈尔斯的事。

她双手捧着杯子喝茶。"听起来很浪漫。"

"哦,没有尽善尽美。"我提起罗克西的所作所为。

"这么说你们在爸爸新堡。"

我笑了。"感觉是那样。说得委婉一些,罗克西很难伺候。"

"那很棘手。"贝尔夫人说。

"我也这么想。可迈尔斯似乎……喜欢我。"

"如果他不喜欢你,他该多蠢啊。"

"谢谢。不过我告诉您这件事的原因是,我在回阿维尼翁的路上迷路了,发现自己到了罗什马尔。"

贝尔夫人在椅子上挪动了下。"啊。"

"您没有告诉我您成长的村庄的名字。"

"是的。我不想说——你也没必要知道。"

"我理解,但根据您的描述,我马上就认出它来了。我看见一个老人坐在广场的酒吧桌旁,甚至还想他可能是让-吕克·奥马热——"

"不。"贝尔夫人突然插话。她放下杯子,"不,不。"她摇着头,"让-吕克死在印度支那了。"

"我看到了战争纪念碑。"

"他在奠边府战役中遇难,显然是为了救一个越南女人。"我盯着贝尔夫人,"想到这里很奇怪,"她平静地说,"有时候我会想,他的英雄救美或许是出于对十年前的所作所为的愧疚。"她举起双手,"谁知道呢?"又叹了口气,"谁知道呢?"她突然推开椅子,站起身来,苦笑了下,"失陪一下,菲比。我有东西要给你看。"

她穿过过道去卧室,我听见抽屉被拉开的声音。一两分钟后她拿着一个棕色大信封回来了,信封边缘已经褪成了土黄色。她坐下来,打开信封,拿出一张大照片仔细查看,几秒钟后挥手让我到她身边。我在她旁边坐了下来。

这张黑白照片里有大概一百个男孩女孩,急切地站在队伍里,有的厌倦地把头歪向一边,有的被太阳光照得半闭着眼睛。大一些的孩子僵直地站在后面,小些的孩子盘着腿坐在前面;男孩子的头发生硬地朝两边分开,女孩子的头发梳好扎上了丝带。

"这是一九四二年的五月拍的,"贝尔夫人说,"那时学校里大概有一百二十个孩子。"

我审视着一张张脸。"哪个是你?"

贝尔夫人指向第三排左边的一个女孩,她长着高高的额头、大嘴巴和齐肩头发,柔软的波浪卷衬着她的脸庞。接着她的手指移动到她左边的女孩——那个女孩一头黑亮的短发,高颧骨,黑色的眼睛友好而有些警惕地盯着前面。"这是莫妮克。"

"她的表情有些警惕。"

"是的,可以看出她很焦虑——她害怕暴露。"贝尔夫人叹了口气,"可怜的孩子。"

"他在哪里?让-吕克?"我问道。

贝尔夫人指向后排中间的一个男孩,他的头刚好是整张照片构图的顶点。我盯着他精致的五官和麦金色的头发,很容易理解贝尔夫人少女时期对他的迷恋。

"有趣的是,"她低声说,"战后每当我想起让-吕克,总会苦涩地想到,他肯定会活到老态龙钟,在睡梦中安详地去世,儿孙绕膝。事实上,让－吕克去世时才二十六岁,远离家乡,在战火纷飞中,勇敢地帮助一位陌生人。嘉奖令中说——马塞尔给我寄来了剪报——他回去帮助那位越南女性,那个女人活了下来,说他是'英雄'。至少对于她来说,他是个英雄。"

贝尔夫人放下照片。"我总是会想为什么让－吕克会那么对莫妮克。当然,那时他很年轻,虽然这不是借口。他把自己的父亲当作英雄崇拜——可惜的是,雷内·奥马热不是英雄。或许他是因为被拒绝——莫妮克跟他保持距离,有充分的理由。"

"可是让－吕克并不知道莫妮克会有什么样的命运。"我指出来。

"是的,他不可能知道,不到最后没人知道。人们不相信那些知道的人,和有机会说出真相的人——人们说他们肯定疯了。要是……"贝尔夫人喃喃道,摇了摇头,"可是事实是让－吕克的行为很可怕,当时很多人都这么做,也有很多人表现英勇。"她说,"比如昂蒂尼亚克一家,有四个孩子躲在他们家里,都在战争中活了下来。"她看着我,"有很多人像昂蒂尼亚克家的人一样勇敢。我经常想起这些人,菲比。"她把那张照片放回信封里。

"贝尔夫人,"我轻声说,"我还找到了莫妮克家。"听到这里她退缩了一下。"对不起,"我继续说,"我并不想让您心烦。我认出它是因为那口井——和房门上的狮子头。"

"自从上一次看到那栋房子,已经过去六十五年了,"她平静地说,"当然我回过罗什马尔,可再也没有去过莫妮克家——我忍受不了。我父母一九七〇年去世后,马塞尔搬到了里昂,我跟村子的联系就断了。"

我搅动着茶水。"对我来说有点奇怪,贝尔夫人,因为我站在那里的时候,发现百叶窗后有动静;只是一个影子,可不知怎么的,那让我震惊。让我觉得……"

贝尔夫人大为恼怒。"觉得什么?"

我盯着她:"我不确定——我没法解释,只能忍住不去敲门,问……"

"问什么?"贝尔夫人粗鲁地说。她的语气让我吃惊。"你能问什么?"她询问道。

"呃……"

"你能发现什么我不知道的事情,菲比?"贝尔夫人淡蓝色的眼睛喷出火来,"莫妮克和她的家人在一九四三年就死了。"

我回瞪了她一眼,努力保持平静。"可是您确定吗?"

贝尔夫人放下杯子,茶杯在茶碟里咯咯作响。"战争结束后,我搜寻了他们的消息,很怕知道我即将发现的事情。我在国际红十字会追踪服务搜了他们的法语和德语名字,当局的记录显示——这花了两年多时间——莫妮克的母亲和兄弟在一九四三年六月被送到了达豪;他们的名字在运送名单上,但之后就没有记录了,因为那些没有活过筛选的人不会被记录下来——带着孩子的妇女没有活下来。"贝尔夫人的声音发颤,"但是红十字会的确找到了莫妮克父亲的一份记录。他被选中做苦工,但六个月后就去世了。至于莫妮克……红十字会找不到任何关于她的战后记录。他们知道她在德朗西待了三个月,之后被送去了奥斯维辛。她的集中营记录——纳粹一丝不苟地存了档——显示莫妮克于一九四三年八月五日到达那里。有记录意味着她活过了筛选。不过人们确信她在那里被害了,或者在某个未知的日期去世了。"

我感觉脉搏加快。"可您并不确定她出了什么事。"

"是,我不知道,但是——"

"自那以后您没有再找过吗?"

贝尔夫人摇了摇头。"我花了三年时间寻找莫妮克,找的结果让我确信她没有活下来。继续寻找是徒劳的,让人苦恼。那时我结婚了,搬到了英国;上天给了我一个难得的机会让我重新开始。也许有些无情,我决定与过去划清界限:我不可能一辈子背负着它,永远惩罚自己……"她再次说不出话来,"我也不敢对丈夫提起这件事——我害怕在他眼中看到对我的失望之情,那会毁掉一切。于是我把莫妮克的故事埋藏了几十年,菲比——没有告诉世界上任何一个人。没有一个人,直到我遇见你。"

"可您并不确定莫妮克死在了奥斯维辛。"我坚持说。我的心在胸腔怦怦直跳。

贝尔夫人盯着我。"没错。你说得对。可是如果她没有死在那里,有可能死在其他集中营,一九四五年一月盟军包围时,纳粹迫使还能站起来的犯人走到其他集中营,她也许死于这个混乱的过程中——不到一半的人活了下来。很多人被送往别处或被杀死,成千上万的人死后都没有记录,莫妮克很有可能是其中一员。"

"可您并不能肯定。"我努力咽了口唾沫,但嘴巴很干,"没有确切消息的话,您肯定有时在想是否——"

"菲比,"贝尔夫人说,她淡蓝色眼睛里充满泪水,"莫妮克已经死去六十五年了。她的家,像你销售的古董衣一样,跟新主人开始了新的人生。不论你站在她家外面是什么感觉,那都是……

不理性的。你所看见的只是现在住在那里的人的身影,不是……我说不好……什么'鬼魂'——如果你想说的是这个的话——使得你——我不知道!现在……"她手拍打着胸,像一只受伤的鸟。"我很累了。"

我站起身。"我得回去了。"把茶盘拿进厨房,然后回来,"抱歉让您心烦,贝尔夫人。我不是故意的。"

"抱歉我刚才很激动。我知道你是出于善意,菲比,可对我来说这很痛苦——尤其是现在,我的生命很快就要终结,知道在我死之前永远不能弥补过去的过失。"

"您是说您犯的错误。"我温柔地纠正她。

"是的。错误——那个可怕的错误。"贝尔夫人伸出手,我握住了它。她的手又小又轻。"很感激你还记着我的故事。"我感觉她的手指包裹住我的。

"是的,我经常想起它,贝尔夫人。"

她点点头:"就像我经常想起你的故事。"

/ 第十章 /

约会

星期四,瓦尔又打来电话,让我去拿补好的衣服,于是下班后我直接开车去了基布鲁克。把车停在她家屋外时,我迫切地希望玛吉不在那里。关于通灵读心,我感觉尴尬害臊。太愚蠢太荒谬了。

按瓦尔家门铃时,我看见一只秋天常见的肥大蜘蛛在门上结网,倒抽了一口气。我用力敲了敲门,瓦尔开了门,我把蜘蛛指给她看。

她盯着蜘蛛。"哦,很好。蜘蛛会带来好运——你知道为什么吗?"

"不知道。"我发起抖来。

"因为蜘蛛在婴儿时的耶稣身上织网,把他藏了起来,不让希律的士兵找到。这不是很不可思议吗?所以你绝不能杀害蜘蛛。"她说。

"我做梦也想不到是这回事。"

"啊……很有趣。"瓦尔仍然凝视着蜘蛛,"它在往网上爬,这意味着你经历了一段旅途,菲比。"

我惊讶地看着她:"没错,我刚去了趟法国。"

"如果它从网上滑下去,那就意味着你要去旅行。"

"真的吗?你知道得真多。"我说着进了屋。

"嗯,我觉得知道这些事情非常重要。"

跟随瓦尔走进门厅时,我闻到了兰蔻黑色梦幻香水混合着尼古丁的味道。玛吉的香水味,我沮丧地想。

"嗨,玛吉。"我说,勉强挤出一丝微笑。

"嗨,甜心,"玛吉坐下时发出刺耳的声音,她整个陷在瓦尔缝纫室的扶手椅里,在吃一块饼干,"那天真不好意思。你应该让我再试试的。"她用一根涂着深红色指甲油的手指刮着嘴角,"我觉得马上要联系上爱玛了。"

我盯着玛吉,听到她这么冷酷地提及我最好的朋友,突然很愤慨。"我不这么认为,"我努力保持平静,"事实上,既然你提到了那件事,我不得不说,那次会面纯粹是浪费时间。"

玛吉看着我,仿佛我给了她一个耳光。她从乳沟拿出一包纸巾,抽出一张。"问题是你不相信。"

"不对。我相信人类灵魂死后会继续存在,我们甚至能测出死人的存在。可是我朋友的每件事情你都搞错了——包括她的性别——让我忍不住要怀疑你的特殊能力。"

玛吉擤了擤鼻子。"我那天不在状态,"她抽着鼻子,"此外,星期二早上灵气会有点含混不清。"

"玛吉真的非常灵,菲比,"瓦尔诚恳地说,"那天晚上她让我联系上了我奶奶，是吧？"玛吉点了点头，"我弄丢了她的柠檬酱配方，让她再告诉我一下。"

"配方里是八个鸡蛋，"玛吉说，"不是六个。"

"我就记不住这个，"瓦尔说，"总之，多亏玛吉，我跟奶奶好好聊了聊。"我忍住发表尖刻的评论。"实际上，玛吉非常优秀，她受邀在独立电视台的灵性节目做灵媒嘉宾，是吧，玛吉？"玛吉点了点头，"我确信她会给很多观众带去心灵的慰藉。你应该看看那个节目，菲比。"瓦尔亲切地补充说，"每周日的两点三十分。"

我拿起箱子。"我会记下来的。"我告诉她们。

"这些衣服看上去棒极了。"第二天一早，我给安妮看瓦尔补好的衣服时，安妮激动地说。包括贝尔夫人的黄色百褶晚礼裙、瑰丽的粉色姬龙雪茧形大衣、奥西·克拉克长裙、深紫色华达呢套装。我给她看了曾经虫蛀了褶边的米索尼彩虹条纹针织裙。"修补得真妙。"安妮说着，审视着裙子。瓦尔缝了一片布来盖住破洞。"她肯定是用细针缝的，针脚匀称，颜色也很完美。"安妮拿起那件香奈儿的天蓝色半袖罗锦缎晚礼服大衣。"这件真美，应该把它挂在橱窗里，你觉得呢？换掉诺玛·卡玛丽的长裤套装。"她沉思道。

在店铺开门营业之前，安妮就过来帮我理货了。我们收起至少一半的衣服，换上一些秋季色调的衣服——深蓝色、番茄红、海绿色、深紫色和金色——让人想起文艺复兴绘画中的珠宝色。我们找到了可以反映季节潮流的"A"字形外套、竖领裙子和伞裙、肩部夸张的翻边袖皮夹克。并且选择了应景的诱人面料——织锦缎、蕾丝、缎子、花缎、压花丝绒、格子呢和花呢。

"不能因为卖古董衣，就忽视衣服造型和色彩潮流。"我说着再次从贮藏室拿了几件衣服出来。

"实际上，这对我们更重要，"安妮指出，"有一种对季节的'表现'感。"她说，我递给她一条巴尔曼的樱桃红喇叭形郁金香半身裙、一件阿瑟丁·阿拉亚的时髦巧克力棕色收腰翻领皮衣、一件20世纪60年代中期库雷热的未来主义者橘色绉丝裙。"件件盛大而华丽，"安妮继续说，"火热大胆的色彩、精心设计的造型、挺括不贴身的布料，你这里全都有，菲比，我们要做的就是把它们组合起来。"

安妮拿出了贝尔夫人的大部分晚装，现在正看她的华达呢两件套。"这件衣服很可爱，但我觉得应该给它配上一条时新的柔软宽腰带和人造革领。要我找找吗？"

"好的，拜托。"

我把套装挂在架子上时，想象贝尔夫人在20世纪40年代晚期穿着它的样子。我想起三天前跟她的谈话，对她来说，在战后努力去寻找莫妮克的踪迹该是多么艰难。如果是在今天，她可以在广播和电视上发布寻人启事，可以在全球发邮件或者在互联网留言板、脸书、聚友网和视频网站发布信息。她可以在搜索引擎输入莫妮克的名字，看出现什么结果。

"找到了，"安妮说着，拿着一个"豹皮"领从楼梯上走了下来，"我觉得这个不错——这条腰带也很搭。"她把带子系在上衣上，"确实不错。"

"你可以把它们放在套装上吗?"我问安妮,走进办公间,"我需要查看一下网站。"

"没问题。"

自从贝尔夫人给我讲述了她的故事后,我就寻思着在网上搜索一下莫妮克,不论希望多么渺茫。可要是我找到了点什么信息,又该怎么做?我怎么能隐瞒贝尔夫人?结果即使不是毁灭性的,也不是什么好事,我忍住去搜寻的冲动。可去过莫妮克家后,我的想法变了。我很想知道真相。于是,出于无法解释的某种内在冲动的刺激,我在电脑前坐下,在谷歌里敲下莫妮克的名字。

没出现什么重要的消息,只是提到了魁北克的黎塞留大街,还有巴黎的黎塞留中学。我去掉莫妮克名字中的"e",输入"莫妮卡·里克特",出现了一位加利福尼亚的精神分析学家、一个德国的儿科医生、一位澳大利亚的自然环境保护主义者,看上去都跟莫妮克没有关系。我又搜索了"莫妮克",加上了"奥斯维辛",想到也许几十亿有关集中营的文字中,会有提到她的目击记录。我又加上了"曼海姆",因为我记得那里是她的家乡。可是出来的结果似乎跟她和她的家人没有联系——只是提到了格哈德·里希特在那里的一个展览。

我盯着屏幕。就是那样了。正如贝尔夫人所说,我在罗什马尔所看到的只是现在房屋里一个人的影子,那个房子早就摆脱了它战时住户的记忆。我正要关掉浏览器时,又决定看一下红十字会的网站。

红十字会的主页上,有战后的寻人服务介绍,现在德国北部的档案馆包含差不多五千万份有关集中营的纳粹文件。任何人都可以咨询国际红十字会的档案管理员；一般来说，每次咨询需要一到四小时。鉴于咨询量巨多，询问者最多需要等待三个月才能拿到查询报告。

我点击了"下载表格"方框，惊讶地发现表格非常简单，只需要写下想要搜索的人的个人信息，以及人们最后看见这个人的地方。询问者必须提供自己的个人信息，并且解释他们与要找的人的关系，给出寻人理由。有两个选择——"要求补偿"或者"想知道发生了什么"。

"想知道发生了什么。"我低声说。

我把表格打印出来，放进信封里。等贝尔夫人的侄女离开后，我要把表拿过去，我们一起填写，再把它用邮件发给红十字会。如果在他们的信息库里可以找到跟莫妮克有关的资料，也许贝尔夫人最终能了结这个问题。"最多"三个月意味着这份报告也许不到一个月就可以出来，甚至两个星期。我寻思附上一个便条，说明由于生病，时间紧迫。不过对于贝尔夫人那个年纪的人来说，这种情况很多，我意识到，他们中最年轻的可能都七十多岁了。

"有互联网订单吗？"我听见安妮问。

"哦……"我把思绪拉回店里，快速浏览了一下古董衣坊的网站，打开邮箱，"有三个。有人想买那个深绿色的凯莉包，有人对璞琪的阔腿裤感兴趣……好哇！有人要买格蕾夫人的裙子。"

"你不想要的那条。"

"没错。"盖伊送给我的那条。我回到店里，把裙子从横杆上拿下来，好包装后寄走。"上个星期这个女人问了尺码。"我说着把衣服从衣架上取下来，"现在她要买这条裙子了——谢天谢地。"

"你非常想摆脱掉这条裙子吗?"

"我想是的。"

"因为它是男朋友送的?"

我看着安妮:"是的。"

"我猜是这么回事,但因为我们不熟悉,我不好问。现在我可以八卦一下……"我笑了。安妮和我现在彼此熟悉。我喜欢她友好亲切的陪伴,还有她对这家店的热忱。"分手激烈吗?"

"哦,可以这么说。"

"那么卖掉这条裙子就完全可以理解。如果提姆把我甩了,我很可能扔掉他给我的所有东西——除了那几幅画,"她继续说,"说不定有一天那些画会有价值。"她把一双布鲁诺·马格利的绯红色细高跟鞋放在鞋区,"送红玫瑰的人呢?如果你不介意我问的话。"

"他……很好。实际上,我在法国见到他了。"我解释了原因。

"听起来不错。他显然迷上了你。那些玫瑰肯定花了一大笔钱。"

我笑了,边扣上一件粉色羊绒开衫的扣子,边给安妮讲迈尔斯的事情。

"他女儿怎么样?"

我在木制模特的脖子上挂上几条沉重的镀金链子。"她十六岁,非常漂亮,被宠坏了。"

"跟很多孩子一样,"安妮评论道,"可她不会一直是孩子。"

"没错。"我快乐地说。

"但是孩子有时会很可恶。"

突然传来敲击玻璃的声音,原来是卡蒂,穿着校服,冲我们挥手。孩子也有很可爱的，我想。

我打开门，卡蒂走了进来。"嗨，"她说，焦急地看了眼那条黄色舞会裙，"感谢上帝。"她笑了，"它还在那里。"

"是的。"我说。我不想告诉她前一天有人试穿过这条裙子。那个女人穿上这条裙子后像一个葡萄柚。"安妮，这是卡蒂。"

"我记得几天前在这里看到过你。"安妮热情地说。

"卡蒂喜欢那条黄色舞会裙。"

"我太爱那条裙子啦，"她渴望地说，"正在努力攒钱。"

"我能问下进展如何吗？"我说。

"嗯，我晚上帮人照看小孩，现在已经有七十英镑了。可是舞会在十一月一日举行，我得努力工作。"

"嗯，坚持下去。真希望我有孩子，你可以帮我照看。"

"我正要去学校，忍不住来看一眼。我可以拍一张裙子的照片吗？"

"当然可以。"

卡蒂举起手机对准那条裙子，我听见"咔嗒"一声。"好了，"她看着照片说，"这会让我工作更积极。总之，我得走了，还有十五分钟就到九点了。"她背上书包，转身要走，又俯身捡起刚放在垫子上的报纸，递给安妮。

"谢谢你，亲爱的。"安妮说。

我冲卡蒂挥了挥手，又开始重新整理晚装架。

"老天啊！"我听见安妮喊道。

她正瞪大眼睛盯着报纸头版，然后把报纸拿过来给我看。

占据《黑＆绿》头版一半的是一张基思的照片。在他那张憔悴的脸上面,写着标题"本地房地产大亨卷入欺诈调查——独家新闻!"。

安妮把文章读给我听。"本地著名的房地产开发商基思·布朗,凤凰地产公司的董事长,如今可能面临一项犯罪调查,本报发现的证据表明他涉嫌一宗大额保险欺诈。"我悲痛地想起基思的女朋友,对于她来说这件事肯定很可怕。"两年前,布朗的厨房生意在火灾中被毁,他拿到了巨额保险赔付,"安妮继续读下去,"从而创建了凤凰地产公司。布朗的保险公司星空联盟,对他的诉求提出了异议,因为他的仓库被一位不满的员工付之一炬,而这位员工随后就消失了,找不到了……拒绝赔付,"我边重新整理裙子边听她说,"布朗起诉……星空联盟最终赔付二百万英镑……"我听见安妮倒抽了一口气,"现在《黑&绿》报社递交了有力证据,证明那场火是基思·布朗自己放的……"安妮盯着我,眼睛瞪得像茶碟一样大,然后她的目光回到报纸上,"昨晚,布朗先生拒绝回答我们的提问,但他企图阻止《黑&绿》发布消息的举动失败了……很好!"她满意地喊道,"还好我们没对他太苛刻。"她把报纸递给我。

我快速读了一下那篇文章,想起基思在《卫报》上说看着自己的库房被烧毁,多么"身心交瘁",如何"发誓要从废墟中做出成就"。当时感觉这些话特别假,现在我明白原因了。

"不知道《黑&绿》报社是怎么获得这个消息的。"我对安妮说。

"也许是那个保险公司说的,他们一直觉得可疑,刚刚掌握这个'有力证据',不管它是什么。"

"可为什么把消息透露给一家本地报纸？他们肯定直接去警察局了。"

"啊。"安妮嗫嚅了，"你说得有道理。"

这肯定就是丹在做的"困难"的商业报道——丹和我在岁月流转中心那天，马特给他打电话说的应该就是这件事。

"我希望他的女朋友不要支持他，"我听见安妮说，"你要知道，她可以穿着那条绿色舞会裙经常去监狱看他，看上去就像'他妈的仙女小叮当'。"她咯咯地笑，"说到舞会裙，你给你的美国经销商发邮件了没？那个叫里克的家伙？他留了一条消息说有一些舞会裙，记得吗？"

我只顾琢磨莫妮克的事情，忘记了。"我得去发邮件了。"

"你是该去了，"安妮说，"派对季就要到了——此外《时尚》杂志说舞会裙在这个季节很流行——衬裙越多越好。"

"我现在就给里克发邮件。谢谢你的提醒。"

我回到电脑旁边，打开电子邮件客户端准备联系里克，看到他已经发邮件过来了。我打开邮件。

"嘿，菲比——前几天我给你电话留言，说我又弄到了六条舞会裙，质量上乘，状况完好。"我点开照片看，都是很漂亮的蛋糕裙，颜色充满活力，非常适合秋天——靛蓝、鲜红、橘红、葱绿、深紫和翠绿。我把图片放大看网纱是否有褪色的地方——然后又回到正文。里克还附上了提到的包包的照片——抱歉，包和裙子一起出售……

"该死的。"我喃喃道。我不想要这些包，尤其最近英镑对美元的汇率下跌了很多；我心情沉重，又想到应该买下它们，不然里克就不会给我发我喜欢的东西了。"我看看吧。"我疲惫地说。

所有的包都被放在一张白床单上拍的照,大部分是20世纪八九十年代的。它们非常普通,除了一个可能来自20世纪40年代的漂亮皮制手提旅行包和一个70年代初期的雅致白色鸵鸟皮信封包。

"要多少钱?"我喃喃道。价格是七百五十美元,包括航运费用。

我点击回复。"好的,里克,成交。收到你的发票,我就通过贝宝付你费用。请尽快把所有东西寄过来。谢谢,菲比。"

"我又买了六条舞会裙。"我走回店里,告诉安妮。

她正在给一个人体模特换衣服。"这是好消息。舞会裙很容易卖出去。"

"还买了十二个包,大部分我都不想要——但不得不买下它们,因为它们跟裙子是打包出售的。"

"贮藏室地方不够了。"她边说边调整模特胳膊的位置。

"我知道,这批货到后,我会把不是古董的包拿到乐施会去。现在我要去寄那条格蕾夫人的裙子了。"

我走进办公间,快速用薄纸包好裙子,系上白色缎带,放进衬膜信封里,把"打烊"的牌子转到"营业"。"回头见,安妮。"

我离开衣店时,我母亲打来电话。"我决定了。"她轻声说。

"决定了什么?"我边问边拐入蒙彼利埃谷。

"忘掉我在研究的所有这些愚蠢治疗——等离子体再生、分段换肤、射频回春,所有这些都很荒谬。"

我看了下美容院的橱窗:"这真是好消息,妈妈。"

"我觉得它们一点用也没有。"

"你说得很对。"我附和道,穿过马路。

"并且这些治疗很贵。"

"是啊。完全是浪费钱。"

"没错。所以我决定不如直接整容。"

我一下子呆住了。"妈妈……不要。"

"我要去整容,"她平静地重复道,"我心情十分低落,整容会让我振奋起来,这会是我给自己的六十岁生日礼物,菲比。我工作了这么多年,"她说着,我继续往前走,"为什么我不能享受一点美容'茶点',如果我想的话?"

"没有理由,妈妈。这是你的人生。可要是你不满意呢?"我脑海里浮现出妈妈漂亮的脸被拉伸得奇形怪状,高低不平,还有肿块。

"我做过调查了,"我经过玩具店时,听见她说,"昨天请了一天假,咨询了三个整形外科医生。我决定让弗雷迪·丘奇主刀,他的诊所在麦达维尔,定好了十一月二十四号。"我不知道妈妈是否记得那天是路易斯的周岁生日。"别劝我不做,亲爱的,我已经下定决心了,付了定金,我会去做。"

"好的。"我叹了口气,穿过马路。没必要反对。妈妈一旦下定决心,就会坚持下去;另外我要操心的事情很多,没精力吵架。"我只希望你不要后悔。"

"我不会后悔的。对了,告诉我,你的新男友怎么样?还在交往吗?"

"我明天跟他见面。我们要去剧院。"

"嗯，看来你喜欢他，千万别做蠢事。我是说，你三十四岁了，"妈妈补充道，我拐入布莱克希思路，"在你反应过来之前，你就要四十三了——"

"对不起，妈妈，我要走了。"我啪地合上手机。邮局里几乎空无一人，两分钟我就寄出了包裹。我走出邮局，看见丹笑着冲我走过来。看来他今天有高兴的事情。

"我往窗外望，正好看到了你。"丹冲他的办公室点了点头，就在儿童图书馆上面。

我顺着他的视线望去。"这么说你在这里——很中心的位置。对了，祝贺你。我刚读了你的独家新闻。"

"不是我的独家新闻，"丹答复道，"是马特的——我只是坐在那里跟律师聊了会儿。对于这个本地报纸来说，这是个难以置信的故事。我们有点得意扬扬。"

"我很想知道你们从哪里得知这个故事的，"我说，"你不能透露消息来源……是吗？"我满怀希望地说。

丹咧嘴而笑，摇了摇头："恐怕不行。"

"我为他女朋友感到遗憾。她很可能会丢掉工作。"

丹耸了耸肩。"她会找到新工作的。她还很年轻。我见过她的照片。"他问起我法国的情况，提醒我说过要再跟他一起去看电影，"我想你明天晚上有空吧，菲比？我知道时间很紧，可我一直忙着写布朗的故事。我们可以去看科恩兄弟的新电影，或者一起吃个晚餐。"

"呃……"我看着他，"那很好。但是我有事情要忙。"

"哦。"丹有些沮丧地对我笑，"是啊，你这样的女孩星期六晚上怎么会有空呢？"他叹了口气，"我是个白痴，应该早一点问你。你在约会吗，菲比？"

"呃……我……丹，"我说，"你又让我无所适从。"

"哦，对不起。我不是故意的。可是，瞧，你收到了十一号的邀请函吗？我寄到你店里了。"

"是的，昨天收到了。"

"嗯，你说过你会来，我希望你能来。"

我看着丹："是的，我一定来。"

一早我发现很难专心工作，因为我一直在想迈尔斯，我多么期待在剧院见到他。我们要去阿尔梅达看哈利·格兰维尔－巴克的《荒废》。在接待客户之间的空闲时间，我在网上读了几篇评论，回忆故事情节——好多年前看过——也有利于我用一针见血的评论打动迈尔斯。但接下来店铺变得很忙，星期六都是这样。我卖出了贝尔夫人的姬龙雪茧形大衣——有点遗憾它被买走了——和一件桑德拉·罗德斯的褶边有金色缝珠的杏黄色真丝欧根纱宽松上衣。有人请求试一下那条黄色的舞会裙。一个星期里这是第三次有人试穿了。那个女人走进试衣间时，我焦急地看了眼她的身材，觉得裙子可能适合她。我拉上帘子，祈祷她不喜欢。我听见薄纱沙沙作响，拉开拉链的声音，接着是小声地嘟囔。

"我喜欢这条裙子。"我听见她叫道。女人拉开帘子，盯着镜中的自己，转来转去。"太美了，"她踮起脚尖说，"我喜欢泡泡袖，闪着光芒。"随即露出笑容，"我要买下这条裙子。"

想象卡蒂失望的表情,我的心沉了下去。我想起她给这条裙子拍了照片,想起她穿上这条裙子多么美——比这个女人美十倍,这个女人年纪有点大了,也不够瘦,裸露的肩膀上都是肉,胳膊也胖乎乎的。

女人转向她的朋友。"你不觉得好看吗,苏?"

苏,又高又瘦——如果她朋友是肥胖的鲁本斯,她就是莫迪里阿尼——咬着下唇。"呃……老实说,吉尔,亲爱的,我不觉得好看。你的肤色太白了,不适合穿这条裙子,并且胸衣很紧——瞧——你背上的肉都凸出来了,这里。"她把朋友转过身来。吉尔现在可以看到足足半英寸的肉从硬挺的后背挤出来,像生面团。

苏歪着头。"你知道那种布丁——塞满冰沙的冻柠檬,上面有点挤出来的?"

"是的?"吉尔说。

"哦,你就像那种布丁。"

我屏住呼吸看吉尔如何回应。她盯着自己,勉强点了点头。"你说得对,苏。很残忍,但是是对的。"

"好朋友是做什么用的呢?"苏亲切地回复,她愧疚地朝我笑了笑,"对不起——我让你失去了一笔买卖。"

"没关系,"我高兴地说,"衣服要穿得合身才行,不是吗?总之,马上我会有更多的舞会裙,也许其中会有适合你的——下周就到货了。"

"我们会再来的。"

两个女人离开后,我把那条黄色裙子放在"保留"架上,贴上"卡蒂"的标签——我的神经受不了再有人试穿它。我拿下来一件20世纪50年代中期的浪凡-卡斯蒂略粉色丝绸晚礼服，挂到墙上黄色裙子的位置上。

五点半我准时关掉店铺，快速回家洗澡换了衣服，然后冲到伊斯灵顿去见迈尔斯。我半跑着穿过阿尔梅达街，看到他站在剧院外面。看见我时，他抬起手。

"抱歉我来晚了。"我气喘吁吁地说，铃声响了，"这是提前五分钟的铃声吗？"

"提前一分钟，"他吻了我，"我担心你不来。"

我挽住他的胳膊。"我当然会来。"迈尔斯的焦虑让人动情，我们走进去的时候，我寻思这是否是因为我们相差十四岁，还是他喜欢一个人时总是有一点没安全感，不论年纪多大。

"这是一出好戏。"大约一小时后，幕间休息，剧院的灯亮起时，他说。我们站起身。"我很多年前在国家剧院看过这出戏剧，我想是在一九九一年。"

"是的，因为我跟同学一起去看过。"我心情沉重地想起爱玛回来看下半场时，发出一连串咯咯的笑声，一身松子酒的气味。

迈尔斯笑了。"你当时应该跟罗克西差不多大，那时我是三十一岁的年轻人。当时我若遇见你，也会爱上你。"

我笑了。我们来到门厅，和别人一样信步走到吧台。

"我去买点喝的，"我告诉他，"你想喝点什么？"

"一杯罗讷河葡萄酒，如果他们有的话。"

我看了看布告牌。"有。我要桑塞尔白葡萄酒。"我站在吧台边，迈尔斯在我身后不远处等待。"菲比……"过了几分钟我听见他低声说。我转过身。他脸红了，看上去很不自在。"我在外面等你。"他喃喃道。

"好的。"我回复道,有点不知所措。

"你还好吗?"几分钟后我在入口处找到他时,问道,我把酒递给他,"我担心你不舒服。"

他摇了摇头:"我很好。不过……你等着拿酒时,我看见了几个不想见到的人。"

"真的?"我很好奇,"谁?"迈尔斯谨慎地示意门厅另一头一个披着青绿色披肩的四十多岁的金发女人,以及一个身穿深色外套的淡黄色头发的男人。"他们是谁?"我低声问他。

"他们是威克里夫夫妇。他们的女儿在罗克西以前的学校上学。"迈尔斯噘起嘴,"我们关系不太好。"

"我明白了。"我说,想起迈尔斯曾说在圣玛丽学校时有些"误会"。不论那是什么,这误会仍然让他心烦。听到下半场的铃声时,我们回到了座位上。

演出过后,我们等着过马路去剧场对面的餐厅时,我看见威克里夫太太瞟了迈尔斯一眼,然后小心地拉了拉她丈夫的袖子。等到开始进餐时,我问迈尔斯威克里夫家做了什么事冒犯到他。

"他们对罗克西很不好。实际上,弄得非常不愉快。"他拿起酒杯,手在颤抖。

"为什么?"我不假思索地问道,迈尔斯犹豫不决,"两个女孩相处得不好吗?"

"哦,她们相处得不错,"迈尔斯放下杯子,"事实上,罗克西和克拉拉曾是最好的朋友。后来,在夏季学期开始的时候,两人吵起来了。"我看着迈尔斯,不知道为什么这件事会让他如此心烦意乱。"克拉拉丢了件东西，"他解释说，"一只金手镯。克拉拉说是罗克西拿走了金手镯。"他再次噘起嘴，嘴巴两边的肌肉收缩起来。

"哦……"

"可我知道事情不是这样的。我知道罗克西有时候很恼人，青少年都这样，可她不会做那样的事情。"他把一根手指放在衣领下面，"总之，学校给我打来电话，说克拉拉和她父母认定罗克西偷了那只该死的手镯。我非常愤怒。我说我不会让女儿受委屈。可那个女校长的表现让人难以理喻。"我看见他左边鬓角青筋突起。

"她怎么了？"

"她有偏见，拒绝接受罗克西对事情的说法。"

"罗克西怎么说？"

"正如我所说，罗克西和克拉拉曾是非常好的朋友。她们总是借彼此的东西，这个年纪的女孩都这样。克拉拉复活节假期跟我们在一起时就是这样，"迈尔斯继续说，"有天早上她下楼来吃早餐，穿的全是罗克西的衣服，还戴着罗克西的首饰——罗克西也穿戴过克拉拉的衣服。女孩们一向这么做。她们觉得这样很好玩。"

"这么说手镯在罗克西那里？"

迈尔斯脸红了。"在她的抽屉里——但关键是，她没有偷手镯。我是说，她应有尽有，为什么要偷别人的东西？她解释说这只手镯是克拉拉借给她的，克拉拉那里也有一些她的首饰——她确实有。她们一直交换东西。事情应该到此了结。但是威克里夫家非要小题大做。他们很卑鄙。"他愤愤不平地叹了口气。

"他们做了什么？"

迈尔斯吸了口气，缓缓地吐出来。"他们威胁说要报警。我别无选择，只能也威胁他们如果一直诽谤我女儿，我也会开始诽谤诉讼。"

"学校呢？"

迈尔斯的嘴唇咬紧。"学校站在威克里夫家那边——毫无疑问，因为他们为学校的新体育馆捐了五十万英镑。太恶心了。所以，我让罗克西转学了。她考完最后一场考试，我就带她回家了，是我让她离开那所学校的。"

迈尔斯伸手去拿水杯。我不知道该说什么好，这时服务员过来收盘子。他走了，很快又端着主菜回来了，迈尔斯似乎没那么激动了，对于罗克西过去那所学校的厌恶慢慢消退，之后似乎完全忘记了。我跟他聊起刚看的戏剧，希望可以分散他的注意力。然后迈尔斯买了单。"对了，我开车来的，"他说，"我可以送你回家。"

"谢谢你。"

"我可以送你回你家，"迈尔斯说，"如果你愿意的话，也可以去我家。"他看着我的脸，寻求我的反应，"我可以再借给你一件T恤。"他平静地补充道，"给你一把牙刷，罗克西有吹风机，如果你需要的话。她今晚去科茨沃尔兹参加派对了。"怪不得他今晚没有收到罗克西打来的二十个电话。"我明天下午去接她。我想你和我可以一起度过早上，再去吃午餐。怎么样，菲比？"

我高兴得脸红了。"听起来不错。"

迈尔斯对我笑道："很好。"

我们开车穿过伦敦南部，CD播放机上放着莫扎特的单簧管协奏曲，我很开心可以跟迈尔斯一起回家。他把车停在屋外，我看见前院种着一些低矮灌木，围着铁艺围栏，非常漂亮。迈尔斯打开门，我们走进宽敞的门厅，天花板很高，镶板墙，黑白的大理石地砖擦得亮晶晶的。

迈尔斯拿走我的外套，我瞥了眼巨大的餐厅，墙壁是棕红色的，有一张红木桌子。我跟随他穿过门厅来到厨房，厨房里有手绘碗橱和花岗岩操作台，在布满天花板的聚光灯的照射下发出暗暗的光芒。透过落地窗，可以看到暗夜里一大片树木环绕的草坪。

迈尔斯从冰箱里拿出一瓶依云矿泉水，我们走上宽大的楼梯来到一楼。他的卧室是黄色调的，带一个大浴室，里面有一个铁制浴缸和一个壁炉。我在那里脱掉衣服。"可以给我牙刷吗？"我喊道。

迈尔斯走进浴室，赞赏地看了眼我的裸体，然后打开壁橱，里面有好多瓶洗发水和泡沫剂。"在哪里呢？"他喃喃道，"罗克西总在这里找东西……啊，找到了。"他递给我一把新牙刷，"T恤呢？我可以给你一件。"他拉开我的头发，吻了吻我的脖子和肩头，"如果你需要的话。"

我转向他，抱住他的腰。"不，"我轻声说，"我不用。"

我们起得晚。我睡眼惺忪地查看床头桌上的闹钟时，迈尔斯抱住我，捧起我的乳房。

"你真美，菲比，"他喃喃道，"我觉得我爱上你了。"他吻了我，把我的手举过头顶，我们再次做爱……

"这个浴缸都可以游泳了。"过了一会儿,我在浴缸里泡澡时说。迈尔斯给我倒了些泡沫剂,然后进来跟我一起泡澡,他仰靠在我身后,我靠在他的胸口,到处都是泡泡。

几分钟后,他拿起我的一只手端详。"你的指尖发皱了。"他亲吻了每一个手指,"该擦干身体了。"我们从浴缸里出来,迈尔斯拿起一条柔软的白色浴巾,裹在我身上。我们刷了牙,他把我的牙刷放进牙杯架子里,跟他的牙刷放在一起。"放在那里。"他说。

我摸了摸自己的湿发。"我能借用一下吹风机吗?"

迈尔斯在腰部裹上浴巾。"跟我来。"

我们穿过楼梯平台,初秋的阳光透过落地窗洒了进来。我抬起头,看见远处墙上挂着一幅罗克西的漂亮肖像画。

"那是埃伦。"我们在画像前停下来,迈尔斯解释道,"这幅画是我们订婚时我请人画的,那时她二十三岁。"

"罗克西跟她长得真像,"我说,"虽然……"我看着迈尔斯,"她遗传了你的鼻子和下巴。"我用指尖触摸画像,"你跟埃伦住在这里吗?"

"不是的。"迈尔斯打开一间卧室的门,门上用粉色的字母写着"罗克西"。"我们住在富勒姆,但她去世后我想搬家——我不能忍受总是想起她。有一次我受邀参加在这栋房子的一场晚宴,喜欢上这栋房子;不久后这栋房子要出售,房主给了我优先购买权。现在……"

罗克西的房间极大,铺着厚厚的白色地毯;白色的四柱大床上面罩着粉金色锦缎罩篷。白色的梳妆台上摆着一大堆昂贵面霜、润肤露和大大小小的迪奥香水。挂着粉金色窗帘的窗前摆着一张淡粉色的锦缎躺椅，旁边的矮桌放着大概二十几本时尚杂志，杂志的封面闪着冷冷的光芒。

我注意到一张靠墙的桌子上有个娃娃屋——那是一座乔治王朝时期的小洋房，有闪闪发光的黑色前门和落地窗。"跟这栋房子很像。"我叫道。

"就是这栋房子，"迈尔斯答道，"完完全全的复制版。"他打开前门，我们朝里看去，"每个细节都一模一样，包括枝形吊灯、打开的百叶窗和黄铜球形门把手。"我盯着刚泡过澡的那个爪形底脚铁浴缸。"这是我送给罗克西的七岁生日礼物，"迈尔斯解释说，"我觉得这会让她更有家的感觉。她现在还玩这个呢。"他站起身，"总之……来这里。"我们来到她的更衣室。"她把吹风机放在了这里。"他示意一张白色桌子，上面有一套美发工具，"我去做早餐。"

"我不会花太久。"

我坐在罗克西的美发桌前，上面有专业的吹风机、直发器、卷发钳、烫发钳、板梳、梳子和小发夹。我快速吹干头发，看了下挂满三面墙的架子上的衣服。这里肯定有一百条裙子和套装。我左边是一件砖红色的古驰绒面革外套，在去年的春季时装中我看到过；前面是马修·威廉姆森的缎面长裤套装和一条侯塞因·卡拉扬的鸡尾裙。有四五套滑雪服，起码八条长裙装在细平布套子里。衣服下面是一个铬合金架子，上面至少有六十双鞋和靴子。一堵墙边摆着很多剑麻篮子，里面放着大概三十几个钱包。

我的脚边是一本当月的《时尚》杂志。我捡起来，翻到一页时尚大片；里面一半的衣服用心形粉色便利贴做了标记。一件价值两千一百英镑的拉夫·劳伦的淡蓝色丝绸舞会礼服旁边画着一颗粉色的心；一条扎克·珀森的单肩带黑色裙子旁边也有一颗心。一条价值一千七百英镑的罗宾逊兄弟的桃红色真丝塔夫绸鸡尾裙也同样做了记号，上面用大写字母潦草地写着"看看西耶娜·芬斯克有没有买这件"。价值三千六百英镑的克里斯汀·拉克鲁瓦的"彩色玻璃"丝绸晚礼服旁也做了标记，罗克西写着"只接受特殊订货"。我寻思罗克西想要拥有哪一件，摇了摇头。

我关掉吹风机，放回原处，走出卧室时，我停下来关上娃娃屋的前门，迈尔斯忘记关了。我再次看向屋内，在客厅发现了两个娃娃——穿棕色西服的爸爸玩偶和他旁边沙发上的穿粉白色方格马甲裙的小女孩玩偶。

我走回迈尔斯的卧室，穿好衣服化好妆，从浴室壁炉架上的绿托盘里拿回耳环，循着咖啡醉人的香味来到楼下。

迈尔斯站在早餐吧前，拿着一盘吐司和橘子酱。

"厨房很漂亮，"我说着看了眼四周，"不过跟娃娃屋的厨房不一样。"

迈尔斯按了按法式滤压壶盖。"去年我把厨房翻新了——因为想要更专业的葡萄酒窖。"他示意我看左边，我看到了两个大冰箱的酒窖和从地板到天花板的红酒木架子。他拿起盘子，"改天我们可以喝点香缇梅乐，因为你喜欢。"

落地窗旁边的墙上挂着一组照片，有大约十几张罗克西滑雪、骑马、骑山地自行车和打网球的照片。其中一张照片里，她在开普敦的桌山前笑，另外一张里她站在澳大利亚的艾尔斯山山顶。

"罗克西真的很幸运，"看着她像是在加勒比海的快艇后面钓鱼的照片时，我说，"对于这个年纪的女孩来说，她的经历丰富多彩——正如你所说，她应有尽有。"

迈尔斯叹了口次。"也许太多了。"我没有回答。"可罗克西是我唯一的孩子，她就是我的全部——此外她是埃伦留给我的唯一纪念。"他哽咽了，"我只想让她尽量开心一些。"

"当然。"我低声说。她是他的阿喀琉斯之踵。塞西尔是这个意思吗？还是说迈尔斯只是把罗克西宠坏了？

我们站在露台上，盯着宽阔的草地，两边是郁郁葱葱的美丽植被和灌木。迈尔斯把盘子放在熟铁桌上。"你想看报纸吗？就在前门外面。"

他倒咖啡时，我拿起《星期日泰晤士报》带回花园里。我们在柔和的秋日阳光里吃早餐，迈尔斯读头版，我扫了扫时尚版。然后我打开商业版，抽出新闻评论，这时我看见标题"凤凰坠落"。我读了读占据一半页面的文章，说的还是《黑&绿》报纸说过的故事，再次宣称使用欺诈手段。但有一张基思·布朗女朋友的照片，标题是"揭发者"。这么说是她提供的消息？

这篇文章里说布朗有一次喝醉酒后，向他的女友凯莉·马克斯吹嘘自己如何谋划并实施了那次诈骗；他把事情归咎于一位心怀不满的员工，可那个员工的身份证是假的，纵火后就消失了，很有可能是为了逃避追捕。警方发布了一张通缉犯画像，但是没找到那个人，他仍然被归为失踪人员。布朗在获得巨额赔偿后兴奋不已，愚蠢地对凯莉·马克斯夸耀世上根本没有那个人，是他自己放的火。两个星期前她决定"遵从良心"，把这件事情透露给《黑&绿》报。文章引用了马特的一句话，虽然他不能对信息来源发表评论，有关这件事情的报道句句属实。

"真是意想不到。"我说。

"什么?"我把文章递给迈尔斯,他快速阅读了一下,"我知道这个案子,"他说,"一位律师朋友为保险公司辩护,抗诉布朗。他说他从没相信过布朗的故事,可是难以反驳,星空联盟被迫支付赔偿。显然布朗觉得他会全身而退,于是不以为意。"

"我想过或许是他女朋友告发他的。"我跟迈尔斯说了那次他们在古董衣坊的不愉快经历。"但是我打消了这个念头——既然他是她的老板和男朋友,她为什么要背叛他呢?"

迈尔斯耸了耸肩:"报复。布朗可能对她不忠——通常都是这样的戏码——或者他想把马克斯甩了,她发现了。或许他答应给她升职,又把职位给了别人。她的动机会水落石出。"

我突然想起凯莉·马克斯买下那条裙子时说的话:"二百七十五英镑。这就是代价。"

/ 第十一章 /

念念不忘

早上,我打电话给贝尔夫人。

"我很想见你,菲比,"她说,"可这个星期不行。"

"您侄女还跟您待在一起吗?"

"不是的,我丈夫的外甥邀请我去他多西特的家待几天。他明天来接我,星期五送我回来。我现在要走了,趁身体状况还可以出行。"

我想起还放在包里的那张红十字会的表格。"星期天下午我可以去吗?"

"我盼望你来。四点来吧。"

放下电话,我看着丹这周六的派对请柬。请柬上除了他家地址和派对时间外,没有透露任何信息,甚至没有提他的棚屋,我想,那显然是栋很大的房子——也许是一栋避暑别墅,花园型的办公室,或者是一个游戏室,里面有一张巨大的台球桌和一些老虎机——或者是有望远镜和滑顶的天文台。纯粹是好奇心驱使我去——我也喜欢跟丹聊天,喜欢他的活力和热情。我还希望可以问他凤凰地产的事情,琢磨是什么促使布朗的女朋友敢做这样的事情。

星期一有更多的媒体报道。凯莉·马克斯对《独立报》承认是她提供的消息,但是问到她的动机时,她拒绝作答。

"因为那条裙子,"星期二早上安妮读着《黑&绿》报上最近一篇报道时说,她放下报纸,"我跟你说过——古董衣服可以改变一个人;我敢说就是那条裙子促使她这么做的。"

"什么?你是说这条裙子控制了她,让她告发他?"

"不是的,我觉得她对这条裙子的强烈渴望给了她甩掉那个男人的力量——以如此沸沸扬扬的方式。"

星期四,《邮报》刊出一篇题为"好样的马克斯"的文章,赞扬凯莉揭发布朗的行为,同时也提及去警局告发"狡诈"男友的其他女人的事例。《快报》有一篇文章提到纵火相关的诈骗案,依据是"基思·布朗宣称在二〇〇二年放火烧掉了自己的库房"。

"报纸怎么能把这些都刊登出来?"那天下午我问迈尔斯。他在回坎伯威尔的路上来古董衣坊,刚好那时没有顾客,他就留下来跟我聊天。"这不是有偏见的报道吗?"我问坐在沙发上的迈尔斯。

"不是,因为刑事诉讼还没有开始。"他拿出黑莓手机,戴上眼镜,用拇指翻阅起来,"目前,媒体可以一再重复对布朗的指控,刊登一切能说得通的新闻——比如在揭发犯罪中这位女朋友的作用。一旦他被指控,媒体就必须当心他们的报道。"

"为什么他还没有被指控?"

迈尔斯透过眼镜看我。"保险公司和警方或许在争论谁去提起公诉——很明显，要耗费巨资。好了，我们可以谈点更令人振奋的事情吗？星期六我想去歌剧院。那天演出《波西米亚人》，正厅前座还有几个座位，但需要今天预订。实际上，我可以马上给他们打电话。我有他们的号码。"迈尔斯拨打电话，然后困惑地看着我，"你似乎并不热心。"

"我很想去，听起来不错。但是我去不了。"

迈尔斯的脸沉了下来。"为什么？"

"星期六我有安排了。"

"哦。"

"我要去参加一场派对。没什么特别的。"

"我明白了。谁的派对？"

"我朋友丹的派对。"

"你以前提到过他。"

"他在本地的一家报社工作，早就邀请过我了。"

"你宁愿去参加派对，也不想去歌剧院听《波西米亚人》？"

"不是这样的，只是既然我说了要去，就要信守诺言。"

迈尔斯用探究的目光看着我："我希望他只是一个普通朋友，是吗，菲比？我知道我们在一起没有多长时间，但我想知道你是否还有其他……"

我摇了摇头。"丹只是一个普通朋友。"我笑了，"实际上，他是个非常怪异的人。"

迈尔斯站起身。"哦……我有点失望。"

"对不起，我们之前没有计划过这周六要做什么。"

"没错。可我觉得……没事。"他拿起包,"我要去接罗克西了。下午我要带她买舞会礼服,作为交换,她得陪我去歌剧院。"

我难以理解迈尔斯给她买一条昂贵的裙子,罗克西要付出的"代价"是陪他去歌剧院。

"也许下周初我们可以做点什么?"我对迈尔斯说,"你想去节日大厅吗?星期二怎么样?票我来解决。"

这似乎让他释然了。"那很好。"他吻了我,"我明天给你打电话。"

星期六,一如既往地非常忙,虽然我很高兴生意这么红火,但意识到自己一个人应付不过来。午饭后,卡蒂走了进来。她看见原来挂黄色蛋糕裙的地方,挂上了浪凡-卡斯蒂略的裙子,沉下脸来。一时间,我害怕她要哭出来。

"别担心,"我赶紧说,"我把裙子放在了预留架。"

"哦,谢谢。"她两眼一亮,"我现在攒了一百六十英镑,已经达成一半目标。我这会儿休息,就冲过来看一眼。不知道为什么,我就是迷上了那条裙子。"

我原本计划五点半关店,可是五点二十五时一个女人走了进来,试穿了八件衣服,包括一套我从橱窗模特身上扒下来的长裤套装,可是没有一件她中意的。"对不起,"她说着穿上外套,"我现在没心情。"现在已经六点零五分,我也没心情了。

"没关系。"我尽量友善地回答。如果你开一家店,就不要烦躁。我锁上门回家,为丹的派对做准备。他在请柬上写的时间是七点半,要求我们八点前一定要到。

出租汽车在屋外停下来时,天快黑了,那间房子是一栋维多利亚式的别墅,位于希瑟格林车站附近一条安静的马路边。丹为这次派对付出了不少心力,付钱给司机时我想。门前花园的树上装上了小彩灯,他请了饮食服务公司——一个系着围裙的服务员打开了门。我走进去,听见大家有说有笑。这次派对的来宾是精心选择的,走进客厅时我意识到,有大约十几个人。丹在人群中,头一次穿着得体,身着一件深蓝色的丝绸夹克,正跟大家聊天,为大家斟满香槟酒杯。

"来点开胃薄饼,"我听见他说,"我们要晚一点才用餐。"这么说这是一场晚宴。"菲比。"看见我时,他热情地叫道,吻了我的脸颊,"过来和大家认识一下。"他很快把我介绍给他的朋友,有马特、马特的妻子西尔维亚;报社的一位记者埃莉,以及她的男朋友迈克;还有丹的几位邻居,令我惊讶的是,还有乐施会那位有点脾气的女人,我现在知道她叫琼。

我跟琼聊了一会儿,我告诉她我从美国买了些手提包,很可能要拿去给她。我又问她有没有复古拉链——金属的那种——我快用完了。

"我那天看到了一批,"她说,"还有一罐旧纽扣。"

"可以留给我吗?"

"当然可以。"她抿着香槟,"对了,《安娜·卡列尼娜》好看吗?"

"很不错。"我回答,纳闷她怎么知道我去看了。

琼从服务生的托盘里拿了一块薄饼。"丹带我去看了《日瓦戈医生》,真是美妙的电影。"

"哦。"我看着丹。他总是让人吃惊,给人愉悦的惊喜,我想到。"哦,那部电影很精彩。"

"很精彩。"琼附和道。她闭上眼睛,又睁开。"那是五年来我第一次去看电影——之后,他还请我吃了晚餐。"

"真的吗?真贴心。你们去红餐厅了吗?"

"哦,没有。"琼有些愤愤然,"他带我去了利文顿。"

"啊。"

我看着丹。他正用一把勺敲着酒杯边缘,说既然大家都到场了,现在该进入晚会的正题了,请我们都到外面去。

后院相当大——大概六十英尺——末端有一个大棚屋。就是这样——一个棚屋。有一块红毯通向棚屋,门口两个金属柱子之间系着一条红色的绒绳。墙上是一块牌匾,上面盖着一块金色小帘子,看来等着正式揭幕。

"我不知道棚屋里是什么,"我们走上红毯朝棚屋走去时,埃莉说,"但应该不是一个割草机。"

"你说得对——不是割草机。"丹说,拍了拍手,清了清嗓子,"嗯,今晚谢谢大家光临,"我们站在棚屋外面,他说,"我现在要请琼赏脸……"

琼向前一步,握住幕帘绳。丹朝她点头后,她转向我们。"我很荣幸来为丹的棚屋揭幕,我很高兴地给它命名……"她拉动绳子。

罗宾逊·里约。

"罗宾逊·里约。"琼说,看着那块牌匾。显然她跟我们一样困惑。

丹打开门,按下电灯开关。"请进。"

"太好了。"西尔维亚走了进去,赞叹道。

"天哪。"我听见有人惊叹。

天花板上挂着闪闪发光的枝形吊灯,旋涡状图案的红金色地毯上有十二个红色天鹅绒座位,分成四排,每排三个座位。最里面的墙上挂着占据整面墙的帘幕,屏幕不远的地方,有一台巨大的老式电影放映机。右手边的墙上挂着一块深蓝色的木板,上面用白色的塑料字体写着"本周的节目:《卡米拉》和即将上映的片子《平步青云》"。左手边的墙上是一幅《第三个人》的装在相框里的旧电影海报。

"请随便坐,"丹摆弄着放映机,对我们说,"有地暖,不会冷。《卡米拉》只有七十分钟长,如果你们不感兴趣的话,可以回屋子里再喝点东西。这部电影九点钟后结束,我们开始吃晚餐。"

我们坐了下来。我跟琼和埃莉坐在一起。丹关上门,把灯调暗,放映机嗡嗡地启动起来,链条到尽头后,传来胶卷让人昏昏欲睡的咔嗒声。自动帘幕缓缓向两边拉开,露出米高梅电影制片公司的狮子,狮子呼啸而去,放起音乐和开场字幕,一瞬间我们就置身于19世纪的巴黎。

"真不错,"七十分钟后,灯再次亮起时琼说,"就像在真正的电影院里。我以前就很喜欢放映灯的味道。"

"仿佛回到了旧时光。"马特在我们身后说。

琼转过身看着他:"你还年轻,谈不上旧时光。"

"我是说在学校,丹管理电影协会的时候,"马特解释说,"每个周二的午餐时间,他会放劳莱和哈代的喜剧、哈罗德·劳埃德的电影,还有《猫和老鼠》。我很欣慰他的专注力提升了不少。"

"那时我用的是旧的通用放映机,"丹说,"现在这台放映机是贝尔·豪威尔的,我还装上了现代的扩音器和空调,给棚屋装了隔音设施,这样邻居们不会抱怨。"

"我们没有抱怨,"他的一位邻居说,"我们可还在这里呢!"

"可是你准备拿这个电影院干什么?"我们走回屋子里时,我问丹。

"我想建一个经典电影俱乐部,"丹答道,我们走进方正正的大厨房,里面摆着一张有十二个座位的松木长桌,"每个星期我会放映一部电影,基于先到先得的原则看电影,观影后感兴趣的人可以喝点东西讨论讨论。"

"听上去不错,"迈克说,"你的电影胶片放在哪里?"

"存在楼上可以控制湿度的房间里。这么多年来,我从拍卖会和要关闭的图书馆收集了好几百部电影。一直以来,我都想拥有自己的电影院。实际上,两年前买下这栋房子时,最吸引我的就是这个大棚屋。"

"你从哪弄到这些椅子的?"丹替琼拉开椅子时,琼问道。

"五年前,我从埃塞克斯即将拆除的一家奥迪昂电影院弄到的。我一直把它们放在储藏室里。好了……埃莉,你怎么不坐在那儿?菲比,你过来,坐在马特和西尔维亚旁边。"

我坐下来,马特给我倒了一杯酒。"我知道你,"他告诉我,"我们给你做过专题报道。"

"那篇文章帮了我大忙,"我回答道,服务员把一盘看上去很好吃的意大利肉汁烩饭放在我面前,"丹写得很好。"

"他看上去有点不拘小节,但是个好人。你是个好人,丹。"马特笑着说道。

"谢谢，老兄。"

"他是个好人，"西尔维亚附和道，"你知道你看起来像谁吗，丹？"她继续说，"我刚刚意识到——米开朗基罗的大卫。"

丹感激地送了西尔维亚一个飞吻，我意识到她说得对。我一直在想的那个著名人物就是大卫。

"你跟他长得一模一样，"西尔维亚歪着头继续说，"不过是一个可爱的版本。"她笑着补充。

丹拍了拍他橄榄球运动员的胸脯。"那我最好多去去健身房。谁要再来一杯？"

我展开餐巾，转头跟马特说话。"《黑 & 绿》报做得非常好。"

"我做梦都没有想到，"马特答道，"多亏那个特别的故事。"

我拿起叉子。"你能谈谈这件事情吗？"

"可以，现在全公开了，全国媒体对这件事情的关注让我们的发行量提高到一万六千份——这意味着我们开始挣钱了，广告增长了百分之三十。我们要在公关上花十万美元，才能达到这篇故事带给我们的关注度。"

"你从哪里得到这篇故事的？"我好奇地问。

马特啜了口酒，"凯莉·马克斯直接找到我们的。我在《卫报》工作时就听说过布朗，"他继续说，"很多年来就有关于他的传言。总之，布朗的公司要上市，他在商业媒体频繁露脸，突然这个女人给我打来匿名电话，说她有一个关于基思·布朗的'好故事'，问我是否感兴趣？"

"你很感兴趣，"西尔维亚说，她递给我一碗沙拉，对马特点点头，"告诉菲比发生了什么事情。"

他放下酒杯。"那是三周前的周一,我邀请这个女人过来。她是第二天午餐时间过来的,我认出她是他的女朋友,因为我见过她跟布朗在一起的照片。她把整个故事告诉我时,我知道我想要报道这个故事,但我告诉她除非她签署一份声明说这是真的,否则我没法发出这篇报道。她说可以。"马特又拿起酒杯,"那时我想最好跟丹商量一下。"

我点点头,寻思为什么他要跟丹商量。丹又不是助理编辑,也不是一个经验丰富的记者。我看了丹一眼。他在跟琼聊天。

"你不可能不跟丹商量,"我听见西尔维亚说,"他也是这家报纸的合伙人。"

我看着西尔维亚:"我以为丹只是为马特工作。我以为这是马特的报纸,他雇用丹来做营销。"

"丹的确做营销,"她答道,"但马特并没有雇用他。"她似乎觉得这个想法很好笑,"他找丹提供经济支持。启动资金他们每人出一半,总共五十万英镑。"

"我明白了。"

"所以要写这个故事需要征得丹的同意。"西尔维亚补充道。这就是跟律师讨论时丹在场的原因,我意识到。

"对于这个故事,丹跟我一样兴奋,"马特说着把帕尔马干酪递给西尔维亚,"接下来的问题就是得到凯莉签署的声明。我告诉她我们不为提供故事线索的人支付报酬,她坚持说不想要钱。她似乎要对布朗进行某种道德讨伐,虽然她知道有关纵火的事情已经一年多了。"

"这么说发生了一些事,让凯莉对他很生气。"西尔维亚说。

"我是这么认为的,"马特同意道,"总之,她来了,我们拿出声明。但是,就要签的时候,她突然放下笔,看着我,说改变主意了——她想要钱。"

"哦。"

马特摇了摇头。"我的心一沉。我觉得她会要两万英镑,这自始至终就是她的阴谋。我就要告诉她我们忘掉这件事情吧,她说,'价钱是二百七十五英镑'。我很惊讶。她又说了一遍。'我想要二百七十五英镑。这就是代价。'我看着丹,他点点头。我打开零用现金柜,拿出二百七十五英镑,放进一个信封里,递给她。凯莉看上去就像我给了她两万英镑一样高兴。然后她签署了声明。"

"那个信封是粉色的,"我说,"迪士尼公主。"

马特惊愕地看着我。"没错。公司会计师的女儿前一天跟他一起来办公室。她把她的文具带过来了,我当时第一眼看到的就是那个信封,急着达成协议,就用了那个信封。你怎么知道的?"

我解释说凯莉·马克斯来我的店里买了一条淡绿色的舞会裙,两星期前,布朗拒绝给她买这条裙子。"我跟你说过这件事,不是吗,丹?"我说,"凯莉拒绝接受打折的事?"

"是的。那时我不能跟你讨论,"他说,"但我坐在那里,努力想弄清楚这件事情。我想,没错,那条裙子的价格是二百七十五英镑,她找马特和我要了二百七十五英镑,两者之间应该有某种联系……不过我不明白。"

"我觉得我知道,"西尔维亚说,"她想结束与布朗的关系,但是发现很难,因为他同时也是她的老板。"她转向我,"你说过布朗拒绝给她买这条裙子。她似乎不开心?"

"很不开心，"我答道，"她都落泪了。"

"嗯，估计那条裙子就是最后一根稻草，"西尔维亚激动地说，"她决定破釜沉舟，结束这段关系。买裙子被拒引发了报复行动。"

我喜欢这条裙子。他知道……

我看着西尔维亚："这就说得通了。二百七十五英镑只是一个象征，代表了那条舞会裙和她的自由。这就是为什么凯莉不想少付钱的原因。"

马特盯着我："你是在说，我们得到这个故事是因为你的一条连衣裙吗？"

一旦我试穿这条裙子……就对它念念不忘。

"可以这么说。"

马特举起酒杯。"这一杯敬你的古董衣服，菲比。"他摇摇头，笑了，"老天，她肯定迷上了那条裙子。"

我点点头。"这些裙子就是拥有这种力量。"我说。

第二天下午，秋日阳光灿烂，去见贝尔夫人的路上，我想到了丹。他有很多机会可以告诉我他是《黑&绿》报的合伙人，可他没有说。也许丹觉得这样会显得自吹自擂。也许他自己没想过这件事。我又想起来他说马特需要他的"帮助"去创办报社——显然是资金上的支持。但丹没有给人富裕的印象——恰恰相反，身着乐施会的衣服，他的外表有些寒碜。我想，也许钱是他借来的，或者按揭来的。这种情况下，投资这么多钱在这份报纸上，他又不想长期干下去，让人吃惊。转入帕拉贡时，我不由得琢磨什么事情他能做得长久。

那天的宴会我一直待到午夜,拿起包时,发现错过了迈尔斯的两通电话。回到家后,我的电话答录机上又有两个他打来的电话。他的声音显得毫不在乎,但显然为没能联系上我感到不高兴。

我走到八号楼前,按了贝尔夫人的门铃。等待的时间比平时要长,接着我听到对讲机吱吱嘎嘎地响了起来。

"你好,菲比。"我推开门,爬上楼梯。

离我上一次见到贝尔夫人快两个星期了。她的变化很大,我本能地抱住她。她曾说第一个月她感觉凑合,后面就不太好。她瘦得让人心疼,浅色的眼睛在她干瘪的脸上显得更大,两只手瘦骨嶙峋。

"好漂亮的花,"我把给她买的银莲花递过去时,贝尔夫人喃喃道,"我喜欢它们的宝石颜色——就像彩色玻璃。"

"要我把它们放进花瓶里吗?"

"谢谢。今天你来泡茶可以吗?"

"当然可以。"

我们走进厨房。我把水壶装上水,把杯子和茶碟拿下来,摆好茶盘。"希望您不是一整天一个人待着。"我一边说,一边拿出一个水晶花瓶,把花放了进去。

"不是的,片区护士早上来过了。她现在每天都来。"

我把三勺阿萨姆红茶放进壶里。"您在多西特住得好吗?"

"很好。跟詹姆斯夫妇待在一块很开心。从他们的屋子里就可以看见大海,我便长时间坐在窗边,凝视着海面。你能帮我把花拿到大厅的桌上吗?"她说,"我怕自己会把花瓶打碎。"

我把花拿了过来，又把茶碟拿到客厅，贝尔夫人痛苦地在我前面走，仿佛她的背很疼。她在往常坐的锦缎椅子上坐下来，没有像以前那样盘起腿，而是双手紧握放在膝盖上，双腿交叉，向后靠，很疲劳的样子。

"抱歉家里一团糟，"她看着放在桌上的一堆纸，"我在扔以前的信件和账单——我人生的碎片，"她说，我把一杯茶放进她的手里。"太多了。"她朝椅子旁边要溢出来的废纸篓点了点头，"不过这会让詹姆斯轻松一点。对了，上周他来接我时，开车经过了蒙彼利埃谷。"

"您看到我的店了吗？"

"是的——有两件我的礼服在橱窗里！你在华达呢套装上加了个毛领，看上去很时髦。"

"那不是真正的毛皮。不过我的助理安妮觉得它会带给人秋意。看到您的衣服在那里，展示给别人看，希望您不要伤心。"

"正相反——我很开心。我发现自己努力想象哪些女人会拥有它们。"

我笑了。贝尔夫人问起迈尔斯，我告诉她我去了他家。

"他宠坏了他的小公主。"

"确实——到了疯狂的程度，"我透露说，"罗克西十分娇惯。"

"嗯，如果他漫不经心会更好。"没错，"他似乎对你很上心，菲比。"

"我要慢慢来，贝尔夫人。我才认识他六个星期——他差不多比我大十五岁。"

"我明白。这样你处于有利地位。"

"希望如此。虽然我不确定要占谁的上风。"

"他的年纪并不重要——重要的是你是否喜欢他,他对你好不好。"

"我喜欢他——很喜欢。我觉得迈尔斯很有魅力。他对我很好,十分殷勤。"我们继续谈话,我发现自己在给她讲罗宾逊·里约的事情。

"丹似乎是个好玩的人。"

"没错,他富有生活的乐趣。"

"不论谁拥有这种品质都很可贵。我在努力培养一点'生活的乐趣',"她苦笑道,"这并不容易。但至少我有时间来整理一切……"她看向那堆文件,"见我的家人,跟他们道别。"

"也许只是暂时告别,"我有些轻率地说。

"谁知道呢?"贝尔夫人说。陡然出现了一阵沉默。是时候了,我拿起我的包。

贝尔夫人看上去很沮丧。"你要走吗,菲比?"

"不,不是的,只是我想跟您说点事,贝尔夫人。也许现在不是合适的时候,您现在身体不太好……"我打开包,"也许正是这样让这件事变得更重要。"

她把杯子放回茶碟里。"菲比,你想说什么?"

我把那个信封从包里拿出来,取出红十字会的表格,放在膝盖上,把上面的折痕弄平。我深吸了一口气。"贝尔夫人,我最近在看红十字会的网站。我觉得如果您想再尝试一下——弄明白莫妮克到底出了什么事的话,我是说,也许会有结果。"

"哦,"她喃喃说,"可是……怎么尝试?我尝试过了。"

"是的，可那是很久之前。这段时间，红十字会的档案里又增加了很多信息。他们的网站上说明了，尤其一九八九年苏联将他们在占领期间获得的大量纳粹文件交给了红十字会。"我看着她，"一九四五年您开始搜寻时，红十字会只拥有一个卡片索引。现在，关于集中营的人，他们已经收集了千万份与之相关的文件。"

"我明白了。"她的脸上没有任何表情。

"您可以再搜索一下，电脑上可以提交申请。"

她摇了摇头："我没有电脑。"

"没关系，我有电脑。您只需要填写这张表格——我这里有一份……"我把表递给她，她用双手接过表，眯着一只眼睛读起来。"我可以帮您回电子邮件，表格会寄给德国北部的巴特阿罗尔森的红十字会档案保管员。几个星期内，您就可以收到回信。"

"我只剩几个星期了，刚刚好。"她苦笑着评论道。

"我知道您时日不多，贝尔夫人。可是如果有机会了解当初发生的事情，您会乐意试试的。不是吗？"我屏住呼吸。

贝尔夫人放下表格，盯着我。我的心沉了下去，意识到她很生气。"可我为什么要知道，菲比？或者说，为什么我现在要知道？为什么要寻求有关莫妮克的信息，只为了在某封官方信件里了解到她的确遭遇了我怀疑的可怕结局？你觉得那对我有帮助吗？"贝尔夫人在椅子上直起身，痛苦地皱眉，接着她的表情放松了些，"菲比，我现在需要平静，来面对我最后的日子。我需要放下我的悔恨，不再折磨自己。"她把表格拿起来，摇了摇头，"这只会给我带来焦虑。你必须认识到这一点，菲比。"

"我知道。我当然不想让您心乱，也不想让您不高兴，贝尔夫人,"我感觉喉头发紧,"我只想帮助您。"

贝尔夫人眨了眨眼。"你想要帮我,菲比?你确定吗?"

"是的,我当然确定。"为什么她要这么问?"我觉得那就是我闯入罗什马尔的原因。那不纯粹是偶然,肯定是命运引领我去那里的——不论您用什么词。自从那天开始,我就对莫妮克有这种感觉,挥之不去。"贝尔夫人盯着我,"我有这种强烈的感觉——没法解释为什么——她也许活了下来,您认为她死了,没错,看上去是这样。但也许有奇迹发生,您的朋友确实没有死,贝尔夫人——她没有死,她没有,她没有……"我啜泣起来。

"菲比,"贝尔夫人轻声说,"菲比,这跟莫妮克无关,是吗?"我盯着自己的裙子,上面有一个小洞。"这跟爱玛有关。"我看着她。透过我的泪水,她的面貌模糊了。"你努力让莫妮克复活,因为爱玛死了。"她低声说。

"也许……我不知道,"我哽咽着吸了口气,"我只知道我很悲伤,也很困惑。"

"菲比,"贝尔夫人柔声说,"通过'证明'莫妮克还活着来帮我,不会改变爱玛已经死去的事实。"

"是的,"我哑着嗓子说,"没有什么可以改变那件事。永远不可以改变。"我的头埋到胸里。

"我可怜的孩子,"我听见贝尔夫喃喃道,"我能说什么?你要努力活出你的人生,不要为没法改变的事情后悔——无论如何,那些事情也许不是你的错。"

我痛苦地咽了口气,看着她。"我觉得那是我的错。我会永远责怪自己。我会一直背负着它,度过我的余生。"一想到这儿,我的心就发痛。我闭上眼睛,听到火苗发出细微的咝咝声和钟表持续的嘀嗒声。

"菲比,"我听见贝尔夫人叹了口气,"你的生命还长,也许还有五十年,也许更久。"我睁开眼睛,"你要想办法活得开心一些,像其他人一样开心。"

"这似乎不可能。"一滴泪渗进我的嘴巴里。

"不是现在,"她轻声说,"但以后会的。"她递给我一张纸巾。

"发生在您身上的事情,您一直没能释怀……"

"是的,我没有。但我学会和它相处,这样它不会让我不知所措。你仍然感觉不知所措,菲比。"

我点点头。"我每天去店里,招待顾客,跟助理聊天;我做一切要做的事情。空闲时间,我跟朋友聚会,跟迈尔斯碰面。甚至可以说,我过得——过得不错。可是内心,我很纠结……"我的声音低了下去。

"这不奇怪,菲比,因为爱玛的事情才过去几个月。我觉得这就是为什么你执着于莫妮克的原因。出于你自己的悲伤,你对她的事耿耿于怀——似乎你相信莫妮克复活了,你就可以以某种方式复活爱玛。"

"但我不能。"我用纸巾擦了下眼睛,"我不能。"

"那么,别再纠结这些事情了,菲比。拜托了。为了我们两个,别再追究下去。"贝尔夫人拿起红十字会的表格,撕成两半,把碎片扔进纸篓。

/ 第十二章 /

仿若交换人生

贝尔夫人是对的。我在厨房里坐了一个多小时,凝视着餐桌,一动不动。由于我自己的悲痛和内疚,我对莫妮克的事情耿耿于怀。我很愧疚,让一个虚弱老太太痛苦不堪。

我等了几天,试探性地再去看望贝尔夫人。这次我们没有谈到莫妮克或爱玛,只是聊了一些日常琐事:新闻报道,本地的事情——篝火之夜就要到了——以及一些电视节目。

"有人买走了您的蓝色丝绸罗缎大衣。"我们玩起拼字游戏,我说。

"真的吗?她是什么样的人?"

"一个二十多岁的漂亮模特。"

"那么她可以穿这件衣服去参加有趣的派对。"贝尔夫人说着把字母放在她的架子上。

"我想是的。我告诉她这件衣服跟肖恩·康纳利跳过舞,她兴奋不已。"

"我希望你可以至少保留一件我的衣服,菲比。"

我还没想过这件事。"我喜欢您的华达呢套装。它还摆在橱窗里。也许我会留下这套衣服,我觉得它适合我。"

"想象一下你穿上它的样子,哦,亲爱的,"她说,"我有六个辅音,我该怎么办?啊……"她颤颤巍巍地把一些字母放在拼板上,"好了。"她组成了一个词:谢谢。"浪漫仍在上演吗?"

我计算她的分数。"和迈尔斯吗?"

她看着我:"是的。你觉得我说的是谁呢?"

"三十九——高分。我一个星期见了迈尔斯两三次。"我拿出相机给贝尔夫人看我拍的他在院子里的照片。

她赞许地点了点头。"他很帅。不知道为什么没有再婚。"她沉思道。

"我也很奇怪,"我说着重新排列字母,"他说过八年前碰到过喜欢的人。上周五我们在米其林吃饭时,他跟我说了原因。因为伊娃想要孩子。"

贝尔夫人跟我当时一样迷惑不解。"为什么这会是个问题?"

我耸了耸肩:"迈尔斯不想再要孩子。他觉得这样对罗克西来说太难了。"

"对她来说,这也许会是件好事——也许是最好的事情。"贝尔夫人说,没有从拼板上抬起头来。

"我也说了类似的话。但是迈尔斯说如果有其他孩子要求他的关注,他担心会给罗克西带来不好的影响,因为她需要的关注更多。当时她母亲才去世两年。"

我边重新排列字母,边回想当时的对话。

"为这事我一直很痛苦，"我们喝咖啡时，迈尔斯说，"时间在流逝。伊娃三十五了，我们在一起一年多了。"

"我明白了，"我说，"到了紧要关头。"

"是的，她自然想要知道……我们的感情何去何从。我不知道该怎么跟伊娃说。"他放下杯子，"于是我问了罗克西。"

我吃惊地看着迈尔斯："你怎么跟罗克西说的？"

"有一天我问她是否想要一个弟弟或妹妹。她看上去惶惑不安，然后放声大哭起来。我觉得仅仅是考虑这个问题都是对她的背叛，所以……"他耸了耸肩。

"所以你跟伊娃分手了？"

"我不想让罗克西承受更大的压力。"

我摇了摇头："可怜的女孩。"

"是的，她经历了太多。"

"我指的是伊娃。"我轻声纠正他。

迈尔斯倒抽了一口气。"她很伤心。我听说她很快跟其他人约会，有了孩子，但我感觉……"他又叹了口气。

"你犯了个错误？"

迈尔斯支吾了一下。"我做了对我的孩子来说正确的事情……"

她是他的阿喀琉斯之踵……也许这就是塞西尔的意思。迈尔斯太顺着罗克西了——让她做他自己就可以做的决定。

我放下字母。正好是"Chance"这个单词，"那是十一分"。

贝尔夫人把袋子递给我。"当然我也为他的女朋友感到遗憾。可如果你想要孩子呢，菲比？"她抿紧嘴唇，"我希望迈尔斯不要再征求罗克西的意见。"

我摇了摇头。"他说告诉我这些就是想让我明白,如果我想要一个家庭,他不反对。正如他指出的,罗克西已经长大了。"我拿了更多的字母,"不过考虑这个问题还太早,更不说拿到台面上来谈。"

贝尔夫人抬起头来。"一定要生孩子,菲比——如果你可以的话。不仅仅因为孩子能带来快乐,还在于忙碌的家庭生活让你没有时间沉湎于过去的遗憾。"

"没错。嗯,我三十四岁了,还有时间……"只要我够幸运就行,我想,别像那个买了粉色蛋糕裙的可怜女人。"又该你了,贝尔夫人。"

"我要拼 peace,"她笑着说,盯着她的字母,然后把它们拼起来,"P,E,A,C 和 E。"

"那是十分。"

"告诉我,店里忙吗?"

"最近很忙,因为到了派对季。不经意间圣诞节也要来了。"我为自己的失言脸红了。

贝尔夫人黯然笑道:"嗯,我想我没法跟别人拉响彩炮[①]了。谁知道呢?"她耸耸肩,"也许我还可以。"

接下来的周二,一个女人拿了些衣服让我评估。

"全是内衣,"我们在办公间坐下来时,她解释说,打开小皮

[①] 在英国用于圣诞聚会和聚餐,通常装有纸帽、小礼品及笑话纸条。

箱,"从来没穿过。"

箱子里面是漂亮的丝绸缎面睡衣和蕾丝花边的晨衣,还有精致的紧身胸衣和吊袜腰带。有一条带聚拢文胸和渔网下摆的华丽淡蓝色丝绸长衬裙。

"你可以穿这条裙子去参加派对,不是吗?"我拿起那条裙子时,女人说。

"没错。这些衣服都很漂亮。"我抚摸着一件浅橙色的缎子睡衣棉袄,"它们是 20 世纪 40 年代中后期的,质量很好。"我拿出一条橙红色斜裁丝绸蕾丝衬裙,两件桃色缎面胸罩,还有配套的连衫衬裤。"这些是里格比·佩勒的——那时他们还没开业多长时间。"大部分衣服上面还挂着标签,跟新的一样,除了一件紧身衣上有两个橙色的污点,那是袜带生锈留在衣物上的。"这是谁的嫁妆吗?"这个场景我见过很多次了——一位准新娘满心期待她的蜜月,收集各种精致特别的东西。

"不全是,"女人回答,"因为没有婚礼。这些是我姨妈莉迪亚的衣物。她今年过世了,活了八十六岁。她终身未婚,人很温和,生前是一位小学老师。"女人继续说,"她对时尚完全没有兴趣——她总是穿朴素实用的衣服。总之,她葬礼过后的几个星期,我去普利茅斯整理她的屋子,查看了她的壁橱,挑出大部分准备送到慈善商店的衣物。然后我上楼去了阁楼,发现了这个箱子。打开箱子时,我十分惊奇。简直不敢相信这些衣服是她的。"

"你是说因为它们太漂亮太……性感?"女人点了点头,"你姨妈订婚过吗?"

"没有,说来遗憾,她没有。"女人的脸色阴沉下来,"我知道

281

她很失望。"她继续说,"不过我忘记了细节,除了那个男人是个美国人。我马上给妈妈打了电话——她八十三岁了——母亲告诉我莉迪亚姨妈爱上过一个名叫沃尔特的美国军人,一九四四年的春天,她在托特尼斯排演厅的一次舞会上认识了他。那里有几千名美国军人,在普顿沙滩和托克罗斯为诺曼底登陆接受训练。"

"他牺牲了吗?"

她摇了摇头。"他活了下来。我母亲说他长得很帅,人也很好——她记得他为她修过自行车,给她们带糖果和尼龙长袜。他跟莉迪亚经常见面,在回美国之前,他又来看她,告诉莉迪亚他一'安顿好'就派人来接她,他是这么说的。沃尔特回到了密歇根,他们写信给彼此,他在每一封信里都说会'尽快'来接我的姨妈,但是……"

"他没有来?"

"是的。这样过了三年——在这些互通消息的信件中,有时附带他自己、他父母、他的两个兄弟和他们家的狗的照片。然而在一九四八年,他写信说他结婚了。"

我拿出一件白色的缎面紧身胸衣。"这期间你姨妈一直在收集这些漂亮衣服吗?"

"是的,为了她永远没能拥有的蜜月。妈妈说她和我外婆一直劝她忘了沃尔特,可莉迪亚坚信他会回来。她心碎了,再没看上过别人。真是可惜。"

我点点头。"看着这些漂亮的衣物,想到你姨妈从没从中获得乐趣,真叫人伤心。"她肯定是满怀憧憬买下这些衣物的,想想就令人心碎。"我觉得买这些衣服她花了很多钱——还有所有的布票。"

"肯定是的,"女人微微耸了耸肩,"总之,这些衣服没有穿过真是遗憾;希望有人会喜欢上它们。"

"嗯,我想买下它们。"我建议了一个价格。女人很满意,我给她写了张支票,然后把衣物拿到贮藏室。它们在箱子里放了太长时间,我把它们挂在架子上,来消除衣服上面的轻微霉味。等到将最后一件晨衣挂在衣架上时,我听到铃声响了,传来一个男人的声音,请安妮签名。

"是包裹,菲比,"我听见她喊道,"两个大箱子,肯定是蛋糕裙。是的。"我走下楼梯时她说,"寄件人是里克·迪亚兹,从纽约寄来的。"

"他花的时间真久。"我说。安妮小心地用剪刀划开第一个箱子。她撕下封盖,拿出裙子,薄纱衬裙弹了出来,就像装了弹簧。"裙子很美,"安妮屏住呼吸,"瞧衬裙多严实呀——多么漂亮的颜色啊!"她拿起一条朱红色的裙子,"这条裙子红得就像着了火一样,这条靛蓝色的裙子就像仲夏的夜空。这些裙子肯定很抢手,菲比。我要是你,我会再订几条。"

我拿起那条橘红色的裙子,抖平折痕。"我们会像以前一样在墙上挂四条裙子,两条放在橱窗里——红色的和鲜绿色的。"安妮又打开第二个箱子,不出所料,里面是包包。

"我猜对了,"我快速查看了一下包包说,"大部分不是古董包——实际上它们相当普通。那个路易·威登的手提袋是假的。"

"你怎么看出来的?"

"从它的衬里。真品有棕色的棉帆布衬里,不是灰色的。带子底部的针脚数量不对——应该刚好是五针。我不想要这个包。"我说,丢出一个20世纪90年代中期的萨克斯海军蓝单肩包,"这个黑色的凯尼斯·柯尔包过时了,这里的珠饰也没有了……这个不要,不要,不要,还是不要。"我说着打开一个铂金包,上面有勒曼品牌折扣店的标签,"真不想买下这些包,可是我得让里克高兴,不然他就不会给我寄我想要的衣服了。"

"这个包不错。"安妮抽出一个20世纪40年代的格莱斯顿式旅行提包,"保存完好。"

我审视着这个包。"有点磨损了,不过可以擦亮……哦,这个包我喜欢。"我抽出白色的鸵鸟皮信封包,"这个很精致,我甚至可以自留。"我把包塞在胳膊下面,照了下镜子,"我现在要把它们放进贮藏室。"

"这条黄色的蛋糕裙呢?"安妮开始把新的蛋糕裙挂在软衣架上,问道,"它还在预留架。卡蒂怎么了?"

"我有十天没见到她了。"

"舞会什么时候开始?"

"下周六,还有时间……"

可是又过了一周,卡蒂仍然没有出现,也没有打电话过来。在舞会前的那个周三,我决定联系她。我把一个大南瓜摆在橱窗里——对万圣节的唯一让步——意识到我没有她的电话号码,也不知道她姓什么。我在考斯特卡特超市的答录机上留了一条消息,问他们能否联系到她,周五时我还是没有收到回音。于是午饭后,我把那条裙子挂回墙上,和橘红色的、紫色的和亮蓝色的裙子放在一起——靛蓝色的那条已经卖掉了。

拍松衬裙时,我寻思卡蒂是不是找到了一条她同样喜欢但价格更便宜的裙子;或者她不去参加舞会了。我又想起罗克西会穿的裙子——那是克里斯汀·拉克鲁瓦当季的"彩色玻璃"晚礼服,在《时尚》杂志展示过。

"那是令人惊诧的一大笔钱。"迈尔斯为她买下那条裙子的第二天,我和他坐在我们家厨房里时,我对他说。那是他第一次来我家。我烤了菲力牛排,他拿来了一瓶可口的香缇梅乐。我喝了两杯,感觉放松了些。"三千六百英镑。"我不能置信地又说了一遍。

迈尔斯喝了口酒。"那是一大笔钱,可是我能说什么?"

"比如,'太贵了'?"我毫无顾忌地建议道。

迈尔斯摇了摇头:"没那么容易。"

"是吗?"我寻思罗克西也许从没被人拒绝过。

"罗克西铁了心要买那条裙子,这是她参加的第一场真正的慈善舞会。会有很多新闻媒体,她觉得也许有人会拍她。此外他们会评一个最佳着装嘉宾奖,她还是有竞争意识的,因此……"他叹了口气,"我同意她买那条裙子。"

"她不需要做些事来回报你吗?"

"什么事——洗车或者拔草吗?"

"是的,类似的事情。或者在学校更努力学习?"

"我不需要她这么做,"迈尔斯告诉我,"罗克西知道那条裙子的价格,她很感激我买下来——我觉得那就够了。她现在没有寄宿,学费少多了,我也不必吝惜这笔钱。我本来就准备在佳士得拍卖会上花一大笔钱的,记得吗?"

我翻了个白眼。"怎么可能忘记?"我装满沙拉碗,想到那条带雪纺绸拖裙的白色真丝垂顺长裙,"你难道不想让罗克西觉得她必须付出努力才能得到这条裙子吗——至少要做点什么?"

迈尔斯又耸了耸肩:"不见得。不。有什么意义?"

"呃……我觉得关键是……"我抿了口酒,再次把杯子斟满,"关键是罗克西轻而易举就能得到一切。就像这些东西理所当然就是她的一样。"

迈尔斯盯着我:"你到底想说什么?"

他的语气让我退缩了下。"我是说……孩子需要激励。就这些。"

"哦,"他的表情放松了下来,"是的。当然……"我跟他讲了卡蒂和那条黄色舞会裙的事情。

他喝了口酒,宽容地朝我微笑。"那么你拿这个来教育我,是吗?"

"可能是的。我觉得卡蒂的所作所为让人钦佩。"

"是的。但是罗克西的处境不一样。在她身上花这么多钱我并不心疼,因为我花得起,也慷慨做慈善,在花钱上我并不自私。我有权处理我的钱。我选择花在家人身上——也就是罗克西身上。"

"嗯……"我耸了耸肩,"毕竟她是你的孩子。"

迈尔斯不停摆弄着酒杯。"是的。我独自抚养了她十年,这不是容易的任务,我讨厌别人说我教子无方。"

这么说其他人也注意到了迈尔斯对罗克西的溺爱，星期六上午我走去店里的路上想。不可能不注意。我打开门，寻思着如果迈尔斯和我有一个孩子，他是不是也会这样对待那个孩子。我不会让他这么做。接着我发现自己在琢磨我们的家庭生活会是什么样的。也许随着时间的推移，罗克西对我会温和一些，要是没有……她十六岁了，我边脱下外套，边提醒自己。她马上要自己去打天下了。

我把牌子翻到"营业"，真希望有人来帮我。星期六总是最忙的一天。安妮说她周末不想工作，她要去布莱顿见男朋友。我打消了让妈妈来帮忙的念头，她对古董服饰没有兴趣，此外她全职工作，需要休息。

第一小时就来了八位客人。那条紫色的舞会裙被买走了，还有男装架上的一件巴宝莉风衣。接着一个男人进来给他妻子寻找礼物，最后买了几件莉迪亚的女内衣。之后暂时平静下来，我靠在柜台上，欣赏了一会儿希思的风景。有孩子在骑自行车和追球，有些人在慢跑，有的推着婴儿车，有的在放风筝。我凝视天空，上面飘浮着大朵白色积云和厚厚的雨云，远处有一缕卷云。我伸长脖子，可以看见飞机在蓝天下留下痕迹，在阳光下闪闪发亮。再往低处看，一朵边缘异常光滑的巨大背光云像一艘宇宙飞船一样悬停在希思上空。我想象一周后的篝火之夜上，烟花将布满整个天空。我爱布莱克希思的烟火大会，还可以跟迈尔斯一起度过这段美妙的时光。突然我听到铃声叮当作响。

是卡蒂。走进来时她脸红了，扫了眼墙上，看见挂在那里的那条黄色裙子，在新舞会裙旁边。"你把它挂回去了。"她沮丧地说。

"是的,我不能再保留它了。"

"我明白,"她一脸愁容,"我很抱歉。"

"你不想要这条裙子了?"

她懊恼地叹了口气。"我想要。可上周我的手机被偷了,妈妈说我得自己买新手机,因为我太粗心了。我的两个照看孩子的工作取消了,因为那位妻子忘记了现在是期中假,他们去度假了。我在考斯特卡特超市的工作也丢了。恐怕我买不了这条裙子了——还差一百英镑。我一直没告诉你,因为一直希望事情能有转机。"

"真遗憾。那么你准备穿什么衣服?"

"我不知道。我有一条穿了很久的裙子。"她苦笑道,"那是一条苹果绿的涤纶云纹裙。"

"哦,听起来……"

"很丑?是的——它应该配一个呕吐袋。我可能会去耐斯特商店买点东西,可有点晚了。也许我不会去参加那个舞会。"她举起双手,"太难了。"

"这里价格便宜些的衣服,有你喜欢的吗?"

"呃……也许,"卡蒂在晚装架翻了翻,摇了摇头,"我没看到合适的。"

"你挣了一百七十五英镑吗?"我冲动地问道。她点点头。我看着那条裙子。"你真的想要这条裙子吗?"

卡蒂目不转睛地看着那条裙子。"我喜欢这条裙子,做梦都想要。丢手机后最糟糕的事情是丢了这条裙子的照片。"

"这回答了我的问题。瞧,你可以以一百七十五英镑的价格买下它。"

"真的吗?"卡蒂高兴得踮起脚,"可是你可以全价卖出去的——"

"没错。可我宁愿卖给你——只要你当真想要。一百七十五英镑也是一大笔钱——至少对于大多数十六岁的孩子来说。"我脑中闪现出罗克西的形象,"你确定想要吗?"

"我确定!"卡蒂大声说道。

"你要先给你妈妈打个电话吗?"我示意柜台上的电话。

"不用。她也觉得这条裙子很美——我给她看了照片。她说她没法给我买,但给了我三十英镑。我知道妈妈想要我拥有这条裙子。"

"那么你应该拥有,"我把裙子拿了下来,"它是你的了。"

卡蒂拍了拍手。"谢谢你。"她显出一脸喜悦的光彩。

"鞋呢?"她掏出信用卡时,我问道。

"妈妈有一双黄色露跟皮鞋,我有一条黄色玻璃花项链,还有一些闪亮小发夹。"

"听起来真好。你有披肩吗?"

"没有。"

"等一等。"我去拿了一条柠檬色的欧根纱披肩,披在裙子上试了试,"简直完美。"

"哦,很美。用完后我会还回来的,我保证。谢谢你!"

我把披肩叠好和蛋糕裙一起放进袋子里,递给卡蒂。"希望这条裙子能让你开心,好好享受舞会!"

"对于伦敦自然历史博物馆的恐龙来说,昨晚是一个可怕的晚上。"第二天早上空中新闻台的主持人说。迈尔斯打开厨房的电视机,我们边吃早饭边看。"一千名青年人会聚博物馆参加蝴蝶舞会,助力青少年白血病信托基金。这次舞会由蝶蛹公司提供赞助,由永远年轻的安东尼和唐纳利主持,到场嘉宾包括比阿特丽斯公主……"我们看见比阿特丽斯公主身穿粉红的丝绸礼服进入博物馆,对着镜头微笑,"……享用美酒佳肴,随着复刻披头士乐队的音乐起舞,《歌舞青春》舞台剧的演员也前来助兴。现场有抽奖活动,奖品包括苹果手机、数码相机和各种名牌商品,还有包括《量子危机》美国首映礼门票在内的纽约之旅。舞会一共募集到了六万五千英镑的善款。"

"不知道能不能看到罗克西。"迈尔斯说,我们都盯着屏幕。

她还在补觉。昨晚凌晨一点钟后,一位朋友的母亲把她送了回来。迈尔斯一直等着她,我先睡觉了。

"你跟罗克西说了我在这里吗?"我边把果酱涂在吐司上,边问,"你说过你会。"我焦急地补充。

"恐怕我没有。她精疲力竭,直接睡觉了。"

"希望她不会有意见……"

"哦……我想她不会。"他无力地说。

罗克西突然出现了,身穿浅灰色开司米睡袍,蹬着一双粉红的兔子拖鞋。我的双膝开始发抖,于是把膝盖抵在桌子下面。接着我提醒自己我比她大一轮。

"嗨,亲爱的。"迈尔斯冲罗克西笑,她正用一种傲慢、故意为之的迷惑表情看着我,"你记得菲比,是吧,亲爱的?"

"嗨,罗克西,"我的心因为紧张怦怦直跳,"舞会怎么样?"

她走到冰箱前面。"还好。"

"我认识一些去参加舞会的孩子。"我告诉她。

"真有趣。"她答道,拿出橙汁。

"你的朋友去了很多吗?"迈尔斯问道,递给她一个杯子。

"是的,有几个。"她一脸疲惫地坐在早餐吧前的凳子上,给自己倒了杯橙汁,"西耶娜·芬维克、露西·库茨、伊沃·史密森、伊兹·哈尔福德、米洛·德本汉姆、特里奇·桑顿……还有老好人卡斯珀——冯·谢伦伯格,不是冯·欧伦贝格。"她瓮声瓮气地打了个哈欠,"我在洗手间碰到了皮绮斯·吉尔道夫。她真的很酷。"她从架子上拿起一片吐司。

"克拉拉去了吗?"迈尔斯问道。

罗克西拿起餐刀。"去了。我没有理会她。那个贱人。"她随意说道,把黄油涂在吐司上。

迈尔斯叹了口气,但是忽视了她语气中的恶毒。"除此之外,你玩得很开心吧?"

"是的——直到一个白痴毁了我的裙子。"

"一个白痴毁了你的裙子?"我傻傻地重复道。

罗克西不动声色地看了我一眼:"没错。"

"罗克西。"我的心跳个不停。迈尔斯应该会指责罗克西的无礼吧——只是时间问题。"那条裙子很贵。你不应该让这种事情发生,亲爱的。"我感觉心沉了下来。

罗克西大为恼怒。"不是我的错。所有人都上台参加'最佳着装嘉宾'的评选，那个愚蠢的女孩踩到我的裙子，裙子的后面被撕破了。"

"我可以帮你补好，"我提议说，"你可以拿给我看一看。"

她耸了耸肩："我会把它寄回拉克鲁瓦。"

"那会花很多钱。我很乐意帮你把这条裙子拿到我的裁缝那里——她技术高超。我自己也可以补——"

"我们可以打网球吗，爸爸？"罗克西问道，忽视了我的话。

"……如果只是简单的撕裂的话。"我有气无力地补充道。

"我真的想打网球。"她又从架子上拿了一片吐司，放在盘子上。

"你家庭作业写完了吗？"迈尔斯问她。

"你知道现在是期中假，爸爸。我没有家庭作业。"

"但我觉得你有一篇地理论文要写，本应该在期中假开始前完成的。"

"哦，是的……"罗克西把一绺睡乱的头发塞在耳后，"那不会花很长时间。也许你可以帮我。"

他宠溺地叹了口气。"好的，那我们打网球吧。"他看着我，"为什么你不加入我们呢，菲比？"

罗克西把吐司一分为二。"三个人没法打网球。"我看着迈尔斯，等着他让她乖乖听话，可迈尔斯没有。我紧咬嘴唇。"此外我想练习发球，需要你给我击球，爸爸。"

"菲比？"迈尔斯说，"你想打吗？"

"没事，"我轻声说，"我要回店里了，有很多事情要做。"

"你确定吗？"他问道。

"是的,谢谢。"我起身去拿外套和包。一步一步来,我想。罗克西知道我在这里过夜已经足够了。

星期一早上,我让安妮赶紧去银行兑了些现金收银用。回来时,她拿着一份《标准晚报》。"你看过这个了吗,菲比?"

报纸中间是一篇关于舞会的大幅报道,有一张"最佳着装嘉宾"的照片——一个穿着自制的未来风格裙撑的女孩,裙子用了上下交叠的银色皮圈——美艳绝伦。还有一张两个男孩和两个女孩的合影,其中一个女孩是卡蒂,文章中引用了她的话,说她的舞会裙来自布莱克希思的古董衣坊,在那里你能以合理的价钱买到华丽的古董衣服。

"谢谢你,卡蒂!"我高兴地喊道。

安妮笑了。"了不起的公关。她确实去了舞会。"

"她差点没去成。"我跟安妮说了发生的事情。

"嗯,你拿回了你的一百英镑,菲比——带息的。"她说着把上衣放在办公间,"好了,今天还有什么事情需要我知道吗?"

"我要去西德纳姆看一些衣服。有个女人退休后要去西班牙,决定处理掉她的大部分衣服。我要出门大约两小时。"

实际上,我花了快四小时。我没法让普赖斯夫人住口,她是一个穿着豹纹衣服的六十多岁的退休老太太。她一件接一件地把衣服拿出来时,没完没了地说话,巨细无遗地解释她的第一任丈夫在哪里给她买了这件衣服,她的第三任丈夫在哪里给她买了那件衣服,她的第二任丈夫为什么不能忍受她穿某件衣服,一说到衣服，男人就令人头痛。

"您应该穿您想穿的衣服。"我取笑道。

"要是有那么容易就好了。"她咯咯发笑，"不过现在又要离婚了，我会随心所欲的。"

我买了十件衣服，包括两条非常漂亮的奥斯卡·德拉伦塔的鸡尾裙，一件莲娜·丽姿的黑纱舞会礼服，肩部还绣着白色的丝绸玫瑰，还有一件象牙色绉丝礼服，有马克·博昂为迪奥设计的扇形饰边。我给普赖斯夫人写了张支票，约好一周后去取衣服。

开车回布莱克希思的路上，我担心没有足够的空间放这些衣服——贮藏室塞满了。

"你可以把从里克那里买来的一些包处理掉。"我跟安妮讨论这个问题时，她建议道。

"好主意。"我同意道。

我走上楼，找到了放里克包包的箱子，拿出十个我不想要的包，在多萨克斯包里掏出一支自动铅笔，把假的路易·威登斯皮迪手袋里的几张皱皱巴巴的内曼·马库斯收据拿出来。我看了看凯尼斯·柯尔包的里面，不确定要不要把它拿到乐施会，衬里被一支漏水的钢笔弄得很脏。我把包包放进三个大购物袋里，又看了看准备保留下来的两个包。

格莱斯顿式手提旅行包可以马上放进店里。皮是可爱的白兰地色，底部有点划痕，但不是特别显眼。我快速擦了一下，又查看那个白色鸵鸟皮信封包。这个包简约高雅，表面全新——看来很少被使用。我查看了下扣件，运转正常，我掀起封盖时看见里面有东西——一张传单，或者更像一张节目单。我拿了出来，展开它。那是一九七五年五月十五日的一场室内音乐会的节目单，由"悠扬四重奏弦乐团"在多伦多的梅西音乐厅表演。这么说这个包来自加拿大，之所以保存完好，显然是因为自从三十五年前的那个晚上之后，就没被用过。

节目单简单地用黑白两色印制。正面是四种乐器的抽象图案，背面是乐团成员的一张合影——三男一女。我从节目单上读到，音乐会上半场，他们演奏了戴留斯和席曼诺夫斯基的音乐。中场休息后，又演奏了门德尔松和布鲁赫的。有一段关于乐团的介绍，说他们从一九五四年就一起演奏了，这次演出是全国巡演的其中一站。我转入封底内页读这几位音乐家的小传，读到了他们的名字——鲁本·凯勒、吉姆·克雷斯韦尔、赫克·托莱文和米里亚姆·利皮茨卡……

一时间我无法呼吸。

她叫米里亚姆。米里亚姆……利皮茨卡。我刚想起这个名字。

我又开始快速呼吸，端详跟这个名字相配的脸。她四十多岁，一头黑发，表情稍微有些严肃。这场音乐会在一九七五年举行，她现在应该八十岁了。我读着她的小传，节目单在我手中颤抖。

米里亚姆·利皮茨卡（第一小提琴手）一九四六年至一九四九年在蒙特利尔音乐学院接受训练，师从约阿希姆·西科特。她在蒙特利尔交响乐团待了五年，之后跟她的丈夫赫克·托莱文（大提琴手）共同创立悠扬四重奏弦乐团。利皮茨卡女士定期在多伦多大学举办音乐会，开设大师班，悠扬四重奏弦乐团就驻扎在多伦多大学。

匆忙中我差点从楼梯上摔下来。

"小心,"安妮警告道,"你还好吗?"我冲过她身边去电脑前面时,她说。

"我很好。我要忙一会儿。"我关上门,坐了下来,在谷歌输入"米里亚姆·利皮茨卡,小提琴家"。

肯定是她,加载结果时我想。"快点!"我恳求屏幕。有很多米里亚姆·利皮茨卡的条目,有跟悠扬四重奏协弦乐团有关的,有加拿大报纸上对他们音乐会的评论,有对他们制作的唱片的评论,有她教过的年轻小提琴家的名字,但我需要一份更详细的传记。我点开加拿大音乐百科全书网站,点击她的页面。我的眼睛热切地盯着这些词语。

米里亚姆·利皮茨卡,杰出的小提琴演奏家,小提琴教师,悠扬四重奏弦乐团的创始人,一九二九年七月十八日出生于乌克兰……

毫无疑问,就是她。

一九三三年,她与家人搬到巴黎。一九四五年十月,她移居加拿大,约阿希姆·西科特发现了她,作为女门生,她靠奖学金去了蒙特利尔音乐学院求学。……她在蒙特利尔交响乐团待了五年,跟随乐团进行全国和世界巡演。另外,利皮茨卡女士的表演生涯开始于战争时期,当时,十三岁的她在奥斯维辛女子管弦乐团演出。

"哦。"我倒抽了一口气。

利皮茨卡是乐团最年轻的成员,乐团的四十位成员包括安妮塔·拉斯克-沃尔菲施和范妮·费尼洛,指挥是古斯塔夫·马勒的侄女阿尔玛·罗斯。

那么就是她，显然她还活着，要不然条目上会说明，而且条目最近被更新过。可我怎么才能联系上她呢？我又看了一遍谷歌的搜索结果。"悠扬四重奏弦乐团"跟德洛斯唱片公司录制了贝多芬晚期的四重奏，也许我可以通过这条线索找到她。可查看的时候才发现这家唱片公司早就关闭了。于是我登录多伦多大学的网站，来到音乐学院。我拨打了网页上的联系电话，心怦怦乱跳。电话响了五声后，被接了起来。

"早上好，这里是音乐学院，我是卡罗尔。有什么可以帮你？"

我紧张得有点语无伦次，解释说我需要联系小提琴演奏家米里亚姆·利皮茨卡。我说我知道她20世纪70年代中期在多伦多大学教书，其他情况我不了解。我希望多伦多大学可以帮忙。

"哦，我是新来的，"卡罗尔告诉我，"我打听一下给你回电话。可以给我你的电话号码吗？"

我给了她店里的号码、我的手机号和家里的电话号码。"你觉得什么时候可以给我回电话？"

"尽快。"她欢快地答应道，挂上电话。

我确定多伦多大学里有人认识米里亚姆。也许只要几个电话就能联系上她，我告诉自己。她跟莫妮克也许同一时期在奥斯维辛，我推断。她们在集中营时及之后应该有联系——如果莫妮克活下来的话。

冥冥中又有一种新的力量让我去弄清楚莫妮克发生了什么，也许我对她的寻根问底不是一种执念。命运让我拐错弯去罗什马尔肯定是有原因的？现在命运再次通过放在一个白色小手袋里快三十五年的音乐会节目单，让我靠近莫妮克。有一种力量引导我接近她……

我浑身一颤。

"你还好吧，菲比？"我听见安妮问道，"你今天似乎有点焦虑，不像往常那么镇定。"

"我很好，谢谢，安妮。"我很想告诉她这件事情，"我很好。"我试图专注地回答网站上的询问。下午五点了——离我跟卡罗尔通电话过去一小时了。

门铃突然响了，身穿校服的卡蒂走了进来。

"你在《标准晚报》上的照片非常美！"安妮叫道。

"也是对店铺很好的推销，"我补充道，"谢谢你。"

"这是我能尽的绵薄之力——并且我说的都是真的。"卡蒂打开帆布背包，拿出一个塑料袋，"总之，我是来还这个的。"她拿出那件黄色的披肩，折叠得整整齐齐。

"留着它吧，"我说，仍然为前一小时发生的事情兴奋不已，"好好穿。"

"真的吗？"卡蒂惊奇地看着我，"嗯……再一次谢谢你。我要开始称呼你为仙女教母了，"她欢快地说着，把披肩放回包里，"你真的太好了，菲比。"

"舞会怎么样？"安妮问道。

"精彩绝伦，除了一件事。"卡蒂做了个鬼脸，"我弄坏了一个人的裙子。"

"出了什么事？"我问道，心想也许是碰到胳膊肘，洒了红酒。

"真的不是我的错，"她疲倦地说，"我正要上台，就在那个女孩后面——她穿着一件漂亮的多色丝绸礼服，后面拖着雪纺绸裙裙，非常迷人。"我心一沉，意识到她说的是罗克西。"总之，她突然停下来跟别人说话，我不知不觉中踩到她的褶边，她再往前走时，我们听到撕裂的声响。"

"哎哟！"安妮说。

"我很窘迫，还没来得及道歉，她就开始对我吼叫。"我感到羞愧，脸也在发热，"她说她的裙子是克里斯汀·拉克鲁瓦的当季新品，花了她父亲快四千英镑，我必须付修补费——如果裙子可以被修补的话。"

"我确信可以。"我赶紧说。太尴尬了，我没法说认识那件礼服的主人，也见过破损的裙子——迈尔斯给我看过——我自己就可以修补。那个裂口很小，容易修补。

回忆当时的情况时，卡蒂脸色苍白。"她怒气冲冲地走了，晚会剩下的时间我都尽量躲着她。除了这件事，舞会真的是一个童话。再次感谢你，菲比。没有你我不可能去。我的裙子光彩照人。你觉得我可以时不时再来吗？我喜欢看这些衣服。也许我可以帮你。"她补充说。

"什么？"

"如果你需要人帮忙，给我打电话。"她在一张纸上写下她的号码，递给我，"我想要报答你。"

我对这张热切的脸笑了笑。"我会考虑你的建议的。"

"快五点三十了，"安妮提醒我，"我要清点现金吗？"

"拜托，把牌子翻到'打烊'。"电话响了。"我去办公间接电话。"我关上门，接起电话。"古董衣坊。"我急切地说。

"我是多伦多大学音乐学院的卡罗尔。请问是菲比吗？"

299

"是的。谢谢你这么快给我回电话。"

"我有一些关于利皮茨卡女士的信息。"我紧张得几乎没法呼吸,"自从20世纪80年代后期她就不在这里工作了。不过系里有人跟她保持着联系——她以前的学生,卢克·克莱默。但现在他在休陪产假。"

我的心沉了下去。"你能给我他的电话吗?"

"不行。他叮嘱不让人打扰他。"我不由得发出一声沮丧的叹息,"但是如果他碰巧打电话来,我会告诉他你打过电话。在此期间,恐怕只能等待。他周一回来。"

"没有其他人——"

"没有,抱歉。正如我所说,你只能等待。"

/ 第十三章 /

危急关头

第二天早上,我带着不想要的包包去了施乐会。我责怪自己收到它们时没有好好查看。不然我就不会错过卢克·克莱默。我怎么能等待一周?贝尔夫人还有那么长时间吗?似乎无望。

"你好,菲比,"我走进去时琼说,她放下手中的《黑&绿》报,"这是给我们的东西吗?"

"是的,几个不是特别好的包。"

"旧爱,"我把包递给她时,她评论道,"我们这里是这么说的——不是旧货。"她转动眼睛,"我仍然觉得这比废弃物好,不是吗?你还需要那些拉链和纽扣吗?"

"是的。"

琼在柜台下面翻找,找到了十几条不同颜色的金属项链,以及一大罐五花八门的纽扣。罐子底部,可以看到小飞机纽扣、泰迪熊和瓢虫形状的纽扣——它们让我想起小时候妈妈给我织的卡迪根式开襟毛线衣。

"你错过了周四的一场好电影,"琼说,"一共是四英镑五十分。"我打开包,"一九四八年的《盖世枭雄》,由鲍嘉和巴考尔主演。那是一部黑色传奇剧,讲述的是一位退伍老兵在佛罗里达群岛与黑帮交手的故事。之后我们聊得很开心,当然提到了《逃亡》,同样充满战后的绝望情绪。我觉得丹希望你能去。"我给她一张十英镑的钞票时,她说。

"下次去。最近我很……忙。"

"有很多事情要做?"我点点头,"丹也是。报纸赞助了周六烟火大会的热狗摊,他要找四万根香肠。你去吗?"

"是的,我很期待。"

琼把她的《黑 & 绿》报纸放在柜台上。我看了眼,头版是一篇有关烟火大会的文章,下面是一则带框的声明,宣布报纸的发行量达到了两万份——是一开始的两倍。想到这份成功里有我的功劳,我很高兴,不管多么间接,毕竟《黑 & 绿》报帮助了我。要不是丹的报道,我不可能碰到贝尔夫人,我确信她的友谊会把我带到某个重要的地方。我不知道是哪里,只是感到这种不可阻挡的力量。

星期五晚上我关上店铺的门后,去看贝尔夫人。她虚弱得让人难以置信,手一直保护性地放在肚子上,她的肚子明显肿大起来。

"你这周过得好吗,菲比?"她问,声音也虚弱多了。我俯瞰楼下的花园,树木凋零,垂柳的树叶枯萎变黄了。

"这个星期很有趣。"我回答说,但我没有告诉她那张节目单的事情。正如贝尔夫人说过的,她需要宁静。

"你要去烟火大会吗?"

"是的,跟迈尔斯一起。我很期待。希望那天喧哗声不会太打搅你。"我倒茶时说。

"不会,我喜欢看烟花。我会从卧室窗户看。"她陷入沉默,我知道我们都在思考。也许这是最后一次⋯⋯

贝尔夫人似乎很疲倦,大部分时候都是我在说话。我发现自己跟她讲起安妮,她的表演生涯,她多么希望自编自演。我跟她说了舞会和罗克西裙子的事情。她的眼睛惊讶得瞪大了,摇了摇头。我又告诉她卡蒂踩到了罗克西的裙子。贝尔夫人惊恐地笑了起来,脸上泛起皱纹,抽搐了下。

"疼就不要笑。"我把双手放在她的手里。

"这种疼痛是值得的,"她轻声说,勉强微微一笑,"我得承认,从我对她的了解来看,我不太喜欢这个女孩。"

"嗯,罗克西不容易相处——事实上她很难伺候,"我脱口而出,很高兴把我的一些负面情绪发泄出去,"她对我很无礼,贝尔夫人。昨晚我又去迈尔斯家了,每次我跟她说话,她完全不理会——如果我跟迈尔斯说话,她也会开始跟他说话,仿佛我不在那里。"

"我希望迈尔斯指责了她无礼的行为。"我没有回答,"他有吗?"她问道,眯起眼睛看我。

"没有。他说那样他们会吵起来,他讨厌跟罗克西吵架——会让他很多天心烦意乱。"

"我明白了。"贝尔夫人双手交叠。过了一会儿,她轻声说:"恐怕你就要心烦意乱了,菲比。"

我咬着下唇。"有点难,但我相信跟罗克西的状况会改善的。毕竟,她才十六岁,不是吗?——她一直都跟她爸爸在一起,所以我猜一开始肯定有点别扭,是吧?"

"我想这是迈尔斯说的。"

"实际上,是的。"我沉重地叹了口气,"他说我应该怜爱罗克西。"

"哦,"贝尔夫人轻声说,"考虑到她是被父亲养大的,你或许应该如此。"

星期六早上,在招待客人的间隙,我给迈尔斯打电话讨论晚上的聚会。"烟火大会八点开始,你什么时候来接我呢?"透过商店的窗户,我可以看见路障设置好了,茶点帐篷搭好了,远处,为篝火准备的大堆厚木板和旧家具也堆了起来。

"我们七点十五来接你。"迈尔斯承诺道。这么说罗克西也会来。"罗克西带上她的朋友艾丽格拉可以吗?"

"当然可以。"事实上,这样会更轻松,我想。"你不能开车过来,"我提醒他,"希思的路会封锁。"

"我知道,"迈尔斯说,"我们搭地铁。"

"我会做点吃的东西,然后我们一起走到希思去。"

一天结束我回到家时,发现爸爸给我留言,提醒我路易斯的生日快到了。"我觉得我们可以陪他在海德公园玩,再找个地方吃午餐。只有你、我和路易斯。"爸爸周到地补充道,"那天鲁丝在萨福克拍电影。等不及见你,亲爱的。"

我打开收音机收听六点钟的新闻。又是一篇关于银行业危机的报道。突然我听到有人介绍盖伊。我按下关闭按钮。听到他的名字就像他在房间里一样。

我把买来的开胃薄饼放进烤箱。七点十分时,迈尔斯打来电话。艾丽格拉来不了,所以罗克西也不来了。"这给我出了个难题。"他说,停了下来。

"为什么?罗克西十六岁了。如果她不想来,肯定可以自己在家里待几小时吧?"

"她说她不想一个人待着。"

"那就让她跟你一起来布莱克希思,本来就是这样安排的。"

"菲比——说服她不容易,我在尝试。"

"迈尔斯,我一直期待今晚。"

"我知道……瞧,我会让她跟我一起来。我们一会儿见。"

到七点四十时,他们还没有出现。我给迈尔斯打电话,他没有接。我给他留言,如果他们七点五十还到不了,我会去古董衣坊,我们可以在那里碰头。七点五十五时,还是没有消息,我感觉很失望,穿上外套,加入后来的人群,赶紧往希思走。

我们走上宁静山谷,可以看到激光束射向天空,远处的火堆发出杏黄色的光芒。我在店外,越等待越心烦。没有看见迈尔斯和罗克西的影子。烟火大会传出的音乐响彻希思,被人群倒数的声音淹没。

"四……三……二……一……"

嗖!隆隆!扑哧!

烟火在夜空中绽放,像巨大的闪闪发光的花朵。为什么罗克西总是这么讨人厌?为什么迈尔斯他妈的这么懦弱?

砰!砰砰!砰!越来越多的烟花盛开闪烁,我忽然想到贝尔夫人，独自一人从窗口观看。

啪……啪……啪……罗马烟火筒升上天空，像遇难的火焰信号，拖着粉色和绿色的晕彩。

噼啪……啪……噼啪！砰！银色的喷泉烟火从头顶倾泻下来，洒落蓝色、绿色、金色的火花。

突然我感觉手机在口袋里振动。我戴上耳机，用手捂住另一只耳朵。

"对不起，菲比。"我听见迈尔斯说。

我咬着嘴唇，压抑住满心的失望。"我以为你不来了。"

"罗克西大发雷霆。我努力让她来，可她断然拒绝。现在她说如果我想的话，可以自己去，可我猜已经太晚了。"

嗞！嗞！呜呜呜……白色的小烟火尖叫呼啸着向四周散开，空气中传来刺鼻的气味。

"太晚了，"我冷漠地说，"你错过了。"我合上手机。

隆隆！噼啪——噼啪——噼啪！砰！

最后有一个超新星礼花，鲜艳的火花颤抖着，慢慢褪去。天空只剩下几缕苍白的烟雾。

我不想转身回家，穿过马路，融入水泄不通的人群，经过挥舞着光剑和嘶嘶烟火的小孩身边。

几秒钟后，迈尔斯又打来电话。"今晚我很抱歉，菲比。我不想让你失望。"

十一月的冷空气让我颤抖。"嗯，你让我很失望。"

"我很为难。"

"真的吗？"我怒冲冲地走在快乐的人群中，闻到了炸洋葱的味道。右边,《黑&绿》报绿色和白色的标志醒目地印在泛光灯照明的食品帐篷上。"别介意,"我说,"我要去跟我的朋友丹说几句话。"我挂了电话,在人群中穿进穿出。如果迈尔斯觉得他在受惩罚,那也没事。

我感觉手机又振动起来,不情愿地接了。"请不要这样,"迈尔斯哄着说,"这不是我的错,菲比。罗克西有时候非常苛求。"

"苛求?"我忍住想要告诉他这么描述她更准确:冷酷自私——被宠坏的小孩。

"青少年都很自我,"迈尔斯告诫我,"他们认为世界围绕他们转。"

"他们不全是这样,迈尔斯,"我想起卡蒂,"罗克西今晚应该听你的。天知道,你为她做得够多了。一个星期前,她穿的一条裙子就花了你一大笔钱。"

"嗯……是的。"我听见他叹了口气,"你说得没错。"

"一条我好心给她修补的裙子!"

"听着,我知道,我很抱歉,菲比。"

"你又对她让步了。你总是对她让步!"迈尔斯没有答复。

"好了,我们可以不谈这些吗?"我不想在公众场合吵架。我按了结束通话按钮,拉起兜帽挡住越来越大的雨。

快要到那顶大帐篷时,我看见服务员穿着漂亮的《黑&绿》围裙在做热狗,西尔维亚、埃莉、马特和丹在一边帮忙,丹在挤番茄酱。我发现自己在寻思在他看来番茄酱是什么颜色的——也许是绿色的。丹看见我,冲我挥手。他看上去高大结实,友好温和,我发现自己突然渴望得到他的拥抱。我站在队伍的一边,好跟他说话。

"你还好吧,菲比?"丹盯视着我。

"是的……我很好。"

他歪歪扭扭地涂了更多番茄酱到一根热狗上,递给下一位顾客。"你似乎很心烦。"

"算不上。"

"我们去喝一杯吧?"他示意供应啤酒的帐篷。

"你正在忙呢,丹,"我反对道,"你没有时间。"

"对你我有时间,菲比。"他坚持说,"给你,埃莉。"他把番茄酱瓶子递给埃莉,"你来挤番茄酱吧,亲爱的。走吧,菲比。"

丹解开围裙,我感觉手机又在振动。又是迈尔斯,他听上去很沮丧。"你看,我已经道歉了,菲比,请不要惩罚我。"

"我没有,"我轻声对话筒说,丹走出帐篷,"我现在不想跟你说话,请不要再打电话来了。"我挂了电话。

丹牵起我的手,领我穿过仍然水泄不通的人群,来到啤酒帐篷。"你想喝什么?"

"嗯……一杯斯特拉——我去买。"可丹已经站在吧台前了,他拿着啤酒回来,幸运的是离我们最近的那桌客人离开了,我们可以坐下来。

丹拉开椅子,看着我:"那么……怎么了?"

"没什么。"丹怀疑地看着我,"好吧……我本来应该跟我的……朋友和他女儿在这儿会面,可是她不想来,所以他也没来,尽管她十六岁了,自己可以待在家里。"

"所以她被宠坏了?"我点点头,"可她为什么不来?"

"因为她喜欢把我们的约会搅黄。因为她爸爸总是对她让步,嗯,因为他一贯如此。"

"我明白了,那么他有点女儿奴,是吗?"我苦笑,"你跟这个男人约会多久了?"

"两三个月。我喜欢他,可他女儿……她让事情很难办。"

"啊,那不容易。"

"是的,可事情就是这样。"我看了眼丹的围裙,"我喜欢这件商品。"

"谢谢。我觉得这次赞助活动有助于提升我们的形象,所以我定制了一些公司的周边,还做了些《黑&绿》雨伞,待会儿给你一把。"

"丹,"我抿着啤酒,"你没有告诉我你拥有这家报社。"

他耸了耸肩:"我并没有完全拥有它——只拥有一半。为什么要告诉你呢?"

"我不知道。因为……呃,为什么不呢?你经常投资报社吗?"

他摇了摇头:"以前从未投资过,以后也不会投资。这次纯粹是因为我跟马特的友情。"

"你们能够做到这一点,真是不容易,"我说,寻思他从哪里弄到的二十五万英镑,但我不会问。

丹喝着啤酒。"这一切归功于我的祖母。她让这件事成为可能。"

"你的祖母?"我重复道,"那个留给你卷笔刀的人吗?"

"是的。就是她——罗宾逊奶奶。要不是她,我绝对做不了这件事;这完全出乎意料,事情——"

"哦,抱歉,丹。"我的手机又在振动,四周的噪声和喋喋不休让人几乎听不到手机铃声。我戴上耳机,按下绿色按钮,做好可能又是迈尔斯打来的准备。可屏幕上的号码不是他的。上面有北美的区号。

"我可以跟菲比·斯威夫特讲话吗?"一个男人的声音问道。

"我就是,请讲。"

"我是多伦多大学的卢克·克莱默。我同事卡罗尔说你找我?"

"是的,"我答道,感觉心跳加快,"没错。我找你。"我站起来,"可是我在外面……非常吵,克莱默先生。你能给我十分钟吗?我跑回家再给你打电话?"

"没问题。"

"这似乎是个重要的电话。"我把手机放回口袋里时,丹评论道。

"很重要,"我突然兴奋起来,"真的重要。实际上——"

"关乎生死?"丹幽默地插话道。

我看着他。"可以这么说,是的。我很抱歉,丹,但我得走了,谢谢你让我振奋起来。"我拥抱了他。

丹第一次感到非常吃惊。"有时间,我会……给你打电话,"他说,"好吗?"

"好的。"

我跑回家,把手机拿到厨房餐桌,拨打了号码。"卢克·克莱默吗?"我上气不接下气地说。

"你好,菲比,是的,我是卢克。"

"对了,祝贺你添了宝宝。"

"谢谢,我仍然有点震惊,她是我们的第一个孩子。总之,我从卡罗尔那里得知你想要联系米里亚姆·利皮茨卡。"

"是的，没错。"

"我可以问问原因吗？"

我有些含糊其词地解释了下。"你觉得她会跟我谈谈吗？"我屏住呼吸问道。

出现了一阵停顿。"我不知道，我明天会见她，会把你的话告诉她。让我写下相关的名字。你的朋友是特蕾莎·贝尔夫人？"

"是的，她婚前的姓是劳伦特。"

"特蕾莎……劳伦特，"他又说了一遍，"她们共同的朋友莫妮克……你是说黎塞留吗？"

"是的，她出生时的名字是莫妮卡·里克特。"

"里克特……这都跟战争时期发生的事情有关？"

"没错。从一九四三年八月开始，莫妮克也在奥斯维辛。我想知道她出了什么事；在那张节目单上发现米里亚姆的名字时，我觉得她或许知道——至少知道一些事情。"

"嗯，我会跟她谈这件事，但我需要提醒你，我认识米里亚姆三十年了，她很少谈起在战争时期的经历。显然，那些记忆很痛苦；此外，她或许并不知道你这位朋友莫妮克发生了什么事。"

"我明白你的意思，卢克，但请问一问。"

"烟火大会怎么样？"星期一安妮来上班时问我，"我在布莱顿，错过了。"

"相当让人扫兴。"我决定不说原因。

311

安妮好奇地看了我一眼:"真遗憾。"

我开车去西德纳姆取我从喋喋不休的普赖斯夫人那里买的衣服。她闲聊时,我可以看到她有一双不自然"睁大的"眼睛和绷得过紧的下颌,她的双手比脸老上十岁。想到妈妈会是这个样子,我心里一沉。

午餐时间我开车回去,手机响了,我快速转入一条小路,把车停下来。看到手机上显示多伦多的区号时,我屏住呼吸。

"嗨,菲比,"卢克说,这么说他跟她谈过了,"恐怕昨天我去看米里亚姆时出了点问题。"

我做好听坏消息的准备。"她不想谈论这件事?"

"我没有问,因为我到那里时,可以看出她的身体状况不太好。她胸部感染严重,尤其在秋天的时候。这是战争的后遗症。医生给她开了抗生素,命令她休息,所以我没有提你打过电话。"

"当然不行。"我感到一阵失落,"嗯,谢谢你告诉我,卢克。也许等她好一点……"我的声音低下去。

"也许,不过现阶段,我觉得还是不要提为好。"

现阶段……有可能是一个星期,我思考道,看了看后视镜,把车开走,也可能是一个月——或者永远不。

回到店里,我居然看到迈尔斯坐在沙发上,跟安妮聊天。她关切地冲他笑,仿佛她猜出来我们之间有点问题。

"菲比。"迈尔斯站起身,"我希望你有时间跟我喝杯茶?"

"好的……当然……让我先把这些箱子放进办公间,然后我们去金盏花咖啡馆。我半小时就回来,安妮。"

她对我们俩笑,但她眼神里有疑问。"不用着急。"

咖啡厅里挤满了人，迈尔斯和我在外面找到张空桌子坐下来——阳光照在人身上暖洋洋的，我们也有私人空间。

"星期六的事情我很抱歉，"迈尔斯开口说，"我本应该好好管一下罗克西。你是对的——我对她让步太多。这对你不公平。"

我盯着他："我觉得跟罗克西相处很困难。你看到她对我多么不友好，还总是千方百计破坏我们的约会。"

迈尔斯掀起衣领，点了点头。"她把你视作威胁。十年来，她一直是我生活的重心，这是可以理解的。"他停顿了下，皮帕端来了茶，"昨天我跟她长谈了一次，告诉她星期六的事情，我很生气。告诉罗克西她对我很重要，一直如此，可是我也有权利开心一些。我告诉她你对我来说有多么重要，我不想失去你。"我很惊讶地看到他眼里有泪花，"因此……"他哽咽了，来握我的手，"我希望我们可以更开心，菲比。我对罗克西解释说你是我的女朋友，也就是说有时你会在家里，为了我，她也必须要友善一点。"

我感觉自己的怨恨突然消退了。"谢谢你说这些，迈尔斯。我想跟罗克西好好相处。"

"我知道。没错，她有点难以捉摸，但本质上是个友好得体的女孩。"迈尔斯紧紧握住我的手，"我希望你现在好些了，菲比。这对我很重要。"

"我好多了，"我笑了，"好太多了。"我轻声补充。

迈尔斯倾身向前吻我。"那就好。"他在我耳边小声说。

迈尔斯对罗克西说的话似乎起了作用。她对我不再不友善——她表现得似乎我的存在无关紧要。如果我跟她说话，她会回答，不然她就忽视我。我愉快地接受了这种中立的态度。我觉得，这代表进步。

与此同时，我没有收到卢克的任何消息。一周过去了，我给他留言，但他没有回应。也许米里亚姆仍然身体欠佳。也或许，她好些了，但不想跟我交谈。我去看贝尔夫人时没有对她提起这件事。显然她比以前更痛苦，她告诉我她现在吃吗啡片。

路易斯的周岁生日快到了——还有我母亲的整容手术。我还是很担心，她来吃晚饭我跟她说了。

"你仍然很有魅力，不需要整容。"我给她倒了一杯白葡萄酒，"要是出事了呢？"

"弗雷迪·丘奇做了上千例这种手术，"她一本正经地说，"没有一例死亡。"

"这可不是赞誉。"

妈妈打开包，拿出日程表。"我把你列为最近的血亲，你需要知道那时我在哪里。我会在麦达维尔的列克星敦诊所。"她快速翻动笔记，"这是电话号码。手术在四点半进行，我上午十一点半前要到那里做术前准备，要在那里待三天，希望你可以来看我。"

"你跟同事说了吗？"

妈妈摇了摇头。"约翰以为我要去法国待两个星期。我没有跟任何朋友说。"她把日程本放回包里，"啪"的一下合上包，"这是私密的事情。"

"等他们发现你突然看上去年轻了十五岁后，就不是了——或者更糟的是，你看上去像变了一个人。"

"不会发生那种事。我看上去会很好。"妈妈用手指推了推下腭,"只是一个小小的拉皮手术。我可以换个新发型转移大家的注意力。"

"也许你需要的只是一个新发型。"还有一些新化妆品,我想。她又涂了那支可怕的珊瑚红口红。"妈妈,我有一种不好的预感。你可以取消手术吗?"

"菲比,我已经支付了四千英镑的定金,这是不能退的,我不会取消。"

路易斯生日那天,我醒来时有一种不祥的预感。我告诉安妮要出去一整天,然后就去地铁站跟爸爸碰头了。乘坐环线时,我读了读《独立报》,很惊讶地看到上面有一篇文章说到它的拥有者,三一镜报集团展开了要收购《黑&绿》报的谈判。爬诺丁山车站的台阶时,我寻思这对丹和马特是好消息还是坏消息?

对于十一月末来说,这天称得上阳光灿烂,天气出奇地和煦。我约好十点前在肯辛顿公园的奥姆广场大门入口跟爸爸碰面。我到达时,看见爸爸推着婴儿推车走过来。路易斯不像往常那样冲我挥舞胖鼓鼓的手,只羞怯地冲我笑了笑。

"你好,小寿星!"我弯下腰抚摸他红通通的脸颊。他的脸摸上去可爱又温暖。"他会走路了吗?"我们转入公园时我问爸爸。

"还不行,不过快了。他还在金宝贝'自信的爬行者'组里,我不想操之过急。"

"当然不需要。"

"但他在猴子音乐上又升了一级。"

"太棒了。"我拿出购物袋,"我给他买了一架木琴。"

"哦,他会喜欢敲木琴的。"

我们可以听见从戴安娜王妃游乐园传来风铃的叮当声。之后拐弯来到小路,眼前赫然出现一艘海盗船,仿佛它在草地上航行。

"游乐场看上去空无一人。"我说。

"那是因为游乐场到十点钟才开放。我经常周一早上这个时间来,因为这时候安静又惬意。快到了,路易斯。"爸爸低声哼唱道,"他通常这会儿都很精神——不是吗,亲爱的?——但今天早上有点疲惫。"

看门人打开门,爸爸把路易斯从婴儿车里抱出来,我们把他放到一架秋千上。我们推他,他似乎喜欢安静地坐在那里。有一会儿,他把头靠在链子上,闭上眼睛。

"他真的累了,爸爸。"

"昨天晚上我们没有睡好——他莫名有点烦躁,因为鲁丝不在家。她在萨福克拍电影,但中午会开车回来。现在,让我们看看你能不能站起来,小伙子。"爸爸把他从秋千上抱出来,放在地上,但路易斯马上显出沮丧的样子,抱住爸爸的胳膊,求他抱。于是我抱着他在游乐场转,和他一起去木屋,把他放在滑梯上,爸爸在下面接住他。但我一直在想妈妈。要是她对麻醉药反应激烈呢?我看了眼钟塔——十点四十。现在她应该在半路了。她说过会搭出租车去诊所。

路易斯从滑梯上滑下来,爸爸接住他。"他今天似乎很困——是吗,亲爱的?你都不愿意从床上下来,是吧?"突然间,路易斯哭了起来,"别哭,亲爱的。"爸爸搂住他,"没必要哭,儿子。"

"你觉得他还好吗?"

爸爸摸了摸他的额头。"他有点发烧。"

"我吻他的时候感觉他很热。"

"比正常情况高一点,但我觉得还好。让我们再把他放在秋千上。他喜欢坐秋千。"

于是我们把他放在秋千上,这似乎让路易斯高兴了一会儿。他不再哭了,坐在那里,可是无精打采,再次闭上双眼,两条腿耷拉着。

"我来给他吃一点退烧药。"爸爸说,"你能把他抱出来吗,菲比?"

我把路易斯抱出来,他的绿色小上衣卷了上来,露出肚子,肚子上散布着红色的斑点,我的心猛地一颤。"爸爸,你看到这些疹子了吗?"

"我知道。他最近有点湿疹。"

"我觉得这不是湿疹。"我温柔地触碰路易斯的皮肤,"这些斑点很平滑,像小针孔——他的双手像冰一样冷。"路易斯的脸红了,嘴角带点蓝色,"爸爸,我觉得他不太好。"

爸爸从婴儿车的后面拿出育婴包,掏出退烧药。"这会有帮助——它可以退烧。你可以抱着他吗,菲比?"我们在一张野餐桌旁坐下来,我把路易斯抱在怀里,爸爸把粉色的药倒进勺子里。"好孩子。"爸爸说着把药滴到路易斯的嘴巴里,"通常给他喂药很费劲,但他今天很乖。棒极了,小伙子。"突然,路易斯露出痛苦的表情,把药吐了出来。爸爸擦干净他身上的呕吐物,我把手放在路易斯的额头,热得发烫。

"爸爸,如果情况很严重怎么办?"

他退缩了一下。"我们需要一个玻璃杯。"他轻声说,"你妈妈总是这么做。给我拿个杯子,菲比。"

我跑到咖啡店,找店员要一个杯子,可那个女人说戴安娜游乐场里不允许用玻璃杯。我有点惊慌,跑回爸爸和路易斯身边。"爸爸,你是不是有一个玻璃罐子?"

"我的育婴包里有一罐蓝莓布丁。用那个吧。"

我把布丁拿出来,跑到厕所,倒出蓝莓,冲干净玻璃罐,用颤抖的手尽量撕掉标签。我出来时,看了看是否有人可以帮我们,可游乐场上仍是空空荡荡。

爸爸抱着路易斯,我把玻璃罐子贴在他的肚子上。罐子很冷,他往后退缩,尖叫起来,眼泪夺眶而出。

"要怎么做,爸爸?"

"贴在肚子上看斑点会不会消退?"

我又试了一次。"很难分辨它们有没有消退。"我抬起头,看见爸爸在用手机拨打电话,"你在给谁打电话?鲁丝?"

"不是,我们的家庭医生。该死的——占线了。"

"有一个紧急求助热线。"路易斯眯起眼睛,扭动他的头,仿佛阳光太刺眼了。我又把罐子放在他的肚子上,可是底部的玻璃太厚了,看不清楚里面。

"为什么没人接电话?"爸爸对着电话悲叹,"快接……"

我的手机突然响了。"妈妈。"我轻声说。

"亲爱的,我觉得我该给你打个电话,"她快速说道,"实际上我感到特别紧张——"

"妈妈——"

"还有几分钟就到诊所了,我心里确实有点没底——"

"妈妈!我跟爸爸和路易斯在戴安娜游乐场。路易斯不太舒服。他肚子上有很多斑点,一直哭,还发烧,怕光,困倦,他病了,我想做那个玻璃杯测试,可我不知道该怎么做。"

"用杯壁贴住他的皮肤,"她说,变得干脆又严肃,"你在那么做吗,菲比?"

"是的,我正在做,但我还是看不清楚。"

"再试试。一定要用杯壁。"

"问题是,这是一个小罐子,上面还粘着些标签,我看不清斑点有没有变暗,路易斯很不舒服,妈妈。"他把头往后仰,大声哭泣,"这些症状出现了不到一小时。"

"你爸爸怎么样?"妈妈问道。

"老实说,不太好。"我低声说。

爸爸还在给医生打电话。"为什么他们不接电话?"他喃喃说。

"他打不通家庭医生的电话——"

"停车!"妈妈突然说。她在说什么?"开到右边,在那个停车场停下。"我能听到出租车门打开的声音,妈妈踩在水泥路上轻快的脚步声。"我来了,菲比。"她告诉我。

"你这么说是什么意思?"

"现在把孩子放进婴儿车,离开游乐场,往回走到贝斯沃特路。我们在那儿见。赶快,菲比。"

我把路易斯放进婴儿车,和爸爸一起把婴儿车推出游乐场。我们快速朝公园大门走去,寻思着发生了什么,突然看到妈妈朝我们走——不——跑来。她没有跟爸爸打招呼，专注在路易斯身上。"给我罐子，菲比。"

她拉起路易斯的上衣，把玻璃贴近他的肚子。"很难分辨，"她说，"并且有时斑点会暗淡，但仍可能是脑膜炎。"她摸了摸他的额头，"真热。"她脱掉路易斯的帽子，解开他的外套。"可怜的孩子。"她低声说。

"我们去我的医生那里，"爸爸说，"他在科尔维尔广场。"

"不，"妈妈坚定地说，"我们要直接去急诊室。我的出租车就在那边。"我们跑向出租车，把婴儿车抬了进去。"计划有变——去圣玛丽医院，拜托。"妈妈爬进车时，告诉司机，"去急诊室，越快越好。"

不到五分钟我们就到了那里。妈妈付了司机费用，我们跑进去，她跟接待员说话，我们坐在儿科急诊候诊室一堆断了胳膊、切了手指的孩子中间，爸爸尽全力安慰路易斯，他哭得悲痛欲绝。一个护士走出来，快速查看了一下路易斯，量了体温，告诉我们一直往前走；我注意到她走得很快。分诊区的医生说我们不能都进去，他以为我是路易斯的母亲，我解释说我是他姐姐，爸爸问妈妈能否跟他一起进去。妈妈把她的旅行包递给我，我把包跟路易斯的推车和木琴一起拿回候诊室，等待着……

我似乎等待了一辈子，坐在蓝色的塑料椅子上，听着自动贩卖机呼呼作响的声音，其他人的窃窃私语，壁挂式电视的喋喋不休。我看着电视，发现一点的新闻开始了。路易斯已经进去一个半小时。我努力咽了口唾沫，可感觉如鲠在喉。看着他空空的婴儿推车，我的眼睛湿润了。他出生的时候我心烦意乱——他出生后的前八个星期,我甚至没去看他——现在我爱他,而他要死了。

突然我听见一声婴儿的尖叫。确信那是路易斯,我来到挂号处问护士是否知道发生了什么。她走开了,回来后说他们在给路易斯做进一步的检查,看是否需要做脊椎穿刺。我眼前浮现出他小小的身体拖着滴注器和各种线的情景。我拿起一本杂志,可完全读不进去,那些词语和图片变得扭曲模糊。我抬起头,看见妈妈朝我走来,她看上去很难过。我祈祷道:"求你了,上帝。"

她眼泪汪汪地冲我笑。"他没事。"我感到如释重负。"是病毒感染,发作得很快,但医生要让路易斯留院观察一晚。没事的,菲比。"她哽咽了,从包里抽出一包纸巾,给我一张,"我要回家了。"

"鲁丝知道吗?"

"知道,她会尽快赶过来。"

我把妈妈的包递给她。"那你不去诊所了?"我轻声说。

她摇摇头。"是的,太晚了。我很高兴我在这里。"她拥抱了我,走出医院。

一位护士指引我到儿童病房。我发现爸爸坐在末尾婴儿床旁的一张椅子上。路易斯坐起身,玩着一辆玩具车。他差不多恢复正常了,除了手上有一个绷带,那是他们放滴注器的地方。路易斯的脸色似乎恢复正常,除了……

"那是什么?"我问,"他脸上那个?"

"什么是什么?"爸爸说。

"在他脸上——那里?"我盯着路易斯,意识到那是一个珊瑚色口红的完美唇印。

/ 第十四章 /

友谊

我花了一天时间才从路易斯去急诊室给我带来的创伤中恢复过来。我给妈妈打电话看她情况如何。

"我很好,"她低声说,"委婉点来说,感觉有点奇怪。你爸爸怎么样?"

"不高兴。鲁丝很生他的气。"

"为什么?"

"她对爸爸大发雷霆,因为他如果不知道是否是脑膜炎就该直接去医院。"

"那她自己应该多担负一些照顾路易斯的责任!你父亲六十二岁了,"妈妈继续说,"他尽了全力,可他怎么可能知道?路易斯需要合适的儿童护理。你父亲不是保姆——他是一个考古学家!"

"没错……"可他没有工作,我想,但决定不说,"你的手术怎么样了,妈妈?"

我听见一声痛苦的叹息。"我刚刚付了另外四千英镑。"

"你是说为一个你没有做成的整容手术,你已经花了八千英镑?"

"是的——因为他们租了手术室,要给护士、麻醉师和弗雷迪·丘奇付费。我解释了发生的事情后,他们说等我再做的时候,会给我百分之二十五的折扣。"

"那是什么时候?"

妈妈迟疑了。"我不确定。"

两天后,迈尔斯直接来店里接我去他家。我感觉身上有点脏,快速洗了个澡,然后下楼做晚餐。吃饭的时候,我们聊了路易斯的事。

"谢天谢地你妈妈就在附近。"

"是的,很幸运。"我没有告诉迈尔斯她本来要去哪里。"她的母性本能起了重要作用。"

"可对于你父母来说这次会面多怪啊。"

"我知道。自从爸爸离开后,这是他们第一次见面。我觉得他们俩都很震惊。"

"嗯,结局好就意味着一切都好。"迈尔斯给我倒了一杯白葡萄酒,"你提到最近店里很忙。"

"要忙疯了——部分原因是《标准晚报》上有人给了我好评。"最好不要告诉迈尔斯好评来自那个撕破了罗克西裙子的女孩,"那带来了客户,还有一些美国人来买感恩节穿的衣服。"

"那是什么时候?明天吗?"

"是的。我有一些铅笔裙——都是再度流行的。"

"很好。"迈尔斯举起酒杯,"那么一切进展顺利?"

"看上去是的。"

除了我没有收到多伦多的卢克的任何进一步消息。已经过去两个星期了。我认为米里亚姆·利皮茨卡已经知道了我的请求，可不知道为什么，她没有回复我。

晚饭后，迈尔斯和我去客厅看电视。十点的新闻开始时，我们听见前门打开的声音——罗克西之前跟一个朋友外出了。迈尔斯走进门厅跟她说话。

"我要睡觉了，爸爸。"我听见她打呵欠。

"好的，亲爱的，别忘了明天早上我要早点送你出门，我有一个早餐会。我们七点钟离开。菲比晚点出门，她锁门。"

"没问题。晚安，爸爸。"

"晚安，罗克西。"我说。

"晚安。"

迈尔斯和我又待了快一小时，看了一半《新闻之夜》，然后去睡觉，依偎在彼此怀里。跟罗克西的问题在慢慢改善，我第一次可以想象跟他共度的人生。

第二天一早我醒来的时候，模模糊糊意识到迈尔斯在卧室里走动。我听见他在楼梯平台跟罗克西说话，传来吐司诱人的香味和恍惚的关门声。

我洗了澡，用吹风机吹干头发，迈尔斯现在把吹风机放在卧室让我用。然后我回到浴室刷牙化妆，接着去壁炉架上拿我外婆的绿宝石戒指，我前一晚放在那的。我盯着放戒指的绿色碟子，碟子里有迈尔斯的三对袖扣、两颗纽扣、一盒火柴，没有别的了。

我的第一反应是也许迈尔斯把戒指放在别的地方妥善保管了，但又觉得他不可能不告诉我，于是我在壁炉架边又寻找了一圈，看它是不是掉到旁边了。可那里什么也没有，地板上也什么都没有。我感觉呼吸加快。

我坐在浴室椅子上，在脑子里回想我前一晚做了什么。我跟迈尔斯一起回来，快速洗了个澡。就在那时候我把戒指取了下来，放在绿色碟子里。洗完澡后，我没有把它戴上，因为我要去做饭。我把它留在碟子里，下楼了。

我看了眼表。现在是七点四十五分——我得赶紧去搭到布莱克希思的地铁，可我还在为丢失的戒指惊慌失措。我决定给迈尔斯打个电话。他应该在车里，但他有耳机。"迈尔斯？"电话一接起来我就说。

"我是罗克西，"一个轻快的声音说道，"爸爸让我接电话。他忘记拿耳机了。"

"你能帮我问他点事吗，拜托？"

"什么事？"

"你能告诉他，我昨晚把绿宝石戒指放在他的浴室壁炉架上的碟子里，现在找不到了，我想知道他有没有动过它。"

"我没见过。"她回答道。

"你能问问你爸爸吗？"我催促道，心怦怦直跳。

"爸爸，菲比找不到她的绿宝石戒指。她说她落在你浴室的绿色碟子里了，想问问你有没有动过它。"

"没有，我当然没有。"我听见他说，"我如果动了，肯定会告诉她。"

"你听见了吗？"罗克西问道，"爸爸没有动。没人动过。你肯定弄丢了。"

"不，我没有。我肯定放在那里了，如果他一会儿可以打电话给我，我……"

她挂断了电话。

戒指的事情让我抓狂，出门时差点忘了设置防盗警报器。我把钥匙透过信件投递口扔了回去，走到丹麦山站，搭地铁回布莱克希思，然后直接去店里。

一小时后迈尔斯给我打电话，承诺晚上帮我找戒指。他说戒指肯定掉在别的地方了——这是唯一的解释。

晚上七点，我开车去坎伯威尔。

"你把它放在哪里了？"我们站在他的浴室时，迈尔斯问道。

"在这个碟子里，这里……"

我想起来了。早上我心烦意乱一直没记起来，罗克西告诉迈尔斯我把戒指放在"绿色碟子"里了——但我没有跟她说过那是绿色的碟子——我说的是碟子。实际上那里有三个不同颜色的碟子。我内心翻江倒海，不得不用手扶住壁炉架让自己镇定下来。

"我把戒指放在了这里，"我重复说道，"我洗了个澡，没有把它戴回去，因为我要做晚餐，然后我下楼了。今天早上我想要戴上它时，发现它不见了。"

迈尔斯看着绿色的碟子。"你确定放在这里了吗？昨晚我取下袖扣时，不记得看到过它。"

我感觉内心纠结。"我确实把它放在这里了——大约六点半的时候。"一阵尴尬的沉默笼罩住我们。"迈尔斯……"我的嘴巴似乎像吸墨水纸一样干，"迈尔斯……对不起，但是……我禁不住猜疑……"

他盯着我。"我知道你在猜疑谁,"他冷漠地说,"但答案是否定的。"

我的脸在发热。"可当时屋子里除了我们,只有罗克西。你觉得她有可能拿戒指吗?"

"为什么?"

"不小心拿错了,"我绝望地说,"也许只是想……看看,忘了放回去。"我盯着他,心怦怦跳,"迈尔斯,拜托——你能问问她吗?"

"不,我不会。罗克西跟你说过她没有看到你的戒指,那就意味着她没见过,事情就是这样。"我告诉迈尔斯罗克西似乎知道放戒指的碟子是绿色的。"呃……"他摊开双手,"她知道有一个绿色的碟子,因为她有时进来。"

"可还有一个蓝色的碟子、一个红色的碟子。罗克西怎么会知道我把戒指放在绿色碟子里了,我又没告诉过她?"

"因为她知道我把袖扣放在绿色的碟子里,所以她认为你把戒指也放在了那里——或许只是简单地联想,绿宝石戒指是绿色的。"他耸了耸肩,"我真的不知道——我只知道罗克西没有拿你的戒指。"

"你怎么能确定呢?"

迈尔斯看着我,仿佛我打了他一耳光。"因为本质上,她是一个友好、得体的女孩。她不会做错事。我跟你说过,菲比。"

"是的,你说过——事实上,你经常说这句话,迈尔斯。我不知道为什么。"

他的脸变红了。"因为这是事实——好了,"他摸了摸自己的头发,"你见过罗克西拥有的东西。她不需要属于别人的任何东西。"

"迈尔斯,"我说,"你可以查看一下她的房间吗?因为我不能这么做。"

"你当然不能。我也不会去。"

沮丧的泪水刺痛我的双眼。"我只想拿回戒指。我觉得罗克西昨晚来这里把它拿走了,除此之外,没有别的解释。迈尔斯,拜托,你能看看吗?"

"不行。"我看见他太阳穴上的青筋暴起,"你这个要求很过分。"

"我觉得你不应该拒绝。尤其你知道罗克西比我们早一小时上床睡觉,她有很多时间来这里——你说过她有时来这里——"

"是的,来拿洗发水——而不是偷我女朋友的首饰。"

"迈尔斯,有人从碟子里拿走了我的戒指。"

他瞪着我:"你没有证据表明那是罗克西。你很可能搞丢了,然后责怪她。"

"我没有弄丢。我知道我把戒指放在了哪里,我只是想搞清楚——"

"我只是想保护我的孩子,不被你的谎言伤害。"

我目瞪口呆。"我没有说谎,"我平静地说,"我的戒指就放在那里,今天早上它不见了。你没有拿——这个屋子里除了你我,只剩下一个人。"

"我不会让这样的事情发生!"迈尔斯厉声说,"我不会让人指责我女儿。"他勃然大怒,脖子上的青筋暴起,像电线一样,"我以前不让人指责她,现在也不会。你现在的所作所为,菲比——就像克拉拉和她可怕的父母。他们也是毫无根据就指责她。"

"迈尔斯……那个金手镯是在罗克西的抽屉里发现的。"

他的眼睛闪着怒火。"那件事有一个非常合理的解释。"

"真的吗?"

"是的!真的。"

"迈尔斯。"我强迫自己保持平静,"我们可以解决这个问题。我承认罗克西很年轻,她也许想拿起来看看,忘了放回来。但你能帮忙在她房间查看一下吗?"他转身走出了浴室。很好,他要去她房间,可是他咚咚下楼了,我的心一沉。"我很失望。"我有气无力地说,跟随他进入厨房。

"我也是,你知道吗?"他从木架子上拿出一瓶酒,"也许你的戒指根本没有丢。"

"你这么说什么意思?"

他在抽屉里翻找,找到一个瓶塞钻。"也许你找到它了,却在编故事。"

"可是……我为什么要这么做?"

"报复罗克西,因为她有时对你有点苛刻?"

我愤慨地盯着迈尔斯:"我疯了才会那么做。我不想报复她——我想跟她好好相处。迈尔斯,我相信戒指就在她房间里。你要做的就是找到它,然后我们不会再提起这件事。"

迈尔斯噘起嘴唇。"它不在罗克西的房间,菲比,因为她不会拿别人的东西。我的女儿不偷东西。她不是小偷。我之前跟他们这么说,现在也告诉你!罗克西不是小偷,她不是,不是,不是。"迈尔斯猛地扔掉了那瓶酒,酒瓶在石灰岩地板上爆炸开来。我盯着四散的绿色玻璃碎片和漫过来的深红色酒液。

"请走吧,"迈尔斯用低沉而沙哑的声音说道,"走吧,菲比,我不能……"

我异常镇定地绕过玻璃碎片,找到我的外套和围巾,走出了屋子。

我坐在车里,努力平复烦躁的情绪后,才敢开车。我打开点火开关,手颤抖个不停,发现袖口溅上了一点红酒。

罗克西一直有阴影……

没有别的解释。

罗克西有一种强烈的缺失感。

迈尔斯给了她那么多,让她一切唾手可得,是的,仿佛一切都理所当然。

你那么说是什么意思?

她觉得天经地义——拿走朋友的手镯,买四千英镑的裙子,别人辛勤劳动时她坐着休息,把一枚珍贵的戒指装进口袋。她从来没被拒绝过,拿东西当然会毫不迟疑?可是迈尔斯的反应……我完全没有料想到。现在我明白了。

她是他的阿喀琉斯之踵。

迈尔斯完全没法接受罗克西会做错事。

我打开前门,迟来的震惊涌上心头。我坐在厨房餐桌前啜泣,拿纸巾擦眼睛时,我意识到隔壁有人。住在那儿的一对夫妇似乎在开派对。我想起来他们来自波士顿。肯定是感恩节晚餐。

电话响了。我让它一直响,因为我知道是迈尔斯打来的。他肯定要打电话来说他很抱歉——他刚刚表现太差，现在已经查看过罗克西的房间，没错，他找到了那枚戒指，我可以原谅他吗？电话响个不停。我希望它可以停止——可它还在响。我肯定是把答录机关掉了。

我走进大厅，拿起听筒，没有说话。

"你好？"一个苍老的女性声音传来。

"有什么事吗？"

"是菲比·斯威夫特吗？"一时间我还以为是贝尔夫人，"我可以跟菲比·斯威夫特说话吗？"

"我就是菲比。抱歉，请问您是哪位？"

"我是米里亚姆·利皮茨卡。"

我倒在大厅的椅子上。"利皮茨卡女士？"我虚弱无力地重复道。

"卢克·克莱默告诉我……"我现在可以听清她有些气喘吁吁，"卢克·克莱默告诉我——你找我。"

"是的，"我喃喃说，"没错。我想跟您谈谈。我还以为没有可能了。我知道您最近身体不太好。"

"哦，是的，但我现在好些了，因此我准备好……"她停顿了下，"卢克解释了你打电话的缘由。我得说那段时光我不想提起。可我再次听到这些名字时，感觉非常熟悉。我知道我必须回应。我告诉卢克我准备好了的时候，可以给你打电话。我现在准备好了。"

"利皮茨卡女士——"

"请叫我米里亚姆。"

"米里亚姆，我给您打过去吧——这是长途。"

"我靠音乐家的津贴为生，你这样太体贴了。"

我抓起拍纸簿，记下电话。让自己平静下来后，我快速记下想问米里亚姆的几件事情，确保不会忘记。我擤了擤鼻子，擦干眼泪，拨打了她的号码。

"这么说，你认识特蕾莎·劳伦特？"米里亚姆说。

"是的，她住得离我很近，现在是我的好朋友。她在战后搬到了伦敦。"

"啊。哦，我从没见过她，可我总觉得我认识她，因为莫妮克从阿维尼翁写给我的那些信里提到过她。莫妮克在信里说她跟一个叫特蕾莎的女孩成了朋友，她们一起玩。实际上，我记得当时感到有点嫉妒。"

"特蕾莎说因为莫妮克经常谈到您，她有点嫉妒您。"

"嗯，莫妮克和我曾经非常要好。我们一九三六年认识，她来到了犹太区玛莱区医院街我们的小学校。她从曼海姆来，几乎一句法语都不会说，我当她的翻译。"

"您是从乌克兰来的吗？"

"是的，从基辅来。我四岁的时候，我们家为了躲避共产主义运动搬到了巴黎。我清楚地记得莫妮克的父母、莉娜和埃米。他们的影像就在我面前，仿佛那是昨天，"她惊叹地继续说，"我记得双胞胎出生后，莫妮克的母亲病了很久，当时只有八岁的莫妮克，要做一家人的饭菜。她母亲总是躺在床上告诉她要做什么。"米里亚姆停顿了下，"她那时完全不知道她给予了女儿怎样的一份礼物。"我不知道米里亚姆这么说是什么意思，但我不想打断她。她会以自己的方式讲述这个艰难的故事，我必须按捺住焦躁。

"莫妮克家，跟我家一样住在蔷薇街，因此我们经常见面。他们搬去普罗旺斯时，我心都碎了。我记得哭得很伤心，央求父母我们也去那里，可他们似乎没有莫妮克的父母对局势那么焦虑。我父亲仍在上班——他是教育部的一位公务员。总的说来，我们过着优裕的生活。后来事情有了变化。"米里亚姆轻轻咳嗽，继续说，"一九四一年年底，我父亲被解雇了——他们要减少在政府部门工作的犹太人数量，然后实行了宵禁。接着在一九四二年六月七日，我们被告知通过了一项法令，要求在占领区的所有犹太人佩戴黄色星章。遵照指示，我母亲把星章绣在我上衣的左边，我记得在街上别人盯着我们看，让我非常讨厌。七月十五日，我跟父亲站在一起，看向窗外，他突然说：'他们来了。'然后警察进来把我们带走了……"

米里亚姆描述被带往德朗西后，在那里待了一个月，之后跟她父母和妹妹丽莲一起被押上运输火车。我问她是否感到害怕。

"没有，"她回答说，"别人告诉我们，说我们要去一个劳动营，我们没有怀疑，因为我们是坐客运列车去那里的——而不是他们后来用的牛车。两天后我们到达奥斯维辛。我记得到达那片不毛之地时，听到乐队演奏莱哈尔的一支欢快的进行曲，我们彼此安慰，说如果这里有人演奏音乐的话，怎么会是一个鬼地方呢？但其实，到处都是带电的铁丝网。一位纳粹党卫军负责接待我们。他坐在椅子上，一只脚搁在凳子上，来复枪放在膝盖上。人们经过他身边时，他用大拇指指示他们去哪边——左边或者右边。我们不可能知道这个男人大拇指的摆动决定了我们的命运。"我听见她叹了口气，"丽莲当时只有十岁，一个女人告诉我母亲在她头上系条围巾让她看上去年纪大一点。母亲对这条建议很困惑，但她还是照办了——这救了丽莲的命。我们被迫把贵重物品放在大箱子里。我把小提琴放了进去——我不能理解为什么。我记得母亲边哭边把她的结婚戒指和镶嵌着外祖父母照片的金项链放了进去。然后我们跟父亲分开了，他被带去了男子营房，我们去了女子营房。"

米里亚姆停顿了一会儿。"第二天我们被派去工作——挖沟。我挖了三个月的沟，晚上爬进我的床铺睡觉——我们三个人挤在一起，睡在薄得可怜的草垫上。我常常在想象的指板上'练习'小提琴指法，借此抚慰自己。一天我碰巧听到两个女看守在聊天，其中一个提到了莫扎特的第一小提琴协奏曲，说她非常喜欢这首曲子。我不由自主地说：'我会弹。'那个女人敏锐地看了我一眼，我以为她要打我——或者更糟糕的——因为我没有得到允许就跟她说话。我的心跳到了嗓子眼。令我惊奇的是，她笑了起来，问我是否真的会弹奏。我说前一年学过，还在公众场合演奏过。于是我被送去见阿尔玛·罗斯。"

"您就是在那时加入了女子管弦乐团吗？"

"他们叫它女子管弦乐团，但我们都只是女孩，大部分只有十几岁。阿尔玛·罗斯从巨大仓库给我找了把小提琴，大家到达集中营后，所有的贵重物品都存在那里，然后被送给德国人。那个仓库被称为'加拿大'，因为里面都是财宝。"

"莫妮克呢？"我问道。

"嗯，我就是这样碰到莫妮克的——劳工们每天早上出门和晚上回来时，管弦乐团都在门口演奏。运输车来时，我们也演奏，听到肖邦和舒曼的音乐时,这些精疲力竭、不知所措的人不会意识到他们实际上到了地狱之口。一九四三年八月初的一天,火车到达时,我在门口演奏,在新来的一群人中,我看到了莫妮克。"

"您是什么感觉?"

"兴高采烈——然后担心她过不了筛选,感谢上帝,她被送到了右边——存活的那一边。几天后,我又看到了她。跟其他人一样,她被剃了光头,身体非常瘦弱。她没有穿大部分犯人穿的那种蓝白条纹的衣服,而是穿着一件长长的金色晚礼服,那肯定是从'加拿大'拿出来的,她脚上穿着一双男人的鞋,对她来说太大了。也许没有适合她的囚服,也许这样做是为了'好玩'。她就身穿这件漂亮的缎面礼服,拖着修路用的石头。管弦乐团回营区的路上,经过她身边时,莫妮克突然抬起头看见了我。"

"您能跟她说话吗?"

"不能。我设法传了一个消息给她,三天后我们在她的营区碰面了。那时她换上了女囚犯穿的条纹裙,戴着头巾,穿着木屐。乐队成员比其他犯人得到的食物更多,于是我给了她一片面包,她藏在了胳膊下面。我们简单聊了聊。她问我有没有看见她的父母和兄弟,我没有看到。她问起我的家人,我告诉她我父亲到这里三个月后,因为斑疹伤寒去世了。我母亲和丽莲被送去了拉文斯布吕克的一个兵工厂工作。战争结束后我才能看到她们。见到莫妮克给了我巨大的安慰,与此同时我很担心她,因为她的生活比我艰难得多。她干的活很费力,食物又很少很糟糕。人人都知道太虚弱不能干活的犯人是什么下场。"米里亚姆的声音哽住了,虚弱地吸了口气,"于是我开始藏点食物给莫妮克。有时是一根胡萝卜，有时是一点蜂蜜。我记得有次给她带了一个小土豆，她看见土豆时，开心得哭了。每当有新囚犯来时，如果可以的话，莫妮克就会到门口，因为她知道我会在那里演奏。她说靠近朋友对她来说是一种安慰。"

"然后……我记得是一九四四年二月，我看见莫妮克站在那里——我们刚刚演奏完一首曲子——一个高级女守卫，那个畜生，我们称她'野兽'。"米里亚姆停顿了，"她走到莫妮克身边，抓着她的胳膊，问她在那里干什么，'偷懒。'她说，女守卫让莫妮克跟她一起走——马上就走！莫妮克哭了起来，看向我，好像我可以帮忙。"米里亚姆的声音再次哽住了，"可我要开始演奏。莫妮克被拖走时，我们在演奏施特劳斯的《闲聊波尔卡》——如此欢快，动听的曲子——我再也没有演奏过那首曲子，连听都没法听……"

米里亚姆继续说，我看了眼手。跟我刚刚听到的故事相比，丢掉一枚戒指又有什么呢？米里亚姆的声音又开始发颤，我听到她压抑的抽泣；她把故事讲完，我们很快告别。放下电话时，我听见隔壁人们的说笑声和表达感谢的声音透过墙壁飘了过来。

"这件事情之后，迈尔斯联系过你吗？"接下来的星期天下午，贝尔夫人问我。我刚刚把在迈尔斯家发生的可怕事情告诉她。

"没有，"我答道，"我也不期待，除非他找到了我的戒指。"

"可怜的人。"贝尔夫人喃喃道。她抚摸着现在总是盖在腿上的浅绿色马海毛毯子。"显然这让他想到他女儿在学校发生的事情。"她看着我,"你觉得有和好的可能吗?"

我摇摇头。"他快气疯了。也许你跟一个人在一起很长时间,可以忍受偶尔的大吵,但我们才认识三个月。老实说,我很震惊。此外他对事情的整个态度是错误的。"

"也许罗克西拿走戒指纯粹是为了引发我和迈尔斯之间的争端。"

"我想过这个可能。她可能觉得破坏我们的关系是一种奖励。我觉得她拿戒指,是因为她习惯拿东西。"

"但你必须把它要回来。"

"怎么要?我没有证据表明是罗克西拿了,就算我有证据,也仍然很可怕。我面对不了。"

"可是迈尔斯不能让事情就这样不了了之。"贝尔夫人坚持说,她的愤慨让我感动,"他应该寻找戒指。"

"我觉得他不会——因为如果他去找,就会找到戒指,这会打破他对罗克西的信念。"

贝尔夫人摇了摇头:"你肯定很难接受,菲比。"

"是的。我正试着放下。有比戒指珍贵得多的东西也会失去,不管它多么被珍视。"

"你为什么这么说?菲比……"贝尔夫人盯着我,"你的眼睛里有泪水。"她握住我的手,"怎么了,我亲爱的?"

"我很好。"告诉贝尔夫人我知道的事情是不合适的,"我得走了。有什么事情我可以帮您吗?"

"没有。"她看了眼钟,"我的护士马上要来了。"她握住我的手,"希望你很快能再来看我,菲比。我喜欢见到你。"

我弯下腰亲吻她。"我会的,"我承诺说,"我会的。"

星期一,安妮带来一份《卫报》,给我看媒体栏的一则简要声明,说的是《黑＆绿》报以一百五十万英镑的价格出售给了三一镜报集团。"你觉得对于他们来说这是好消息吗?"我问道。

"对于报纸的老板来说是好消息,"安妮答道,"因为他们挣钱了,但对于报社的员工来说可能不是好消息,新的管理人员会解雇原来的员工。"我决定问问丹这件事,也许我会去下次的电影放映会。"圣诞节店里怎么装饰?"安妮脱掉夹克,问道,"毕竟,这是十二月的第一天。"

我木然地看着她。最近我心神不定,都没想起圣诞节。"我们确实需要张贴些东西,不过只能是古董的东西。"

"拉花。"安妮扫视了一下店铺,建议道,"银色和金色的。再加上一些冬青树枝——我从车站旁边的花店买点,我们还需要一些灯。"

"我母亲有一些用过的漂亮彩灯,"我说,"优雅的金色和白色天使,还有星星。我问问她能不能借用一下。"

"当然可以,"几分钟后我给妈妈打电话时,她马上说,"实际上,我现在就可以把它们找出来拿过去——我现在也没什么事。"妈妈决定继续假装她在度假。

一小时后她抱着一个大纸箱来了。我们一起把灯挂在窗子前面。

"真漂亮。"我们把彩灯通上电时,安妮说。

"这是我父母用过的灯,"妈妈解释说,"他们在20世纪50年代初买的，那时我还是个孩子。它们换了新的插头，其他都没有变。实际上，这么多年了，它们状态还是挺好的。"

"抱歉我涉及个人隐私了，斯威夫特夫人，"安妮说，"您也是这样。虽然我只见过您几次，可您看上去状态好极了。您换了新发型吗？"

"没有。"妈妈看上去很高兴，但有点迷惑不解，拍了拍金色的鬈发，"跟以前一样。"

"哦，"安妮耸了耸肩，"您看上去很不错。"她走过去拿夹克，"我得去试镜了，菲比。"

"好的，"我说，"这次是什么？"

"儿童剧院。"她转动眼睛，"《穿着睡衣的羊驼》。"

"我跟你说过安妮是个演员，是吧，妈妈？"

"是的。"

"虽然我都厌倦了，"安妮告诉我们，"真想写一部自己的戏，我现在在研究一些故事。"

我希望可以告诉她我知道的那个故事……

安妮离开后，妈妈查看衣架。"这些衣服真不错。我以前觉得穿古董衣不可思议，是吧，菲比？我非常不能接受它。"

"是的。您现在为什么不试试呢？"

妈妈笑了。"好的。我喜欢这件。"她拿出杰奎斯·菲斯的小棕榈树图案的女式紧身外衣，进入试衣间。一分钟后，她拉开印花布帘子。

"看上去很美，妈妈！"我叫道，"你很瘦，可以穿紧身的衣服，非常优雅。"

妈妈惊喜地看着镜中的自己。"看上去不错。"她摸了摸袖子,"面料……真有意思。"她又照了照镜子,拉上帘子,"不过现在我不买东西了,这几个星期我花钱太多了。"

店铺里很安静,妈妈留下来聊了会儿天。"你知道,菲比,"她坐在沙发上说,"我觉得我不会再去弗雷迪·丘奇那里了。"

我尽量不表现出宽慰。"这个主意不错。"

"即便有百分之二十五的折扣,仍然需要六千英镑。我出得起,但不知道怎么的,那似乎是浪费钱。"

"妈妈,对你来说,是的。"

妈妈看着我:"在这个问题上,我越来越倾向于你的看法了,菲比。"

"为什么?"我问,虽然我知道答案。

"自从上个星期,"她轻声回答,"自从碰到路易斯。"她惊奇地摇了摇头,"我的一些苦涩与悲伤就……消失了。"

我靠在柜台上。"看到爸爸,你感觉如何?"

"嗯……还好。也许因为他太爱路易斯了,我很感动,没有感到生气。不知怎么,一切看上去都好多了。"突然我明白安妮刚才看到了什么——妈妈看上去不一样了;她的表情放松了,看上去更美了,也更年轻。"我想再见到路易斯。"她温柔地说。

"嗯,为什么不呢?也许有时间你可以跟爸爸一起吃午饭。"

妈妈若有所思地点了点头。"在医院里他也这么说。也许你去看他时,我可以跟你一起,菲比。我们可以带路易斯去公园——如果鲁丝不介意的话。"

"她工作太忙了,我觉得她不会介意。总之,她很感激你那天为路易斯做的事情。想想她寄给你的那封友好的信。"

"是的……但那不意味着她乐意我跟你爸爸在一起。"

"我不知道——直觉告诉我应该没问题。"

"也许……"妈妈叹了口气,"再说吧。迈尔斯怎么样?"我跟妈妈说了发生的事情。她拉下脸来,"我出生的时候,我父亲把那枚戒指给了我母亲,我四十岁时,我母亲把戒指给了我,在你二十一岁生日的时候,菲比,我把戒指给了你。"妈妈摇了摇头,"让人心碎。哎……"她抿紧嘴唇,"起码,作为一个父亲,他误入歧途。"

"我同意他没有教育好罗克西。"

"有方法把戒指拿回来吗?"

"没有——所以我不去想这件事了。"

妈妈再次看向窗外。"那个人在那里。"她突然说。

"哪个人?"

"那个卷头发衣品很差的高大男人。"我跟随她的目光看去。丹正穿过马路,朝我们走来。"话说回来,我喜欢鬈发的男人。不同寻常。"

"是的。"我笑了,"你以前说过这句话。"丹推开古董衣坊的门。"嗨,丹,"我说,"这是我母亲。"

"真的吗?"他注视着她,一脸疑惑,"不是你姐姐吗?"

妈妈放声大笑,看上去更加光彩照人。这是她唯一需要的整容手术——微笑。

她站起身。"我得走了,菲比。我约了打桥牌的贝蒂吃午餐。很高兴又见到你,丹。"她朝我们挥了挥手,离开了。

丹开始翻看男装架上的衣服。

"要找什么衣服吗?"我笑着问他。

"不尽然。我只是觉得该来这里花点钱,我觉得我的好运气要归功于这家店。"

"你这么说有点言过其实,丹。"

"并不夸张,"他拉出一件夹克,"这件不错——颜色很好,我觉得。"他看着它,"这是雅致的淡绿色,对吧?"

"不是。这是泡泡糖般的粉色,范思哲的。"

"啊。"他把衣服放了回去。

"这件适合你。"我拿出一件布鲁克斯兄弟的浅灰色羊绒短上衣,"这件跟你的眼睛很配。胸部够大,它是四十二码的。"

丹试穿了衣服,端详镜中的自己。"这件我要了,"他愉快地说,"希望你可以来跟我一起吃庆祝午餐。"

"哦,我很乐意,丹,可是午餐时间我从不关门。"

"呃,为什么不破例做一件你没有做过的事情呢?我们只需要一小时——我们可以去查普特斯酒吧,就在附近。"

我想了一秒钟,点了点头。"好吧——反正现在不忙,为什么不呢?"我把招牌翻到"打烊",锁上门。

丹和我经过教堂时,他谈起出售《黑 & 绿》报社的事情。"对我们来说这件事简直不可思议,"他告诉我,"这是马特和我所期望的:我们希望这家报纸获得成功,然后被收购,这样我们能收回成本,还能拿到利息。"

"我想你们已经实现了?"

丹咧嘴而笑。"我们挣了两倍,没人想象会这么快发生,凤凰地产的故事让我们闻名遐迩。"我们进入酒吧,服务员让我们坐在一张靠窗的座位旁。丹点了两杯香槟。

"报社接下来会怎么样?"我问他。

他拿起菜单。"没什么变化,新老板想要维持原样。马特仍是主编——他持有少量股票,目前的想法是在伦敦南部的其他地区创办类似的报纸。所有人都跟原来一样——除了我。"

"为什么?你很喜欢这份工作啊。"

"以前是。可现在我可以去做我一直以来想做的事情了。"

"那是什么?"

"开自己的电影院。"

"可你已经做了。"

"我是说一个真正的电影院——一个独立的公司——可以放映最新影片,当然,还是会更注重经典电影,包括很难看到的不寻常的影片,比如,我说不好,《彼得·艾伯特逊》,一九三五年加里·库珀主演的一部电影,或者法斯宾德的《佩特拉·冯·康德的辛酸泪》。这就像一个小型的英国电影学院,还有讲座和讨论。"服务员端来了香槟。

"大概还有一台现代的放映机?"

丹点点头。"贝尔·豪威尔的那台放映机只是好玩的。圣诞节后我要开始寻找地方。"

"你真了不起,丹。"我举起酒杯,"祝贺你。你冒了很大风险。"

"是的,但我非常了解马特,相信他会创办一份好报纸;我们走了大运。这杯敬古董衣坊。"丹端起酒杯,"谢谢你,菲比。"

"丹,"过了一会儿,我说,"有件事我很好奇。在篝火之夜你说起你的祖母——你说多亏了她,你才能投资这份报纸……"

"没错——后来你走了。嗯,我想我跟你说过除了那个银卷笔刀,她还留给我一幅丑陋的画。"

"是的。"

"这幅难看的半抽象画作,曾在楼下的厕所里挂了三十五年。"

"你说过你感觉有点失望。"

"是的。可是几个星期后,我把包着画的牛皮纸撕掉,后面有一封祖母给我的信。她在信里说她知道我一直不喜欢这幅画,但她觉得它'可能很值钱'。于是我把画拿到佳士得拍卖行,发现那幅画是埃里克·安塞姆的作品。我不是很懂,因为签名模糊难辨。"

"我听说过埃里克·安塞姆。"服务员给我们端来鱼肉饼时,我沉思道。

"他跟劳森伯格和托姆布雷属于同一时代,比他们年轻些。佳士得拍卖行的那个女人看到画时很兴奋,说安塞姆被重新发现了,这幅画可能值三十万英镑。"这么说钱就是从这里来的,"它卖了八十万英镑。"

"老天啊!你祖母对你很慷慨。"

"非常慷慨。"

"她收藏艺术品吗?"

"不,她是一位助产士。她说这幅画是20世纪70年代初期,在一次充满危险的接生后,一位产妇的丈夫为了表示感激送给她的。"

我再次举起杯。"哦,敬罗宾逊奶奶。"

丹咧着嘴笑。"我经常向她敬酒——并且她很可爱。我用卖画得到的一些钱买了房子,"我们吃鱼肉饼时,他继续说,"马特告诉我他办《黑&绿》报需要一些启动资金。我跟他说了我的意外之财,他问我是否准备投资报业,我决定投资。"

我笑了。"一个明智的决定。"

丹点了点头:"是的。总之……见到你很高兴,菲比。我最近都没见到你。"

"哦,我有点事,丹。不过我现在很好。"我放下叉子,脱口而出,"我能跟你说点事吗?"他点点头,"我喜欢你的鬈发。"

"真的?"

"是的。与众不同。"我瞥了眼表,"我得走了——时间到了。谢谢你的午餐。"

"跟你一起庆祝真好,菲比。你有时间看电影吗?"

"哦,有。罗宾逊·里约在放什么好电影吗?"

"《平步青云》。"

"听起来……好极了。"

于是星期四我开车去了希瑟格林。棚屋里面都是人,丹做了一个简短的电影开场白,说这是一部将奇幻剧、浪漫剧和法庭剧融为一体的经典作品,讲述了第二次世界大战中一位战斗机飞行员死里逃生的故事。"大卫·尼文扮演的彼得·卡特在没有降落伞的情况下,被迫从燃烧的飞机里跳出来,奇迹般地生还了。"丹解释说,"发现这要归功于一个美好的错误,这个错误就要被纠正。为了活下去,跟心爱的女人在一起,彼得在天国的上诉法院为自己辩护。他会成功吗?他所看见的是真实的景象,还是只是他受伤产生的幻觉？你来决定。"

他调暗灯光，哗地拉开帘子。

之后我们中一些人留下来吃了晚餐，聊了聊这部电影，有关导演迈克尔·鲍威尔和埃默里克·普雷斯伯格使用色彩的方式。"天堂是黑白的，大地是彩色的，旨在确认生存战胜死亡，"丹告诉我们，"战后的观众会兴味浓厚。"

这是一个愉快的晚上，开车回家的路上，我感觉这是几天来最开心的一天。

第二天一早，妈妈过来说她决定买下杰奎斯·菲斯的那件女式紧身外衣。"贝蒂说，二十号她跟吉姆要开一个圣诞酒会，我想要一件新衣服——一件新的古董衣服。"她笑着纠正自己。

"旧的就是新的。"安妮欢快地说。

妈妈拿出信用卡，可我不忍心收她的钱。"这是一份提前的生日礼物。"我说。

她摇摇头。"这是你的生计，菲比。你工作这么努力，此外，我的生日还有六个星期。"她拿着信用卡，"两百五十英镑，是吧？"

"好的，不过你有百分之二十的折扣，也就是两百英镑。"

"真是超值。"

"这提醒我了，"安妮说，"我们要搞新年促销活动吗？客人一直在问。"

"我觉得可以，"我答道，叠好妈妈的紧身外衣，放进古董衣坊的袋子里，"其他商家都做，这有助于清空库存。"我把袋子递给妈妈。

"我们可以预告一下，"安妮建议道，"宣传一下，我们应该想办法宣传一下店铺。"她边说边整理手套。

"我知道你们应该怎么做,"妈妈说,"你们可以举办一场古董时装秀——你可以简单评论一下每件衣服,我听你那个广播节目时就想到了这点。你可以谈论每件衣服的风格、时代背景和设计师——毕竟你知识渊博,亲爱的。"

"那是,我有十二年经验,"我看着妈妈,"我喜欢这个主意。"

"每位来宾你可以收十英镑,包括一杯酒,"安妮说,"票价可在商店购物用。当地媒体会有相关报道的,你可以在布莱克希思礼堂举办这场服装秀。"

我想起铺着木地板、有着筒形穹顶和宽大舞台的大厅。"那个空间太大,很难装满。"

安妮耸了耸肩:"我相信你可以做到。这会是轻松了解时尚史的机会。人们会喜欢的。"

"我得雇用模特,这得花很多钱。"

"你可以让顾客当模特,"安妮建议道,"她们会很荣幸,这会是很有趣的经历。她们可以穿从店里买走的衣服,也可以穿店里在卖的衣服。"

"可以。"我眼前浮现出四条蛋糕裙在T形台扭转的情景,"收入可以捐给慈善机构……"

"就这么办吧,菲比,"妈妈鼓励道,"我们都会帮你。"然后她冲安妮和我挥了挥手,离开了。

我开始做笔记,打电话给在布莱克希思礼堂的工作人员,看租下大厅要多么钱,这时电话响了。

我接了起来。"古董衣坊?"

"是菲比吗?"

"是的。"

"菲比,我是苏·里克斯,照看贝尔夫人的护士。今天早上我跟她在一起,她让我给你打电话……"

"她还好吗?"我赶紧说。

"呃……很难回答。她激动不安,一直说让你马上来。我提醒她你可能不能……"

我看了眼安妮。"我可以——我现在就来。"我拿起包,因为担忧而浑身发颤,"我出去一会儿,安妮。"她点点头。我出门,走到帕拉贡,心因为期待而发痛。

我到达时,苏打开了门。

"贝尔夫人怎么样了?"我问她,走了进去。

"不知所措,"苏回答说,"非常激动。大概从一小时前开始。"

我往客厅走,但苏指了指卧室。

贝尔夫人躺在床上,头枕在枕头上。虽然我知道她病得很重,看到毯子下面她单薄的身体还是让我很震惊。

"菲比……终于来了。"她笑着舒了口气,手里握着一张纸——一封信,"我需要你为我读这封信。苏想要读,可只能你来读。"

我拉了把椅子过来。"您读不了信了吗,贝尔夫人?您的眼睛不舒服吗?"

"不,不——我能读,这封信不久前送到后,我读了二十遍了。现在你必须读这封信,菲比。拜托。"贝尔夫人把两面都写满字的奶油色信纸递给我,寄信地址是加利福尼亚,帕萨迪纳。

"亲爱的特蕾莎。"我读道。

"希望这封来自陌生人的信不会让您觉得冒昧——虽然我不算完全的陌生人。我名叫莉娜·沙兹,我是您的朋友莫妮克·黎塞留的女儿。"

我看了眼贝尔夫人——她热泪盈眶——然后又回到信上来。

"我知道很多年前在阿维尼翁,您和我母亲是朋友。我知道您知道她被送去了集中营,我知道战后您找过她,发现她曾在奥斯维辛。我还知道您以为她死了——这是一个合理的推测。我写这封信是想告诉您,正如我的存在所证明的,我母亲活了下来。"

"你是对的,"我听见贝尔夫人喃喃说,"你是对的,菲比……"

"特蕾莎,我想让您最终能够了解我母亲发生了什么事情。我可以像这样写信给您是因为您的朋友菲比·斯威夫特联系了我母亲的终身挚友,米里亚姆·利皮茨卡,米里亚姆今天早些时候给我打了电话。"

"可是你怎么能联系上米里娅姆的呢?"贝尔夫人问我,"这怎么可能?我不明白。"我告诉她我在鸵鸟皮包里找到了那张音乐会的节目单。她盯着我。"菲比,"她轻声说,"不久前我说我不相信上帝。现在,我相信了。"

我回到那封信上。

"我母亲很少提起她在阿维尼翁的生活——那份回忆太痛苦了——但每当她不得不提起时,特蕾莎,您的名字总会出现。她充满深情地说起您。她记得她躲起来时,您帮过她。她说您是一个很棒的朋友。"

我看着贝尔夫人。她在摇头,显然在心里回顾这封信。一滴泪从她的脸颊滚下来。

"我母亲于一九八七年去世，享年五十八岁，我曾跟她说我觉得她被亏待了。她说，恰恰相反，她意外得到了最不可思议的四十三年。"

现在我读着米里亚姆在电话里给我描述过的事情，那时莫妮克被那位女看守拖走了。

"这个女人——有名的'野兽'——把我母亲放在下一次'筛选'名单上。到了指定的那天，我母亲跟其他人一起待在卡车后面，等待被带去——我几乎没法写下这些词语——火葬场。曾经给她做过入营登记的那位年轻党卫军认出了她。那时，听到她讲一口地道的德语，他问她来自哪里，她回答说，'曼海姆。'他笑了说他也来自曼海姆，之后每次看见我母亲他都会跟她聊聊家乡。那天早上他看见她坐在卡车上时，告诉司机出了个错，命令我母亲下车。她总是对我父亲和我说那天——一九四四年三月一日——是她的第二个生日。"

莉娜的信接着描述这位党卫军如何让莫妮克去集中营厨房工作，在那里擦洗地板；这意味着她可以在室内工作，更重要的是，可以吃到马铃薯皮，甚至一点点肉。她获得足够的体力存活下去。"过了几星期，"信里继续说，"莫妮克成为一个厨房帮工，做些吃的，虽然她说这份工作很难，因为仅有的原料是马铃薯、卷心菜、人造黄油和淀粉——有时有一点萨拉米香肠和碾碎的橡子做的'咖啡'。这份工作她做了三个月。"

"然后我母亲和另外两个女孩被派去营区给一些女监狱长做饭。因为我母亲在双胞胎弟弟出生后学会了做饭，她厨艺不错，监狱长喜欢她做的土豆饼、泡菜和果馅卷。这确保我母亲存活下来。她以前常说她母亲教给她的东西救了她的命。"

米里亚姆曾说莫妮克的母亲给了女儿真正的礼物，现在我明白这句话的意思了。我把信翻过来。

"一九四四年冬天，俄国人从东边包围，奥斯维辛里的人大撤离。那些可以站立的犯人被迫穿过雪地去德国境内的其他集中营。这是死亡行军，倒下或停下来休息的犯人马上被枪毙。走了十天后，两万名犯人最终抵达卑尔根－贝尔森——我母亲就在其中。她说那里也是人间地狱，几乎没有食物，数千名犯人患上了斑疹伤寒。女子管弦乐团也被送到了那里，因此我母亲见到了米里亚姆。四月的时候，同盟国解放了卑尔根－贝尔森。米里亚姆跟她的母亲和妹妹重聚。不久后，她们移居加拿大。我母亲在一个难民营待了八个月，等待她父母和兄弟的消息；得知他们没有存活下来，她忧心如焚。但是通过红十字会，她叔叔联系上了她，让她去加利福尼亚与他的家人待在一起。于是一九四六年三月，我母亲来到了这里，帕萨迪纳。"

"你真的知道。"贝尔夫人再次喃喃道。她看着我，眼中泪光闪闪。"你真的知道。菲比，你那个奇怪的信念……是对的，是对的。"她惊讶地重复道。

我回到那封信上。

"虽然之后我母亲生活'正常'，她工作，结婚，生子，但没有从那段伤痛中恢复。此后数年，她走路时总是低着头。她讨厌别人对她说'您先请'，因为在集中营，犯人总要走在押运的守卫前面。如果她看见条纹衣服，会很苦恼，不能忍受屋子里有任何条纹的东西。她对食物有执恋，永远在做蛋糕再赠送出去。"

"妈妈开始上中学，可是没办法全身心投入学习。一天老师跟她说她没法集中注意力。母亲回嘴说她太清楚什么是'集中'了，生气地拉起袖子露出文在左上臂的号码。不久后，她离开了学校，尽管她很聪明，但放弃了上大学的念头。她说她想做的事就是给别人提供食物。因此她找了份工作，那是一个州立项目，给无家可归的人提供服务，由此她碰到了我父亲斯坦，一位面包师，他给这个慈善机构在帕萨迪纳的两个临时收容所捐面包。她跟斯坦恋爱了，他们在一九五二年结婚，一起在他的面包店工作；父亲做面包，母亲做蛋糕，专营纸杯蛋糕。他们的面包店不断扩大，20世纪70年代成立帕萨迪纳纸杯蛋糕公司。最近这些年我是这家公司的执行总裁。"

"可我不明白，菲比，"贝尔夫人说，"我不明白为什么你知道这件事却不告诉我？你怎么可以跟我坐在一起，菲比，跟我说话，却不告诉我这件事情？"我又瞥了眼那封信，把最后一段读出声来。

"今天米里亚姆给我打电话，她说她已经把一切告诉了菲比。菲比觉得您应该从我这儿，而不是她那儿得知发生的事情，因为我是莫妮克最亲近的人。于是她安排我给您写信，告诉您我母亲的故事。我很高兴有这个机会来做这件事情。"

"您的朋友，莉娜·沙兹。"

我看着贝尔夫人："抱歉让您等待。这个故事不该我来讲，我知道莉娜会马上写信过来。"

贝尔夫人的眼睛再次充满泪水。"我很开心，"她喃喃道，"也很伤心。"

"为什么？"我轻声说，"因为莫妮克活着，您却没有收到她的消息？"她点点头，又一滴眼泪从她的脸颊滚下来，"可是莉娜说莫妮克不喜欢谈论阿维尼翁——这是可以理解的，考虑到那里发生的事情；她或许想避而不谈过去的生活。此外她或许并不知道您是否在战争中幸存，也不知道您在哪里。"贝尔夫人点了点头，"您搬到了伦敦，她去了美国。今天，借由现代化的通信工具，你们会再次找到彼此。不过从某种角度来说，你们现在已经找到了彼此。"

贝尔夫人握住我的手。"你为我做了这么多，菲比——也许比任何人都多——我想让你再帮我做一件事情……也许你猜到了那是什么事情。"

我点点头，又读了一遍莉娜的附言。

"特蕾莎，二月底我会来英国。我希望到时有机会见到您——我母亲肯定会为此开心。"

我把信递给贝尔夫人，去衣帽间拿出那件套着防尘罩的蓝色外套。我转向她。

"我当然猜到了。"我说。

/ 第十五章 /

明亮时刻

圣诞节就要到了,店里忙得不可开交,我让卡蒂星期六也过来帮忙,妈妈高高兴兴回去上班了,期待平安夜再次见到路易斯和爸爸。她决定在一月十号生日时开一个派对,还开玩笑说她要在公共汽车上办。

我开始筹划即将在布莱克希思礼堂举办的时装秀——幸运的是,二月三日在大厅的活动取消了。

我又见了贝尔夫人两次。第一次她知道我在那里,虽然她因为吃了药嗜睡。第二次,在十二月二十一日,她已经意识不清了,一天二十四小时注射吗啡。我坐在那里,握住她的手,告诉她认识她我很高兴,我永远不会忘记她,想起爱玛,我现在感觉更有力量了。说到这里时,我感觉贝尔夫人的手指微微动了动。然后我和她吻别。夜色苍茫,我往家里走,看着满是云彩的天空,意识到这是今年最短的一天;光明很快会出现。

走进屋内,我的电话响了。贝尔夫人的护士苏打来的电话。

"菲比——抱歉,我打电话来告诉你,贝尔夫人三点五十分去世了——就在你走后几分钟。"

我的泪水盈满眼眶。

"正如你看到的,她很安详,"苏继续说,"显然她跟你很亲近。我猜你们认识很久了。"

"不是的。"我摸索着大厅的椅子,从口袋里拿出一张纸巾,"我认识她不到四个月,可是感觉像认识了一辈子。"

苏道别后,我拿着纸巾坐了一会儿,贝尔夫人的音容笑貌浮现在我脑海里。我打电话给安妮,星期天晚上收到我的电话她似乎有些吃惊。"你还好吗,菲比?"她问。

"我很好。"我哽咽道,"你有时间吗,安妮?我想告诉你一个故事……"

接下来的几天很忙,平安夜那天店里安静了下来。我看见人们拎着满满的袋子走过窗外,目光越过希思看向帕拉贡。我想起贝尔夫人,能碰到她我很开心。帮助她的过程中,也治愈了我内心的伤口。

五点钟时,我在楼上的贮藏室分拣商品以便出售,把手套、帽子和腰带放进盒子里——听见门铃响了,还有脚步声。我走下楼,以为会看到在最后一刻寻找圣诞节礼物的急匆匆的顾客,但来的是迈尔斯,他身穿一件米色冬衣,系着棕色的天鹅绒领,看上去温文尔雅。

"你好,菲比。"他轻声说。

我盯着他,心怦怦直跳,从楼梯上走下来。"我正要……关门。"

"哦……我只想跟你谈谈……"我再次注意到迈尔斯粗哑的嗓音总是能扣动我的心弦,"不会太久。"

我把牌子转向"打烊"那一面,走到柜台后面,假装我要做点事情。

"你最近还好吧?"我问他,不知道该说什么好。

"我……很好,"他冷静地说,"事实上,非常忙,但是……我想把这个拿给你。"他向前走了一步,把一个绿色的小盒子放在柜台上。我打开盒子,欣慰地闭上双眼。里面是那枚绿宝石戒指,以前是我外祖母的,后来传给我母亲,又传给了我。也许有一天,我想它会是我女儿的,如果我够幸运有个女儿的话。我紧紧握住戒指,然后把它戴在我的右手上。我看着迈尔斯。"我很高兴能找回戒指。"

"当然,你肯定高兴。"他的脖子红了,"我尽快把它拿来了。"

"这么说你刚发现它?"

他点点头:"昨天晚上。"

"在哪里?"

我看见他嘴角的肌肉在抽动。"在罗克西的床头柜里。"他摇摇头,"她把抽屉开着,我瞥到了。"

我慢慢呼了口气。"你怎么跟她说的?"

"当然,我大发雷霆——不仅因为她拿了戒指,而是因为她说了谎。我说我们要去做心理咨询,因为——对我来说承认这点很难——她需要。"他无奈地耸了耸肩,"我意识到这件事有段时间了,但不想面对它。可罗克西似乎有种……"

"缺失感？"

"是的，就是这个词。缺失感。"我很想告诉他，也许他也应该做心理咨询，"无论如何，对不起，菲比，我在各方面都很抱歉，因为你对我来说很重要。"

"哦，谢谢你把戒指拿回来，"我喃喃说，"这不容易。"

"是的，我……总之……"他沉重地叹了口气，"情况就是这样了。祝愿你圣诞节快乐。"他黯然一笑。

"谢谢，迈尔斯，你也一样。"我们没什么可说的了，我打开门，迈尔斯离开了，我目送他往前走，直到再也看不见才回到楼上。

尽管找回戒指让我宽慰，但是跟迈尔斯的见面让我心烦意乱。我把衣服从一个架子移到另一个架子上，有个衣架跟旁边一个衣架缠住了，没办法解开。我用力拉，试图解开钩子，但是做不到，最后干脆把衣服从衣架上扯下来，那是一件迪奥的衬衫——我太粗暴了，把衣服扯破了。我一下坐在地板上，放声大哭起来。待了几分钟后，我听到诸圣堂的钟声敲了六下。我站起身，疲惫地往楼下走，这时手机响了。丹打来的，再次让我的精神振奋起来，因为，我突然意识到，他的声音总有这种效果。他想知道我是否有兴趣一会儿去看一场"极富魅力"的"私人放映"的经典影片。

"不是《艾曼妞》吧？"我笑着说。

"不是，但近似，是《金刚大战哥斯拉》。我上周在易趣搞到了一张十六毫米的副本。我也有《艾曼妞》，如果你感兴趣，可以再来看。"

"嗨——实际上，我会的。"

"七点之后随时过来——我会做意大利肉汁烩饭。"我发现自己渴望跟高大结实的丹坐在一起,一起在他美妙的棚屋看一场劣质老电影,他让人舒适而愉悦。

我感到开心些了,把"促销"的横幅拿到盒子外,准备在圣诞节的第二天贴在窗户上,宣告促销从二十七号开始。安妮要到明年一月初才回来,她要利用这段安静的时间写作,所以我让卡蒂替补她,从一月中旬起,卡蒂每周六会在店里工作。我拿上外套和包,锁上门。

我往家里走去,凛冽的寒风刺痛了我的脸颊,我审慎地期待着新年的到来。到时候会有促销活动,然后是母亲的盛大生日,接着是时装秀——需要花费很多精力去组织。之后是爱玛的一周年忌日,不过我现在尽量不去想这件事。

我转入贝内特街,打开前门,走了进去。我捡起垫子上的邮件——几张迟到的圣诞节卡片,其中一张来自达夫妮。我走进厨房,给自己倒了杯酒。我能听见外面的唱歌声,这时铃响了,我打开门。

平安夜,圣善夜。

一个大人带着四个孩子,为慈善机构筹钱。

真宁静,真光明。

我放了些钱到他们的锡盒里,听完《圣诞颂歌》,关上门走到楼上,为去见丹做准备。七点钟时,门铃又响了。我跑下楼,从大厅桌子上拿起钱包,以为又是唱颂歌的人。

一打开门,我感觉被推进了冰水里。

"你好,菲比。"盖伊说。

"我能进去吗?"过了一会儿他问。

"哦,可以。"我想着,让开路,"我……没想到是你。"

"是的,抱歉,我要去奇斯尔赫斯特,顺道过来一下。"

"去看望你的父母吗?"

盖伊点了点头。他穿着在伊泽尔谷买的那件白色滑雪上衣,我记得他选这件衣服是因为我喜欢。"你们挺过了银行业的危机?"走进厨房时我问。

"是的。"盖伊吸了口气,"勉强。我能坐一会儿吗,菲比?"

"当然。"我紧张地说。他在桌前坐了下来,我看着他英俊爽朗的脸庞和蓝色的眼睛。他黑色的短发比我记忆中长了点,太阳穴边有点白发了。"要喝点什么吗?饮料?咖啡?"

他摇了摇头:"不,什么也不需要,谢谢。我不能待太久。"

我靠在厨房台面上,心怦怦乱跳。"那么……你来这里有什么事吗?"

"菲比,"他耐心地回答,"你知道的。"

我好奇地看了他一眼:"是吗?"

"是的。你知道我来这里是因为几个月来我一直想跟你谈一谈,可是你却忽视了我所有的信件、邮件和电话。"他开始摆弄白色大蜡烛底部的一些冬青,"你的态度完全……不留情面。"他看着我,"我不知道该怎么办,我知道如果我安排一次会面,你不会来。"没错,我想。我会拒绝。"但是今晚,我经过你家,我觉得我可以来看看你在不在……因为……我们之间的事情还没有了结,菲比。"

"对我来说,已经了结了。"

"可对我来说不是,"他反驳道,"我想要解决这个问题。"

"对不起,盖伊,没什么好解决的。"

"有,"他疲倦地坚持说,"我需要在新年之前彻底解决这件事情。"

我双臂交叉。"盖伊,如果你不喜欢九个月前我对你说的话,为什么你不干脆忘了呢?"

他盯着我:"因为这件事很重要,无法遗忘——你很清楚。我可以努力好好生活,但不能忍受遭受如此可怕的指责。"我突然想到我没有把洗碗机里的碗碟拿出来。"菲比,"我背过身,听见盖伊说,"我需要讨论一下那晚发生的事情——就一次,以后再也不会提起。这就是我来这里的原因。"

我拿出两个盘子。"可我不想讨论,并且我马上要出门了。"

"嗯,你能先听我说完吗——只要一两分钟?"盖伊在桌上紧握双手,看上去像在祈祷。我思考着,把盘子放进碗橱里。我不想跟他谈。我感觉被逼到绝境了,很生气。"首先,我想说我很抱歉,"我转过身看着他,"我非常抱歉,如果那天晚上我的言行,造成了爱玛遭遇的一切,不管多么无心。请原谅我,菲比。"我没想到他会说这些,"可我需要你承认你对我的指控完全是不公平的。"

我从洗碗机中拿出两个玻璃杯。"不,我不会承认——因为那是事实。"

盖伊摇了摇头:"菲比,那是没有根据的——你那时就知道,现在也知道。"我把一个玻璃杯放在架子上,"你当时显然很痛苦——"

"是的,我很悲痛。"我把第二个玻璃杯放在架子上,用力过大,差点把它弄碎了。

"人们在那种状况下会说出很可怕的话。"

如果不是因为你——她还活着。

"你把爱玛的死怪到我头上,我没法承受这个指控。它一直萦绕在我心头。你说我劝你不要去见爱玛。"

现在我面向他。"你确实这么说了。你说她是'疯狂的女帽商',记得吧,说她总是言过其实。"我从洗碗机里拿出筷叉篮,把刀子扔进抽屉里。

"我确实说过,"我听见盖伊说,"那时我很讨厌爱玛——这一点我不否认——她太小题大做了。可我只说在你跑过去看她之前你需要记住这一点。"

我把勺子和叉子扔进抽屉。"然后你说我们应该按原计划去青鸟吃晚餐,因为你订了位置,不想错过。"

"我承认也说了这话,"盖伊点点头,"可我又补充说如果你实在不想去,我会取消订位。我说你来决定。"我耳朵里嗡嗡作响,把筷叉篮推回洗碗机里,拿出一个牛奶罐,"菲比,你说我们应该去吃晚餐。你说我们回来后你再给爱玛打电话。"

"不是的。"我把牛奶罐放在台面上,转向他,"那是你的建议——你的折中方案。"

盖伊摇了摇头。"那是你的提议。"我感到那种熟悉的下滑的感觉,"我记得我有点吃惊,但我说爱玛是你的朋友,你想怎么做我就怎么做。"

我突然满心沮丧。"好吧……"我轻声作结,"我的确说我们应该去吃晚餐——可那是因为我不想扫你的兴,因为那天是情人节,是很特别的一天。"

"你说我们不会在外面待太久。"

"嗯,没错,"我说,"我们没有待太久,回来后,我给爱玛打了电话——我立刻给她打了电话;我准备去她家,马上就去。"我凝视着他,"可是你劝我不要去。你说我喝了太多酒,不方便开车。"

"没错,我说了——因为我知道你确实喝了不少——我们都喝了不少。"

"嗯,就是这样!"我砰地关上洗碗机,"你不让我去见爱玛。"

"不是这样的。"盖伊摇了摇头,"当时我说你最好搭出租车去她家,我会去外面帮你招呼一辆。我正要去叫车,如果你记得的话——我甚至打开了前门,"我不再下滑,而是往下坠,直落入一个深渊,"你突然说你不去了。你说你决定不去。"他盯着我,"你说到明天早上爱玛应该没事。"听到这里,我的双腿发软,倒在一把椅子上,"你说她听上去很疲惫,好好睡一觉对她最好,菲比。"盖伊平静地说,"很抱歉又提起这件事。可是这么可怕的事情加到我头上,却没有机会反驳,让我这几个月来心绪不宁。我没法放下这件事情。我想要——不,需要你承认你说的话不对。"

我眼前浮现出青鸟咖啡馆的前院,盖伊的公寓,然后是爱玛家的狭窄楼梯,最后是她的卧室门,我推开了它。我吸了一口气。"好的。"我用低沉而沙哑的声音说,"好的。"我重复说,"也许……也许我……"我看向别处。

"也许你记得不清楚。"我听见盖伊柔声说。

"也许我记得不清楚。你瞧……我心烦意乱。"

"是的，你忘记了真正发生的事情情有可原。"

"不——不只是这样，"我黯然说道，盯着盖伊，"我不能忍受责任只在我自己身上。"

盖伊握住我的手，用他的手包住我的手。"菲比，你不用责怪自己。你不知道爱玛病得有多重。你只是做了看上去对你朋友来说正确的事情。医生跟你说了即便她前一晚就去了医院，也有可能救不回来……"

"可这是不确定的，"我反对道，感觉心碎了，"如果我的行为有所不同，她很可能还活着。"我用双手捂住脸，"我多么希望当时做了不同的选择。"

我泪流满面，把头埋在胸腔。我听见盖伊推开他的椅子，走过来坐在了我旁边。"菲比，当时你和我在恋爱。"他轻声说。

我难过地点了点头。

"可是发生的事情……摧毁了一切。那天早上你打电话给我说爱玛死了，我马上明白我们不可能再在一起了。"

"是的，"我哽咽了，"那件事后，我们怎么能够幸福？"

"我们做不到，"他附和道，"它会一直给我们的生活投下一道阴影。可我不能忍受在这么可怕的情况下跟你分手。我多么希望这一切没有发生。"

"我也这么希望，"我喃喃说，"我全心希望。"电话响了，把我从幻想中拉回来。我抓起一条厨房手巾，擦了擦眼睛，接起电话。

"嘿，你在哪里？"丹问道，"电影要开始了，晚来的人会招人烦哦。"

"哦，我马上来，丹。"我咳嗽了一下，掩饰我的哭泣，"要稍微晚一点，可以吗？"我擤了擤鼻子，"不……我很好，我想只是有点感冒。是的，我肯定会去。"我看了眼盖伊，"可我觉得我没法面对《金刚大战哥斯拉》。"

"那我们就不看那部电影，"我听见丹说，"我们什么也不用看。我们可以就听听音乐，或者打扑克。没关系——你方便的时候来都行。"

我把电话放回支架上。

"你现在和谁在约会吗？"盖伊温柔地问我，"我希望你是，"他补充说，"我希望你开心，菲比。"

"呃……"我再次擦了擦眼睛，"我交了个朋友。他目前只是朋友，但我喜欢跟他在一起。他是个好人，盖伊，像你一样。"

盖伊吸了口气，点点头。"我要走了，菲比。见到你我很高兴。"

我跟他一起走到前门。"希望你圣诞节快乐，菲比，"他告诉我，"希望今年是个好年。"

"你也是。"我轻声说着，他拥抱了我。"对不起，盖伊，"我轻声说，"对不起。"

盖伊拥抱了我一会儿，然后离开了。

我跟妈妈一起过圣诞节，我注意到，她终于摘下了结婚戒指。她买了一月的《妇女与家庭》杂志，有《旧日时光》的时尚大片，浓墨重彩地介绍并夸赞了我的古董衣服。我又翻了几页，看到一张瑞茜·威瑟斯彭出席"艾美奖"颁奖礼的照片，穿的正是我在佳士得拍卖会买的那件深蓝色巴黎世家礼服。这就是辛迪的一线女星,为了她辛迪买下了那条裙子。看见这样一位大明星身穿我选购的礼服,让我很兴奋。

午餐过后,爸爸打电话过来说,路易斯对妈妈前天送给他的声光婴儿学步车和我送的托马斯火车头入门套装都很入迷。爸爸说他希望我们俩可以很快再去看路易斯。我们看《神秘博士——圣诞特辑》时,妈妈在给路易斯织蓝色婴儿车图案的外套,我给了她一些飞机纽扣。

"感谢上帝,他们给路易斯找了个保姆。"妈妈穿线时评论道。

"是的,爸爸说他要在开放大学教书,这让他精神振奋。"妈妈同情地点了点头。

二十七号,我们的促销开始了,店里挤满了人,我顺便告诉所有人古董时装秀的事情,询问我中意的那些顾客是否愿意来当模特。卡拉,她买了那条青绿色蛋糕裙,她说想来——她还说时装秀在她婚礼前一周。卡蒂说她乐意展示那条黄色舞会裙。通过丹,我联系上了凯莉·马克斯,她告诉我她很激动可以穿她的"小叮当"裙子,她就是这么叫它的。买了那条粉色舞会裙的女人也来到了店里,我解释说我要举办一场慈善古董衣时装秀,问她是否可以穿她的蛋糕裙走秀。

她的脸上容光焕发。"我很乐意——多么有趣呀!那是什么时候?"我跟她说了。她拿出预约簿写了下来。"当模特展示……俏皮的……裙子,"她喃喃说,"唯一的问题是……不,没问题。二月一日没问题。"

二月五日,我早上去参加贝尔夫人在威尔当街火葬场的葬礼。仪式规模很小,只有来自布莱克希思的她的两个朋友、女佣帕拉、外甥詹姆斯和他的妻子伊冯。

"特蕾莎做好了离世的准备。"葬礼后,我们看着鲜花,伊冯说。冬天的寒风刺骨,她把深灰色的围巾裹得更紧了些。

"她看上去很满足,"詹姆斯说,"我最后一次见她时,她告诉我她很平静……快乐。她说的是快乐。"

伊冯审视着一簇蝴蝶花。"这张卡片上写着'爱您的莉娜'。"她转向詹姆斯,"我从没听特蕾莎提起过叫莉娜的人——你听过吗,亲爱的?"他摇了摇头。

"我听她提起过这个名字,"我告诉他们,"不过这是很久之前的一个熟人了。"

"菲比,我舅妈给你留了些东西。"詹姆斯打开他的公文包,递给我一个小盒子,"她请我把这个给你——留个纪念。"

"谢谢你。"我接过盒子,"我永远不会忘记她。"我没法解释原因。

回到家后我打开那个盒子,里面用报纸包裹着那只银色旅行钟和一封贝尔夫人用颤颤巍巍的手写的一封信。

"我亲爱的菲比,

"这只钟是我父母的。我把它送给你,不仅因为它是我珍爱的物品,还因为它能提醒你,它的指针在转动,随之你人生的一小时一天一年就过去了。菲比,我恳求你不要把太多美好的时间用来后悔你做过和没做过,或者你原本可以做和原本没有做的事情上。每当你感觉悲伤的时候，想一想你为我做过的无法估量的好事，就可以抚慰自己。

"你的朋友，特蕾莎。"

我重新拨好钟，用小钥匙慢慢给它上发条，把它放在我客厅壁炉架的中间。"我会向前看，"钟嘀嗒作响时，我承诺道，"我会向前看，贝尔夫人。"

我做到了——首先就是我母亲的生日派对。

她在查普特斯酒吧楼上的一个房间办了派对——招待二十人的晚宴。在简短的演讲中，妈妈说她感觉"到一定年纪了"。她的桥友都在，还有她的老板约翰和几个同事。妈妈还邀请了一个和气的男士，名叫哈米什，她说是在贝蒂和吉姆的圣诞派对上认识他的。

"他看上去很不错。"第二天我在电话中对她说。

"他很好，"妈妈附和道，"他五十八岁，离异，两个儿子都成年了。最有趣的事情是贝蒂和吉姆的圣诞派对上人很多，但哈米什跟我聊起来，是因为我的穿着。他说喜欢我衣服上的小棕榈树图案。我告诉他这件衣服来自我女儿的古董服饰店，于是我们聊了很多关于布料的事情，因为他父亲在佩斯利的纺织行业工作。第二天他打电话约我出去。我们去巴比肯听了一场音乐会。下个星期我们要去大剧院。"她愉快地补充道。

与此同时，卡蒂、她的朋友萨拉、安妮和我在竭尽全力准备时装秀。丹负责灯光和音效，还剪辑了一组音乐，将斯科特·乔普林到性手枪的音乐融为一体。他的一个朋友来搭建T台。

星期二下午我们去大厅排练，丹带来了当天的《黑&绿》报纸,上面登载了一篇埃莉写的关于这场时装秀的介绍文章。

今晚在布莱克希思礼堂举行的古董衣时装秀还剩下一些票。每张票价十英镑,票价可在古董衣坊购物用。所有的收入将捐给告别疟疾基金会,这家慈善机构在撒哈拉以南的非洲分发杀虫剂处理过的蚊帐。令人心痛的是,那里疟疾每天夺去三千个孩子的生命。这些蚊帐每顶花费两英镑零五分,可以保护两个孩子和他们的母亲。此次时装秀的组织者,菲比·斯威夫特,希望能够为这个慈善组织筹集到足够买一千顶蚊帐的资金。

排练期间,我来到后台的更衣室,模特们正在为展示20世纪50年代的衣服做准备,有人穿着迪奥"新风貌"套装,有人穿着圆形裙和铅笔裙;卡蒂、凯莉和卡拉都穿着她们的蛋糕裙;不过露西,粉色裙子的主人向我招手。"我出了点问题。"她轻声说。她转过身,我发现她的裙子上端裂开一个两英寸的口子。

"我给你拿个披肩。"我说,"但那很怪,"我端详着她,"你买的时候这条裙子很合身。"

"我知道,"露西笑着说,"可那时候我没有怀孕。"

"你……?"

她点点头:"四个月了。"

"噢!"我拥抱了她,"真是太好了。"

露西的眼里闪着泪花。"我到现在都难以相信。你第一次请我做模特时我不能说这件事,因为还没有到可以说的时候。但现在我做了第一次检查,可以谈论这件事了。"

"那么是这条俏皮裙子带来的好运!"我高兴地说。

露西笑了。"我不确定,不过我可以告诉你要归功于什么事。"她放低嗓音,"十月初,我丈夫走进你的店铺,他想买点什么让我高兴起来,他看见了一些漂亮的内衣——20世纪40年代的美丽衬裙和连衫衬裤。"

"我记得有人买了这些东西,"我说,"可我不知道他是谁。它们是给你的?"

露西点了点头。"那之后不久……"她拍了拍肚子,咯咯直笑。

"哦,"我说,"太棒了。"

这么说莉迪亚姑妈的内衣挽回了逝去的时光。

卡蒂要穿我在佳士得拍卖会20世纪30年代专场买的那条格蕾夫人的裙子;安妮,她体形像男孩子般修长,要展示20年代和60年代的衣服。我的四个老客户要穿40年代和80年代的衣服。琼帮忙在后台换衣服和搭配首饰,现在把衣服挂在各自的架子上。

排练结束后,安妮和妈妈拿出酒杯。他们打开箱子时,我无意中听见安妮跟妈妈说起她的剧本,她快写完了,暂时定名为《蓝色外套》。

"我希望它有个圆满的结局。"我听见妈妈说。

"别担心,"安妮答道,"结局美满。我准备五月份在岁月流转中心作为午餐剧上演。那里有五十个座位,很合适。"

"听起来不错,"妈妈告诉她,"也许演出过后,你可以带着它去百老汇。"

"我会努力的,"安妮笑着告诉她,"我要邀请一些制片人和经纪人去看。科洛·塞维尼那天又来店里了——她说如果那时她在伦敦,她会去。"

现在丹和我开始安排座位,T台从舞台中央延伸了二十五英尺,我们在T台的两边摆了两百张红色天鹅绒椅子。最后,一切就绪,我很满意地换上了贝尔夫人的紫色套装,看上去就像为我量身定做的。穿上这件衣服时,我闻到了一丝玛姬香水的味道。

晚上六点半,门开了,一小时后,座无虚席。丹调暗灯光,全场一片寂静。他冲我点了点头。我走上舞台,从架子上摘下话筒,紧张地打量一大片仰起的面孔。

"我是菲比·斯威夫特,"我说道,"感谢大家今晚光临,欢迎大家!我们要好好乐一乐,欣赏一些漂亮的古董衣服,为一项有价值的事业募集资金。我还想说,"我感觉自己的手握紧话筒,"这场时装秀是为了纪念我最好的朋友,爱玛·基茨。"配乐变得响亮,丹打开了灯,第一组模特走了出来……

一直令我担忧的日子终于来了。没有一个周年忌日会如此艰难,钻进车里开往格林尼治公墓时我意识到。走在沙砾路上,经过一排排墓碑,有些是最近立的,有些年代久远得已经认不清刻在上面的名字,我抬头,看见了达夫妮和德里克,他们看上去平静而镇定。他们旁边是爱玛的叔叔婶婶和两个表兄弟,爱玛的摄影师朋友查理正轻声与爱玛之前的助理希安交谈,希安手里握着一块手帕。最后面是伯纳德神父,他主持了爱玛的葬礼。

自从那天之后我就没来过公墓——我没法面对它——因而这

是我第一次看到爱玛的墓碑。它醒目庄严，让人震惊。

爱玛·曼迪莎·基茨，1974—2008
我们的爱女，永远活在我们心中

一丛丛雪花莲在墓碑旁垂着娇美的花朵，紫色的番红花嫩枝从寒冷的地里探出头来。我带来了一束郁金香、黄水仙和风信子的花束，把花放在黑色的花岗石上时，它让我想起贝尔夫人的帽盒。早春的阳光刺痛了我的双眼。

伯纳德神父说了几句欢迎词，然后他请德里克讲话。德里克说他跟达夫妮给爱玛起名"曼迪莎"，因为在科萨语里它的意思是"可爱的"，她是个可爱的人；他说起爱玛孩提时代就着迷于他的所有帽子，这让她成为一位女帽设计师。达夫妮说起爱玛天赋异禀，却谦逊低调，他们非常想念她。我听见希安在抽泣，看见查理搂住她。然后伯纳德神父开始祈祷，给予祝福，一切结束。我们沿着小路往回走时，我真希望这场周年忌不是在周日——这样我就可以用工作来分心。到达公墓大门时，达夫妮和德里克邀请大家去家里。

我很多年没去过了。我在客厅跟希安和查理聊了会儿，又跟爱玛的叔叔婶婶聊天；之后，我进入厨房，穿过杂物间，来到花园里，站在那棵悬铃木旁边。

你上了我的当，不是吗？

"是的，我上当了。"我喃喃说。

你以为我死了。

"不，我以为你睡着了……"

我抬起头，看见达夫妮正站在厨房窗口。她抬起手朝我打招呼，然后穿过草坪朝我走过来。她的头发变得灰白。

"菲比，"她柔声说，握住我的手，"我希望你一切都好。"

"我……很好，谢谢，达夫妮。我很好，我让自己很忙。"

她点了点头："你的店开得很成功，我在报纸上看见你的时装秀很受欢迎。"

"是的。我们筹集到三千多英镑——足够买一千二百顶蚊帐——嗯……"我耸了耸肩，"这是很了不起的事，不是吗？"

"是的，我们为你骄傲，菲比，"达夫妮说，"爱玛也会为你骄傲。不过我想告诉你德里克和我最近整理了她的东西。"

我感觉心变得冰冷。"那你肯定找到了她的日记。"我插话道，急切地想结束这个可怕的时刻。

"我找到了，"达夫妮答道，"我知道我应该不打开它就烧掉它，可我没法忍受剥夺自己了解爱玛的机会。我读了日记。"我在她的脸上搜寻她对我的憎恨，"爱玛在生命的最后几个月那么不开心，让我很痛心。"

"她很不开心，"我平静地附和道，"正如你知道的，这是我的过错。我爱上了爱玛喜欢的人，她为此心烦意乱，我引发了她的痛苦，这让我感觉很糟糕。我不是有意的。"我一口气坦白完，打起精神准备接受达夫妮的责备。

"菲比，"达夫妮说，"在她的日记里，爱玛一点也没有表达对你的愤怒；正相反，她说你没有做错任何事——她说那让她感觉更糟糕——让她不能责备你。她生自己的气，我想是因为她在这件事上的表现不够成熟。她承认不能控制自己的消极情绪，但也认为假以时日，她会克服的。"

她没有时间。我身体直发抖，把双手插进口袋里。"我真希望这一切都没有发生，达夫妮。"

她摇头："这就像说你希望生活从未开始。人生就是这样，菲比，不要责备自己。你是爱玛的好朋友。"

"不，我不是。你瞧……"可我不能折磨达夫妮，告诉她我本来可以拯救爱玛。"我觉得我让爱玛失望了，"我说，"我本来可以做得更多。那天晚上，我——"

"菲比，没人知道爱玛病得有多重，"她温柔地打断道，"想象一下我在度假，遥不可及，是什么感觉……"她的眼里闪着泪光，"爱玛犯了一个可怕的……错误，让她付出了生命的代价，可我们必须继续走下去。你一定要开心起来，菲比——否则两个人的人生都被毁了。你永远不会忘记爱玛，她以前是你最好的朋友，她会一直是你的一部分，可你必须过好自己的人生。现在。"达夫妮迟疑了下，"我想给你几件爱玛的东西作为留念，跟我来。"我跟随她回到厨房，她递给我一个红色天鹅绒盒子，里面是那枚克鲁格金币，"爱玛出生的时候，她祖父母送给她这枚金币。我希望你留着它。"

"谢谢你，"我说，"爱玛珍爱这枚金币，我也会的。"

"还有这个。"达夫妮递给我那块菊石。

我把石头放在掌心，感觉很温暖。爱玛在莱姆里吉斯的海边找到这块石头时，我跟她在一起。那是非常快乐的回忆。"谢谢你，达夫妮。可是……"我对她微微一笑，"我现在要走了。"

"你会跟我们保持联系,是吧,菲比?我们的家门一直为你敞开,有时间时请过来看看,让我们知道你过得怎样。"

达夫妮抱住我,我轻声说:"我会的。"

我到家几分钟后,丹打来了电话。他问了问我去公墓的情况——我跟他说过爱玛的事情。然后他问我是否想要看看他另一个可能的电影院选址——在刘易舍姆的一个维多利亚式的仓库里。

"我刚刚在《观察家报》的房产版块看到它,"他解释说,"你能跟我一起吗,我们看看外墙?我二十分钟后去接你可以吗?"

"没问题。"我很高兴可以暂时转移一下注意力。

丹和我已经看过查尔顿的一家饼干厂,基德布鲁克的一个废弃图书馆和卡特福德的一个宾果游戏厅。

"地址必须要选好,"半小时后我们开上贝尔蒙特山时,丹说,"我需要找到一个附近两英里内没有一家电影院的地方。"

"你想什么时候开业?"

他让车子慢下来,左拐。"理想情况下,我希望明年这个时候开始运营。"

"你想给它起什么名字?"

"我在考虑'必不可少电影院'。"

"呣……有点不接地气。"

"好吧,那么刘易舍姆勒克斯电影院。"

丹把车停在一栋灰砖仓库外面,打开车门。"就是这里。"我不想穿着丝质短裙翻过上锁的大门,告诉他我在附近转转。我走到刘易舍姆大街上,经过一家银行、一家窗帘店、阿戈斯商店和一家英国红十字会的慈善商店,然后来到柯瑞斯商店,橱窗摆着许多台等离子电视机。我停了下来。巨大的屏幕上,玛吉站在演播室观众前面,身穿绯红色的裤子和黑色的细高跟鞋。她手按在太阳穴上,踱起步来。字幕在屏幕底部滚动,我读道:"我联系上了一个军人,一个身板挺直的家伙,喜欢抽雪茄……"她抬起头。这对谁有意义吗?我翻了个白眼,突然发现丹就站在我旁边。

"你很快,"我说着,瞥了眼他可爱的侧影,"怎么样?"

"嗯,我喜欢它的外观,因而首先我要给中介打电话。这栋建筑的构造似乎不错,大小非常合适。你为什么在看那个,亲爱的?"他凝视着屏幕,"她是个通灵师吗?"

"她是这么说的。"

就把我当作你的接线员。

我告诉丹我是怎么认识玛吉的。

"你对招魂术感兴趣?"

"不,算不上。"我答道,我们往前走。

"对了,我妈妈刚刚打来电话,"丹说着,我们走回车边,手牵手,"她想知道下周日我们是否可以过去喝茶。"

"下周日?"我重复道,"我很想去,但不行。我有事情要做,重要的事情。"

我们开车离开,我解释了原因。

"哦,那件事很重要。"丹附和道。

尾 声

二〇〇九年二月二十二日，星期天

我沿着玛丽勒本大街往前走，不像往常那样在梦里，而是真实地走在这条街上，去见一个我此前从没见过的人。我紧握着一个手提袋，仿佛里面装的是皇冠上的宝石。

我幻想有一天可以将这件外套交给莫妮克……

我经过丝带裁剪店。

你能相信吗？我现在还这么幻想着。

莉娜给我打电话说，她的旅店就在玛丽勒本中心时，我的心怦然一跳。"我在书店旁边发现了一家很好的咖啡店，"她说，"我们可以在那里会面。咖啡店的名字是阿米奇。可以吗？"我正要说我们可以约别的地方，因为那家咖啡店会勾起我痛苦的回忆，但又改变了主意。上一次我去那里时，发生了些不好的事情。现在就让一件积极的事情在那里发生吧。

我推开门,店主卡尔洛同情地冲我挥了挥手,我看见一个五十出头、穿着得体、身材修长的女人离开桌子,朝我走来,试探性地朝我微笑。

"菲比?"

"莉娜。"我热情地说。我们握了手,我注意到她活泼的表情,高高的颧骨和黑色的头发。"你看起来跟你母亲很像。"

她似乎有些震惊。"你怎么知道的?"

"一会儿你就明白了。"我说。我点了咖啡,跟卡尔洛交谈了几句,把咖啡端到桌上。莉娜用柔和的加利福尼亚口音告诉我,她来伦敦是为了第二天参加一个老朋友的婚礼。她说她很期待,可是时差反应很严重。

寒暄之后,我们直奔此次会面的主题。我打开袋子,把外套递给莉娜,有关这件外套的故事她差不多都知道了。

她抚摸着天蓝色的外套,羊毛的绒毛,丝绸的衬里,以及完美的手工针脚。"很漂亮。特蕾莎的妈妈做的。"她看着我,带着吃惊的微笑,"她真能干。"

"她真能干,缝制精美。"

莉娜轻抚衣领。"想到特蕾莎从没放弃要把这件外套给妈妈的想法,真是让人惊奇。"

这件外套我保存了六十五年,我会一直保存它直到我死。

"她只想信守对你母亲的承诺,"我说,"现在从某种程度上说,她做到了。"

莉娜的脸上充满悲伤。"可怜的女孩,这么多年都不知道发生了什么，一直背着这个包袱……直到最后。"

我们喝着咖啡，我告诉莉娜更多的往事，在那个决定性的晚上，特蕾莎因为让－吕克而分心，她从来没有原谅自己透露莫妮克藏身之地这件事。

"无论如何我母亲都会被发现，"莉娜说，"她曾说待在谷仓里很难，整天都很寂静，非常孤独——她靠回忆母亲教她唱过的歌来安慰自己——她被发现，几乎是一种解脱。当然她不知道等待她的是什么。"莉娜悲伤地说。

"但她活了下来，"我喃喃说，"那是……一个奇迹。"

"是的。"莉娜凝视着咖啡，有几秒钟迷失在思绪中，"母亲能活下来是个奇迹，我的存在也是一个奇迹。我从没有忘记这一点。我经常想起那天救她的那个年轻德国军官。"

我递给莉娜那个厚信封。她打开信封，拿出那条项链。"真美，"她说着把项链拿到阳光下，抚摸着粉铜色的玻璃珠，"母亲从没提过这条项链，这和她们的故事有什么联系？"

我解释时，想象特蕾莎急切地在稻草间寻找珠子的情景。她肯定捡起了每一颗珠子。"扣环很好使，"莉娜展开项链，我说，"特蕾莎告诉我她很多年前重新串上了链子。"莉娜戴上项链，珠子在她黑色的毛衣上闪耀。"这是最后一件东西。"我把信封递给她。

她抽出照片，在一群脸中寻找，然后她的手指直接指向莫妮克。她抬头看我："这就是为什么你知道我妈妈的样子。"

我点点头："那是特蕾莎，站在她旁边，那里。"我指向让－吕克，莉娜的脸阴沉起来。

"妈妈恨那个男孩，"她说，"她永远不能原谅他身为她的同学却背叛了她。"我告诉了莉娜十二年后让－吕克做的好事。她惊奇地摇了摇头。"真希望我母亲知道。可她切断了与罗什马尔的所有联系。尽管她经常梦见那栋房子,梦见她在房间里奔跑,寻找父母和兄弟,叫别人来帮她。"

我感觉浑身一阵战栗。

"哦……"莉娜抱着那件外套,然后叠好它。"我会珍藏它,菲比,有一天我会把它传给我的女儿,莫尼卡。她现在二十六岁——我母亲去世时她才四岁。她记得自己的外婆,有时会问起外婆的人生,这件外套会帮助她了解这个故事。"

我拿起一张纸巾,上面印着"阿米奇"的字样。"还有其他方式可以帮她了解这个故事。"我说。我告诉莉娜安妮和剧本的事情。

莉娜面露喜色。"很不错。编剧是你的朋友吗?"

"是的。"我想起认识安妮的六个月来,我渐渐喜欢上她,"她是个好朋友。"

"也许我会回来看这场戏,"莉娜说,"和莫尼卡一起。如果可以的话,我们就去。不过现在……"她把照片放回信封里,小心地放进包里,正要把外套放进去时,我阻止了她。

"请等一等。"我把手放在一个蓝色的袖子上,想要最后一次触摸这件衣服,它深刻地影响了我的人生。

"好了。"过了一会儿我说。

莉娜小心地把外套放进包里,笑道:"见到你真好,菲比。谢谢你。"

"很高兴见到你。"我说。我们站起身。

"还有什么事情吗?"莉娜问。

"没有了，"我愉快地回答，"没有其他事了。"我们告了别，允诺保持联系。

我离开时，电话响了。丹打来的。

图书在版编目（CIP）数据

时光古董衣店 /（英）伊莎贝尔·沃尔弗著；苏心一译．— 北京：北京联合出版公司，2023.1（2024.10 重印）
ISBN 978-7-5596-6302-3

Ⅰ.①时⋯ Ⅱ.①伊⋯ ②苏⋯ Ⅲ.①长篇小说－英国－现代 Ⅳ.① I561.45

中国版本图书馆 CIP 数据核字 (2022) 第 116876 号

北京市版权局著作权合同登记 图字：01-2022-4029
Copyright © 2009 by Isabel Wolff
All rights reserved.

时光古董衣店

作　者：[英]伊莎贝尔·沃尔弗
译　者：苏心一
责任编辑：高霁月
出 品 人：赵红仕
出版统筹：慕云五　马海宽
项目监制：慧　木
策划编辑：大　风
封面设计：朱　琳

北京联合出版公司出版
(北京市西城区德外大街 83 号楼 9 层　100088)
北京联合天畅文化传播公司发行
三河市中晟雅豪印务有限公司印刷　新华书店经销
字数 272 千字　880 毫米 ×1230 毫米　1/32　12.25 印张
2023 年 1 月第 1 版　2024 年 10 月第 2 次印刷
ISBN 978-7-5596-6302-3
定价：58.00 元

版权所有，侵权必究
未经书面许可，不得以任何方式转载、复制、翻印本书部分或全部内容。
本书若有质量问题，请与本公司图书销售中心联系调换。电话：(010) 64258472-800